A FINA FLOR DE STANISLAW PONTE PRETA

A fina flor de Stanislaw Ponte Preta

Seleção e apresentação
Alvaro Costa e Silva

1ª *reimpressão*

COMPANHIA DAS LETRAS

Copyright © 2021 by herdeiras de Sérgio Porto

Grafia atualizada segundo o Acordo Ortográfico da Língua Portuguesa de 1990, que entrou em vigor no Brasil em 2009.

Capa
Mateus Valadares

Imagem de capa
José Medeiros/ Acervo Instituto Moreira Salles

Preparação
Leny Cordeiro

Revisão
Huendel Viana
Márcia Moura

Dados Internacionais de Catalogação na Publicação (CIP)
(Câmara Brasileira do Livro, SP, Brasil)

A fina flor de Stanislaw Ponte Preta / seleção e apresentação Alvaro Costa e Silva. — 1ª ed. — São Paulo : Companhia das Letras, 2021.

ISBN 978-65-5921-294-1

1. Escritores brasileiros – Biografia 2. Ponte Preta, Stanislaw, 1923-1968 I. Silva, Alvaro Costa e. II. Título.

| 21-80532 | CDD-928.69 |

Índice para catálogo sistemático:
1. Escritores brasileiros : Biografia 928.69
Maria Alice Ferreira – Bibliotecária – CRB-8/7964

[2022]
Todos os direitos desta edição reservados à
EDITORA SCHWARCZ S.A.
Rua Bandeira Paulista, 702, cj. 32
04532-002 — São Paulo — SP
Telefone: (11) 3707-3500
www.companhiadasletras.com.br
www.blogdacompanhia.com.br
facebook.com/companhiadasletras
instagram.com/companhiadasletras
twitter.com/cialetras

Sumário

Apresentação — Um personagem sem cerimônia,
Alvaro Costa e Silva, 11

DE *TIA ZULMIRA E EU* (1961), 17

Perfil de Tia Zulmira, 19
Chateações sutis, 26
A história do passarinho, 27
Somos bons de banho, 30
A arma do crime, 31
Nós em garrafa, 33
Um homem e seu complexo, 34
Doações corporais, 36
Os brindes, 37
A vaca, 39
O dedo, 40
O Dia do Papai, 42
Lição de nudismo, 43
O homem da pasta preta, 44
Vamos acabar com esta folga, 46

Razões de ordem técnica, 48
A batalha do Leblon, 49
O caso do marido doido, 52
O homem que virou ele, 55
O passamento de "Bette Davis", 57
O caso do tatu, 59
O poliglota, 61
Levantadores de copo, 62

DE *PRIMO ALTAMIRANDO E ELAS* (1962), 65

Biografia de Mirinho, 67
Do teatro de Mirinho (A *burocracia do buraco*), 71
O Carnaval, coitadinho, 74
Do tango ao chá-chá-chá, 78
Os valentes, 80
Da discussão nasce a luz, 82
Repórter policial, 85
Escovas musicais, 88
As seis grã-finas, 89
A velha contrabandista, 90
Tudo errado, 92
A vaca e o câmbio, 93
O cinzeiro azul, 95
O amante de plantão, 96
Mulheres separadas, 97
Não era nem homem, 99
Mirinho e a leviana, 100
O peru de Tancredo, 101
Inimigo, via oral, 103
Paraíba, 105
Continho de Natal, 107
Fábula dos dois leões, 108
Rosamundo no banheiro, 109
Viva o morto!, 110

Coma e emagreça, 111
O terceiro sexo, 116
O reclamante, 118
Peço a palavra, 119

DE *ROSAMUNDO E OS OUTROS* (1963), 123

Biografia de Rosamundo, 125
Os sintomas, 128
Rosamundo e a infiel, 129
O anjo, 131
Cartão-postal, 134
L'Incroyable Monsieur Colellê, 136
Uma certa falta de mosca, 138
Pequenino e chato, 141
Conversa de viajantes, 142
O psicanalisado, 145
Os Vinicius de Moraes, 146
O grande mistério, 148
Cara ou coroa, 150
Com a ajuda de Deus, 153
Comigo não!, 154
Gol de padre, 156
Disco de grã-fina, 158
Pagode no Cosme Velho, 160
Por vários motivos principais, 163
O ceguinho, 165
Oh, os poéticos endereços!, 167
Medidas, no espaço e no tempo, 169
A ignorância ao alcance de todos, 171
Latricério (*Com o perdão da palavra*), 174
Cartãozinho de Natal, 176
Atendendo a pedidos, 179
El sombrero, 182

DE *GAROTO LINHA-DURA* (1964), 185

Garoto linha-dura, 187
Meu Rio carioca, 188
Sonho de Natal, 190
Zulmira e o poeta, 192
Prova falsa, 195
O hábito faz o amante, 196
Testemunha tranquila, 198
Quem não tem cão..., 199
Escritor realista, 201
Flagrante nº 2, 202
P.F.R., 203
Ladrões estilistas, 205
Celinha convite, 207
Carta de broto, 209
A estranha passageira, 210
A barba do falecido, 212
Testemunha ocular, 214
O boateiro, 217
Menino precoce, 218
Cotado e boicotado, 219
Não sei se você se lembra, 220
Choro, vela e cachaça, 222
Militarização, 223

DE *FEBEAPÁ 1* (1966), 225

Por trás do biombo, 227
"O general taí", 228
O paquera, 231
Eram parecidíssimas, 234
Aos tímidos o que é dos tímidos, 237
O filho do camelô, 240
O diário de Muzema, 243
Um cara legal, 246
Barba, cabelo e bigode, 248

Diálogo de Réveillon, 251
O analfabeto e a professora, 253
Urubus e outros bichos, 255
Futebol com maconha, 256
O cafezinho do canibal, 258
A bolsa ou o elefante, 259
Suplício chinês, 261
O homem das nádegas frias, 262
Mirinho e o disco, 264

DE FEBEAPÁ 2 (1967), 267

Ode ao burro, 269
Teresinha e os três, 271
Ândrocles e a patroa, 273
Momento na delegacia, 276
A vontade do falecido, 279
Não me tire a desculpa, 282
O major da cachaça, 284
O apanhador de mulher, 287
Uma carta de doido, 290
O cego de Botafogo, 292
Não era fruta, 296
Ninguém tem nada com isto, 297
Um sargento e sua saia, 299
Antes só do que muito acompanhado, 300
Bom para quem tem dois, 302
Já estava acostumada, 306
O homem do telhado, 308
Por causa do elevador, 309

DE FEBEAPÁ 3 (1968), 311

Previdência e previsão, 313
Foi longe, 313

Educação, 314
O problema, 314
Dr. Mirinho, 314
Indigestão, 315
Um doente, 315
Minha estreia na TV, 316
O grande compositor, 318
O estranho caso do isqueiro de ouro, 321
Luís Pierre e o túnel, 324
A escandalosa, 327
A solução, 329
Diálogo de festas, 332
JK e o crioulo doido, 335
A anciã que entrou numa fria, 337
O inferninho e o Gervásio, 339
Foi num clube aí, 342
O vagabundo e a previdência, 343

DE BOLA NA REDE: A BATALHA DO BI (1993), 347

Brasil 2 × México 0, 349
Por cima do travessão, 353
Brasil 3 × Tchecoslováquia 1, 354

Apresentação
Um personagem sem cerimônia

Alvaro Costa e Silva

Ele era um menino de Copacabana. Nascido e criado na ampla casa com jardim e quintal da Leopoldo Miguez, esquina com Barão de Ipanema, Sérgio Porto, o futuro Stanislaw Ponte Preta, tinha dois grandes divertimentos. O preferido era jogar botão. Tinha diversos times, mas o seu do coração era o Fluminense, com Hércules, Carreiro e Russo entre os titulares. Transmitia as jogadas imitando os mais famosos locutores esportivos de época, Oduvaldo Cozzi e Ary Barroso. Este, na vida adulta, se tornaria um de seus companheiros de boemia vespertina em uisquerias da Esplanada do Castelo como Pardellas e Villarino. A outra atividade era ler. Monteiro Lobato como rito de iniciação e, depois que pegou o jeito, Machado de Assis e Eça de Queirós. Seu irmão Marcello deixou um depoimento sobre a predileção de Sérgio pela leitura: "Lembro-me bem dele deitado na cama, rindo com as histórias de *O primo Basílio* e *O crime do padre Amaro*". O curioso é que Machado e Eça, autores com o dom do humor, foram ambos reformadores da língua literária portuguesa, modernizando-a. Assim como Sérgio Porto, sobretudo enquanto adotou o estilo de Stanislaw, uma maneira de escrever que ele próprio classificou como "lírico-espinafrativa". Sem concessões à mediocridade, Sérgio Porto se punha ao lado do leitor. Ao assumir a "persona" de Stanislaw Ponte Preta batucando numa Remington portátil, despia-se (na verdade, ele escrevia só de cueca) de qualquer tipo de afetação ou beletrismo, tentando reproduzir a fala coloquial das conversas de rua. Como definiu um de seus biógrafos, o jornalista Renato Sérgio — autor do livro *Dupla exposição: Stanislaw Sérgio Ponte Porto Preta* —, ele "veio para nos divertir, divertindo-se".

O detalhe era o fino acabamento dos textos que, como tudo que parece fácil e espontâneo, é difícil de alcançar. Em algumas das histórias tiradas do cotidiano, criava uma expectativa até o desfecho inesperado, o qual só acontecia na última linha — técnica usada pelos melhores contistas clássicos americanos, como O. Henry, não por acaso também humorista. Em outras ocasiões, distribuía ao longo do texto uma série de pistas falsas, com a intenção de desfazer o sentido de uma palavra ou de subverter determinada situação. A herança de Machado de Assis se manifestava no diálogo entre narrador e leitor, em clima de intimidade não forçada.

O crítico Raimundo Magalhães Júnior notou o meio do caminho de Stanislaw Ponte Preta entre a considerada escrita correta e a oralidade, e a dimensão de sua abrangência como escritor: "Sem cerimônia com a sintaxe ou a gramática, escrevia intencionalmente errado para não deixar de ser pitoresco, usando com naturalidade expressões de irritar gramáticos sisudos. Assim conseguiu aquilo que Mário de Andrade tentou fazer mas não fez: aproximar-se de uma grande massa de leitores".

Sem se importar com manuais de redação ou consultores da norma culta, escrevia sem pudor que fulano "namorava ela" — e ai do revisor se resolvesse consertar. Espalhou expressões deliciosas, muitas das quais se incorporaram à fala carioca, se antes já não fizessem parte dela. Para mostrar a passagem do tempo: "Vanja vai, Vanja vem...", referência à atriz Vanja Orico, famosa na década de 1950 por cantar o xaxado "Mulher rendeira" no filme *O cangaceiro*, de Lima Barreto.

Nunca escrevia "por aí", sempre "pelaí". O pronome "cujo" às vezes aparecia jogado sem função numa frase, como se fosse uma vírgula mal colocada. Era uma maneira de debochar da linguagem pomposa, das afirmações de autoridade e, de lambujem, gozar os colunistas sociais que viviam castigando a língua. Nutria carinho especial por Ibrahim Sued. Donde o leitor não se espantava ao ler um período com erros crassos de português: "Uma coisa que já ouvi em meu louvor foi a afirmativa de que bolei a lista das *certinhas*. Isso é *menas* verdade". A provocação tinha endereço certo.

Cunhou frases com o poder dos ditos populares, máximas que ele atribuía à filosofia da personagem Tia Zulmira: "Entre as três coisas melhores da vida, comer está em segundo e dormir em terceiro"; "O amor é eterno, nós é que estamos sempre a transferi-lo para outra repartição; "Nem todo crioulo dançando é folclore"; "O diabo não frequenta os inferninhos de Copacabana com medo de ficar desmoralizado"; "Imbecil não tem tédio"; "Mulher enigmática às vezes é pouca gramática"; "Mais duro do que nádega de estátua"; "Mais feio que mudança de pobre"; "Mais inchada do que cabeça de botafoguense"; "Mais por fora do que umbigo de vedete".

Nem sempre foi assim tão desconcertante. Em seu início na imprensa, assinando com o nome da carteira de identidade, foi influenciado por Álvaro Moreyra, autor de *As amargas, não...* e expoente de uma geração anterior de escritores. Sérgio não só conviveu como se tornou amigo do velho Alvinho, que aparece como personagem em algumas crônicas. Em livros como *O ho-*

mem ao lado (1958) e *A casa demolida* (1963), buscou o lirismo intimista para fixar o factual. Experimente a leitura de "Dolores", relato do dia em que morreu a cantora Dolores Duran, ou "Divisão", que faz em prosa o que Chico Buarque fez depois nos versos da canção "Trocando em miúdos".

As décadas de 1950 e 1960 compreendem o período máximo da crônica brasileira. Na esteira e na cola estilística de Rubem Braga, que vinte anos antes apresentara a modernidade aos textos leves escritos para jornais e revistas, surge no Rio um time de cronistas solares no qual Sérgio Porto tinha vaga garantida no meio de campo. Seus companheiros de praia eram Paulo Mendes Campos, Antônio Maria, Fernando Sabino, José Carlos (Carlinhos) Oliveira, Elsie Lessa, Eneida de Moraes.

O infalível Rubem Braga fizera o diagnóstico: "Sérgio, seu negócio é crônica". Mas faltava a marca, o diferencial, o charme. Que tal criar um personagem, o qual também assinaria as colunas? Ele nasceu em setembro de 1953, na redação do *Diário Carioca*, já trazendo nas fraldas toda a irreverência. Na hora de batizar a criança, alguém lembrou (dizem que, de novo, Rubem Braga, ou pode ter sido o pintor e ilustrador Santa Rosa) o personagem-título do romance de Oswald de Andrade, *Serafim Ponte Grande*. Segundo conta o jornalista Renato Sérgio, "de palpite em palpite, Serafim teria passado a Stanislaw, por voto de Lúcio Rangel [musicólogo e tio de Sérgio Porto], o Ponte teria sido sugestão de Santa Rosa, e o Preta, escolha do próprio Sérgio, que não era racista".

No seu livro *De Copacabana à Boca do Mato*, a historiadora Cláudia Mesquita elabora a tese segundo a qual Stanislaw Ponte Preta não é um mero pseudônimo ou alter ego camuflado do autor, e sim, à maneira de Fernando Pessoa, um heterônimo. Sérgio e Stanislaw apresentam personalidades distintas e representam culturas diferentes, ambas cariocas, a da Zona Sul e a da

Zona Norte, respectivamente, como se o único escritor quisesse reunir uma cidade já "partida" nos anos 1960.

Um dia conhecida como "Suíça suburbana", a Boca do Mato ficava no sopé do morro dos Pretos Forros. Engolido pela especulação imobiliária, o pequeno bairro praticamente desapareceu, virando o que os corretores de imóveis chamam de "o grande Méier". Ali se escondia o reduto da família Ponte Preta: o patriarca Aristarco, a Tia Zulmira, o Primo Altamirando, Rosamundo, Bonifácio. Dono e único funcionário da agência de notícias Pretapress, Stanislaw vinha de visita colher material.

Tia Zulmira, sim, era uma espécie de alter ego de Sérgio Porto. Depois de ter ensinado "bailado a Nijínski, relatividade a Einstein, psicanálise a Freud", ela se dedica a uma tarefa mais difícil: entender a alma carioca, valendo-se de humor e senso crítico. Primo Altamirando, a caricatura do malandro, não esconde uma identidade extremamente machista. Rosamundo é o ingênuo. Bonifácio, o patriota de ocasião. O restante do grande elenco era capturado diretamente nas ruas, nas repartições públicas ou nas boates de Copacabana, tal como o "marido cigarra", cuja mulher está passando as férias de verão longe da cidade.

Quando o Ato Institucional nº 5 foi decretado, em dezembro de 1968, Sérgio e Stanislaw não davam mais o ar da graça. Talvez tenha sido a única coisa boa do AI-5: chegar tarde demais para o escritor, que morreu em 30 de setembro daquele ano. Tinha 45 anos. Ele foi poupado de assistir ao festival de besteira que assola o país até hoje. Os leitores perdemos sua capacidade de enfrentar e desmascarar "os cocorocas de diversas classes sociais e algumas autoridades que geralmente se dizem otoridades".

O *Febeapá* começou a ser publicado em 1966, dois anos depois do golpe militar, época em que as coisas eram, qual Rosamundo, mais ingênuas. Até se podia rir delas, sem o risco de cair em depressão ou chutar o balde. Era mesmo uma delícia saber que, em Fortaleza, o prefeito suspendeu a construção de um mictório público em frente à estátua do romancista José de Alencar e transferiu a obra de local porque assim "as pétreas narinas alencarianas não serão mais molestadas".

Mas, no fundo, Sérgio Porto sabia que o negócio era sério. Ou não teria livrado a barra da saúva ao parafrasear a velha frase do naturalista e botânico francês Auguste de Saint-Hilaire (1779-1853): "Ou o Brasil acaba com a besteira ou a besteira acaba com o Brasil".

DE *TIA ZULMIRA E EU*

(1961)

Perfil de Tia Zulmira

Quem se dá ao trabalho de ler o que escreve Stanislaw Ponte Preta — e quem me lê é apenas o lado alfabetizado da humanidade — por certo conhece Tia Zulmira, sábia senhora que o cronista cita abundantemente em seus escritos. E a preocupação dos leitores é saber se essa Tia Zulmira existe mesmo.

Pouco se sabe a respeito dessa ex-condessa prussiana, ex-vedete do Follies Bergère (coleguinha de Colette), cozinheira da Coluna Prestes, mulher que deslumbrou a Europa com sua beleza, encantou os sábios com a sua ciência e desde menina mostrou-se personalidade de impressionante independência, tendo fugido de casa aos sete anos para aprender as primeiras letras, pois na época as mocinhas — embora menos insipientes do que hoje — só começavam a estudar aos dez anos. Tia Zulmira não resistiu ao nervosismo da espera e, como a genialidade borbulhasse em seu cérebro, deu no pé.

Quando a revista Senhor *recomendou uma entrevista exclu-*

siva com titia, conhecida em certas rodas como a "ermitã da Boca do Mato", cobriu as propostas da Paris Match, *da* Life *e da* Revista do Rádio.

Esta é a entrevista.

Sentada em sua velha cadeira de balanço — presente do primeiro marido —, Tia Zulmira tricotava casaquinhos para os órfãos de uma instituição nudista mantida por d. Luz Del Fuego. E foi assim que a encontramos (isto é, encontramos titia), na tarde em que a visitamos, no seu velho casarão da Boca do Mato.

Antiga correspondente do *Times** na Jamaica, a simpática macróbia é dessas pessoas fáceis de entrevistar porque, pertencendo ao métier, facilita o nosso trabalho, respondendo com clareza e desdobrando por conta própria as perguntas, para dar mais colorido à entrevista.

— Sou natural do Rio mesmo — explicou — e isto eu digo sem a intenção malévola de ofender os naturais da província. Fui eu, aliás, que fiz aquele verso no samba de Noel Rosa, verso que diz: "Modéstia à parte, meus senhores, eu sou da Vila".

E é. Tia Zulmira mostra o seu registro de nascimento, feito na paróquia de Vila Isabel. Documento importante e valioso, pois uma das testemunhas é a própria princesa Isabel (antigamente a "Redentora" e hoje nota de cinquenta cruzeiros). Ela explica que sua mãe foi muito amiga da princesa, tendo mesmo aconselhado à dita que assinasse a Lei Áurea (dizem que o interesse dos moradores da Vila em libertar os escravos era puramente musical. Queriam fundar a primeira escola de samba).

— Por que se mudou de Vila Isabel para a Boca do Mato? — indagamos.

---

* Não confundir *Times* — jornal inglês —, no plural, com *Time* — revista americana das menos singulares.

— Por dois motivos. O primeiro de ordem econômica, uma vez que esta casa é a única coisa que me sobrou da herança de papai e que Alcebíades* não perdeu no jogo. O outro é de ordem estética. Saí de Vila Isabel por causa daquele busto de Noel Rosa que colocaram na Praça. É de lascar.

— O que é que tem o busto?

— O que é que tem? É um busto horrível. E se não fosse uma falta de respeito ao capital colonizador, eu diria que é um busto mais disforme do que o de Jayne Mansfield.

Tentamos mudar de assunto, procurando novas facetas para a entrevista, e é ainda a entrevistada quem vai em frente, mostrando um impressionante ecletismo. Fala de sua infância, depois conta casos da Europa, quando daqui saiu em 89, após impressionante espinafração no marechal Deodoro,** que proclamara a República sem ao menos consultá-la.

Não que Tia Zulmira fosse uma ferrenha monarquista. Pelo contrário: sempre implicou um pouco com a imperatriz (achava o imperador um bom papo) e teria colaborado para o movimento de 89, não fossem os militares da época, quase tão militares como os de hoje.

— Hoje estou afastada da política, meu amigo, embora, devido mais a razões sentimentais, eu pertença ao PLC.***

Fizemos um rápido retrospecto dos apontamentos até ali fornecidos. A veneranda senhora sorri, diz que assim não vamos conseguir contar sua vida em ordem cronológica e vai explicando outra vez, com muita paciência:

— Nasci no dia 29 de fevereiro**** de 1872. Aprendi as

---

* Oitavo marido de Tia Zulmira.

** Hoje bairro que explode.

*** Partido Lambretista Conservador.

**** Tia Zulmira é bissexta.

primeiras letras numa escola pública de São Cristóvão, na época São Christovam e com muitas vagas para quem quisesse aprender...

O resto nós fomos anotando:

Mostrou desde logo um acentuado pendor para as artes, encantando os mestres com as anotações inteligentes que fazia à margem da cartilha. Completou seus estudos num convento carmelita, onde aprendeu de graça, numa interessante troca de ensinamentos com as freiras locais: enquanto estas lhe ministravam lições de matérias constantes do curso ginasial, Tia Zulmira lhes ministrava lições de liturgia. Mocinha, partiu para a Europa, para aproveitar uma bolsa de estudos, ganha num concurso de pernas; então foi morar em Paris, dividindo o seu tempo entre o Follies Bergère e a Sorbonne. Nesta universidade, concedeu em ser mestra de literatura francesa, proporcionando a glória a um dos seus mais diletos discípulos, o qual ela chamava carinhosamente de Andrezinho.

Tia Zulmira suspende por momentos o relato de sua vida para lembrar a figura de Andrezinho, que vocês conhecem melhor pelo nome completo: André Gide.

Tia Zulmira prossegue explicando que, aos vinte e poucos anos, casou-se pela primeira vez, unindo-se pelos laços matrimoniais a François Aumert — o Cruel. O casamento terminou tragicamente, tendo Aumert morrido vítima de uma explosão, quando auxiliava a esposa numa demonstração de radioatividade aplicada, que a mesma fazia para Mme. Curie.

A hoje encanecida senhora lamentou profundamente a inépcia do marido para lidar com tubos de ensaio e, desgostosa, mudou-se para Londres, aproveitando a deixa para disputar a primeira travessia a nado do canal da Mancha. Houve quem desaprovasse essa decisão, dizendo que não ficava bem a uma jovem de boa família se meter com o canal da Mancha. A resposta de Tia Zulmira é até hoje lembrada.

— O canal da Mancha não pode manchar minha reputação. Na minha terra, sim, tem um canal que mancha muito mais.*

E ela acabou atravessando a Mancha mesmo, chegando em terceiro, devido à forte cãibra que a atacou nos últimos dois mil metros. Fez um jacaré na arrebentação da última onda e chegou a Londres para morar numa pensão em Lambeth, onde viveu quase pobre, apenas com os sustentos de uma canção que fez em homenagem ao bairro.**

Na pensão onde morava nossa entrevistada, vivia no quarto ao lado o então obscuro cientista Darwin, que com ela manteve um rápido flerte. Proust,*** cronista mundano francês que esteve em Londres na época, chegou a anunciar um casamento provável entre Tia Zulmira e Darwin, mas os dois acabaram brigando por causa de um macaco.

— Em 1913, onde estava eu? — pergunta Tia Zulmira a si mesma, olhando os longes com olhar vago.

Lembra-se que houve qualquer coisa importante em 1913 e, de repente, se recorda. Em 13, atendendo a um convite de Paderewski, passou uma temporada em Varsóvia, dando concertos de piano a quatro mãos com o futuroso músico, que deve a ela os ensinamentos de teoria musical.

Quando o primeiro conflito mundial estourou, ela estava em Berlim, e teria ficado retida na capital alemã não fosse a de-

---

* Mangue.
** "The Lambeth Walk". (Existe uma versão de Haroldo Barbosa.)
*** Certa vez um cronista mundano, para valorizar suas próprias besteiras, disse que Proust, antes de ser Proust, foi cronista mundano. Tia Zulmira gozou a coisa, dizendo que Lincoln também foi lenhador e, depois dele, nenhum outro lenhador conseguiu se eleger presidente da República.

dicação de um coleguinha,* que lhe arranjou um passaporte falso para atravessar a fronteira suíça. Durante a Primeira Grande Guerra, a irrequieta senhora serviu aos Aliados no serviço de contraespionagem, tornando-se a grande rival de Mata Hari, mulher que não suportava Zulmira, e — muito da fofoqueira — tentou indispor a distinta com diversos governos europeus. Zulmira foi obrigada a casar-se com um diplomata neozelandês de nome Marah Andolas — para deixar o Velho Mundo.

É interessante assinalar que este casamento, motivado por interesse, acabou por se transformar em uma união feliz. O casal viveu dias esplendorosos em São Petersburgo, infelizmente interrompidos por questões políticas. A Revolução Russa de 17 acabou por envolver o bom Andolas. O marido de Tia Zulmira foi fuzilado pelos comunistas de Lênin, somente porque conservava o hábito fidalgo de usar monóculo, sendo confundido com a burguesia reacionária que a Revolução combatia. Morto Andolas, Tia Zulmira deixou a Rússia completamente viúva, após uma cena histórica com Stálin e Trótski, quando, dirigindo-se aos dois, exclamou patética:

— Vocês dois são tão calhordas que vão acabar inimigos.

Dito isto, Zulmira virou as costas e partiu, levando consigo apenas a roupa do corpo e o monóculo do falecido. Chegou ao Brasil pobre, mas digna, e a primeira coisa que fez foi empenhar o monóculo na Caixa Econômica, sendo o objeto, mais tarde, arrematado em leilão pelo pai do hoje embaixador Décio de Moura, que o ofertou ao filho, no dia em que este passou no concurso para o Itamaraty.

Zulmira estaria na miséria se uma herança não viesse ter às suas mãos. O falecimento de seu bondoso pai — Aristarco Ponte

---

* Einstein.

Preta (o Audaz) —, ocorrido em 1920, proporcionou-lhe a posse do casarão da Boca do Mato, onde vive até hoje. Ali estabeleceu ela o seu hábitat, disposta a não mais voltar ao Velho Mundo, plano que fracassaria dez anos depois.

Tendo arrebentado um cano da Capela Sistina, houve infiltração de água numa das paredes e — em nome da arte — Zulmira embarcou novamente para a Europa, a fim de retocar a pintura da dita. Como é do conhecimento geral, ali não é permitida a entrada de mulheres, mas a sábia senhora, disfarçada em monge e com um pincel por debaixo da batina, conseguiu penetrar no templo e refazer a obra de Miguel Ângelo, aproveitando o ensejo para aperfeiçoar o mestre. Este episódio, tão importante para a história das artes, não chegou a ser mencionado por Van Loon, no seu substancioso volume, porque, inclusive, só está sendo revelado agora, nesta entrevista.

Nessa sua segunda passagem pela Europa, Tia Zulmira ainda era uma coroa bem razoável e conheceu um sobrinho do tsar Nicolau, nobre que a Revolução Russa obrigou a emigrar para Paris e que, para viver, tocava balalaica num botequim de má fama. Os dois se apaixonaram e foram viver no Caribe, onde casaram pelo facilitário. O sobrinho do tsar, porém, não era dado ao trabalho e Tia Zulmira foi obrigada a deixá-lo, não sem antes explicar que não nascera para botar gato no foguete de ninguém.

Voltou para o Rio, fez algumas reformas no casarão da Boca do Mato e vive ali tranquilamente, com seus quase noventa anos, prenhe de experiência e transbordante de saber. Vive modestamente, com o lucro dos pastéis que ela mesma faz e manda por um de seus afilhados vender na estação do Méier. No seu exílio voluntário, está tranquila, recebendo suas visitinhas, ora cientistas nucleares da Rússia, ora Ibrahim Sued, que ela considera um dos maiores escritores da época.*

A velha dama para um instante de tecer o seu crochê, oferece-nos um "Fidel Castro"** com gelo. É uma excelente senhora, esta, que tem a cabeça branca e o olhar vivo e penetrante das pessoas geniais.

Chateações sutis

No dia em que forem publicadas as *Zulmirianas*, isto é, as obras completas de Tia Zulmira, assim como tudo o que já se escreveu sobre ela, é mister levar em consideração as opiniões emitidas pela sábia senhora, durante a hora seguinte ao seu breakfast lá no casarão da Boca do Mato, ocasião em que — a nosso ver — a sábia macróbia está mais brilhante.

Ainda ontem, após receber a comunicação de que haveria mãe-benta ao café, atração à qual nunca nos furtamos, estivemos presentes ao breakfast, comparecendo também o insuportável Mirinho, cujo chegava naquele momento (eram oito da matina) de uma festinha íntima na casa de Mariazinha Umas & Outras, *hostess* contumaz do Primo, que costuma organizar semanalmente concorridas reuniões de "maconha dançante".

Após a frugal refeição, a experiente senhora citou algumas coisas que a estão incomodando, ultimamente. Depois fez ver que existem certas coisas que chateiam a gente de maneira tão sutil, que raramente a gente dá pelo motivo da chateação. Não

---

* Aqui não ficamos bem certos se Tia Zulmira estava querendo gozar Ibrahim, ou se estava querendo gozar a época.
** Cuba-libre sem coca-cola.

são coisas como dor de dente, Oscar Bloch ou calo inflamado, que estas são coisas às quais a gente se dá à chateação, consciente de sua incômoda existência.

São coisas sutis. E a ermitã da Boca do Mato passou a citar: "cheiro de farmácia", "mulher gorda em garupa de lambreta", "mãe batendo em filho pequeno e que ainda não tem compreensão bastante para saber por que está apanhando", "damas de profusas rotundidades posteriores vestidas de calças compridas" etc. etc.

— Tais coisas chateiam a gente, mas a gente só percebe que elas estão chateando muito depois de já estar chateada — explicou a velha.

E, como pedíssemos a Tia Zulmira para continuar citando, ela recusou o cálice de Correinha que Mirinho oferecia, pensou um pouquinho e lascou mais estas, algumas das quais ela ouviu de outras pessoas entendidas no assunto:

"Sujeito vestido de árabe no mesmo elevador em que a gente viaja", "declaração de autoridade carioca dizendo que o serviço de águas vai ficar normalizado", "velha de batom", "tango", "rádio do vizinho", "caminhão-pipa parado em frente a casa de ministro", "televisão ligada na sala", "políticos dos dois lados", "conversa de estrangeiros, quando a gente não manja a língua deles" etc. etc.

E, antes de se levantar da mesa, Tia Zulmira pensou um pouquinho e concluiu:

— Outra coisa que me chateia muito é triciclo na contramão.

A história do passarinho

O que vocês passarão a ler é um lindo conto escrito por Tia Zulmira, nossa veneranda parenta e conselheira. Trata-se de obra para a literatura infantil, à qual a sábia e experiente senhora vem se dedicando agora, após o convite para participar de um concurso de histórias infantis promovido por um programa de televisão. Cremos que não é necessário acrescentar que a boa senhora tirou o primeiro lugar. Mas, passemos ao conto:

Era uma vez uma mocinha muito bonita, que morava num lugar chamado Copacabana. Era uma mocinha muito prendada e com muito jeito para as coisas. Estudiosa e obediente, frequentava sempre o programa do César de Alencar, ia ao Bob's e adorava cuba-libre. Lia muito e gostava, principalmente, da *Revista do Rádio* e da *Luta Democrática*.

Todos elogiavam a beleza da mocinha. Ela tinha cara bonita, olhos bonitos, pele bonita, corpo bonito, pernas bonitas, figura bonita. Era toda bonita. Apesar disso, não era feliz, a mocinha. Ela sonhava com uma coisa, desde pequena — queria entrar para o teatro. Sua mãe sempre dizia que não valia a pena, que ela podia ser feliz de outra maneira, mas não adiantava. O sonho da mocinha bonita era entrar para o teatro. Só pensava nisso e colecionava fotografias de Virgínia Lane, Sophia Loren, Nélia Paula e Marilyn Monroe.

Um dia, a mocinha estava muito triste, porque não conseguia ver realizado o seu ideal, quando um passarinho chegou perto dela e perguntou:

— Por que é que você está triste, mocinha? Você é tão bonita. Não devia ser triste.

— Eu estou triste porque quero entrar para o teatro e não consigo — respondeu a mocinha.

O passarinho riu muito e disse que, se fosse só por isso, não precisava ficar triste. Ele havia de dar um jeito. E de fato, no dia seguinte, passou voando pela janela do quarto da mocinha e deixou cair um bilhetinho que trazia no bico. Era um bilhetinho que dizia: "Fila 4, poltrona 16".

A mocinha foi e num instante conheceu o empresário do teatro, que, ao vê-la, se entusiasmou com sua beleza. Foi logo contratada e, já nos primeiros ensaios, todos elogiavam seu desembaraço. Ela ensaiou muito mas não contou nada pra mãe dela. Somente na noite de estreia é que, antes de sair, chegou perto da mãe e contou tudo. A mãe ficou triste ao ver a filha partir para o estrelato, mas ela estava tão feliz que não a quis contrariar.

E foi bom porque a sua filha fez sucesso. Foi muito ovacionada; todo mundo aplaudiu. Ela voltou para casa contentíssima e, quando ia metendo a chave no portão, ouviu uma voz dizer:

— Meus parabéns. Você é um sucesso.

Aí ela olhou pro lado espantada e viu o passarinho que a ajudara, pousado numa grade. Ela notou que o passarinho dissera aquilo em tom amargo e quis saber:

— Passarinho, você agora é que está triste. Por quê?

Foi aí que o passarinho explicou que não era passarinho não. Era um príncipe encantado, que uma fada má transformara em passarinho.

— Oh, coitadinho! — exclamou a mocinha que acabara de estrear com tanto sucesso. — O que é que eu posso fazer por você?

O passarinho então contou o resto do encantamento. A fada má fizera aquilo com ele só de maldade. Para ele voltar a ser príncipe outra vez, era preciso que uma mocinha bonita e feliz o levasse para sua casa e o colocasse debaixo do travesseiro. No dia seguinte o encanto findava.

— Mas eu sou uma mocinha feliz. E foi você mesmo, passarinho, que disse que eu era bonita. Você e todo mundo.

E dizendo isso, apanhou o passarinho e entrou em casa com

ele. Ajeitou-o bem, debaixo do travesseiro, e, cansada que estava das emoções do dia, adormeceu.

No outro dia de manhã aconteceu tal e qual o passarinho dissera. Quando a mocinha acordou havia um lindo rapaz deitado a seu lado. Era o príncipe.

Esta, pelo menos, foi a história que a mocinha contou pra mãe dela, quando a velha a encontrou de manhã, dormindo com um fuzileiro naval. Que, aliás, só não casou com a mocinha porque já tinha um compromisso em Botafogo.

Somos bons de banho

Se fosse reportagem dessas revistas que ficam por aí batalhando pela exaltação do medíocre, ainda não levaríamos a sério. Mas trata-se de mensário norte-americano, dos mais metidos a besta. Nele é que está a reportagem sobre os costumes da higiene entre os povos, reportagem que chega a surpreendentes (lá pra eles, americanos) conclusões. Segundo o que juntaram as estatísticas, entre os povos ditos civilizados, apenas os sul-americanos — e assim mesmo não é em todos os países desta América — possuem um balanço de mais de cinquenta por cento da população que se dá ao hábito do banho diário.

Vejam vocês que bonitinho: o Brasil figura na coisa. A gente, isto é, metade da gente se dá ao luxo do banho diário, num país onde as cidades principais sofrem de permanente falta d'água. Não é lindo?

Você aí, toma banho todo dia? Sentiu bem! A senhora lá, também se dá ao ensaboado de vinte e quatro em vinte e quatro? Perfeito, madame. Aliás, basta olhar para ver que a senhora tá limpinha.

Mas há os que se fazem de "estrangeiros", isto é, falcatruam o banho diário, prejudicando a estatística a favor do Brasil. O mensário não diz se a gente também é campeão mundial de banho, mas faz referências muito elogiosas ao povo brasileiro. Logo, se não tivesse essa turma aí que faz que esqueceu de tomar banho, ou certas pessoas preguiçosas, que tomam o chamado de assento, que — diga-se a bem da verdade — não é banho dos mais pródigos em remover impurezas; se não existisse essa turma — repetimos — e mais outros que escondem sob o olor forte das essências a verdade odorífica do suor, o Brasil bem que poderia guardar mais este honroso título universal: Campeão Mundial de Banho.

E isto, é preciso que se frise mais uma vez, é estatística séria, feita pelos norte-americanos, que, depois de chiclete e dólares, têm adoração pelas estatísticas. Agora, uma outra coisa é preciso fazer sentir: não nos iludamos a respeito de tão decantada higiene. Afinal, higiene é como mulher... quanto mais, melhor. E tem muita gente pela aí que não faz jus ao título.

Nosso querido Primo Altamirando, por exemplo, arranjou uma namorada que só vai ao banheiro para outros afazeres. Banho com ela é em suaves prestações mensais. Mas o nefando parente é sutil. Noutro dia chegou lá na casa dela com um embrulhinho e disse: "Trouxe um presente para você usar no pescoço. Adivinhe o que é". E quando a coitada, na voz de ser para usar no pescoço, disse que devia ser um colar, Mirinho deu uma gargalhada e falou: "Errou, sua boba. É um sabonete".

A arma do crime

Foi em São Paulo. Aqui o jornal diz que Isaura Specca Pinto registrou a queixa na polícia, depois de ter recebido socorro médico. Fora atacada pelo seu amásio (em notícia de fato policial o distinto é sempre amásio e nunca amante. É um truque lá dos coleguinhas). O amásio é o vigia de obra Herculano de Sousa Martins. Para que vocês não fiquem imaginando que a gente inventa essas coisas, vão aqui outros dados importantes. O casal vivia (vai no passado porque a reconciliação vai ser difícil) na rua L, número 4-B, em Vila Medeiros, jurisdição da 19ª Delegacia.

Agora o caso. Foi assim: Herculano tinha lá suas razões para ofender Isaura com palavras de baixo calão (xingamento de nome de mãe, provavelmente) e Isaura achava que não ficava bem o amásio estar espinafrando assim seus antepassados. Vai daí — palavrão vai, palavrão vem — pegou a arma que estava escondida debaixo da cama e agrediu Herculano. Este, mais robusto pouquinha coisa, desarmou-a e passou a usar a arma contra ela, e com tal apetite que Isaura foi parar no hospital e Herculano deu no pé.

Mas, nas suas declarações em distrito, onde foi aberto inquérito já relatado e enviado ao fórum, Isaura foi mais explícita. Aqui está como saiu no jornal:

> Isaura acusa o seu amásio Herculano de tê-la agredido a golpes de urinol, no interior de sua residência. Esclareceu que quem empunhava o vaso noturno (bonito nome para uma valsa: "Vaso noturno"), a princípio, era ela. Mas Herculano, mais forte, desarmou-a (diria melhor se dissesse "desurinolizou-a") e passou a desferir seguidos golpes, ferindo-a bastante.

Vejam vocês que coisa prosaica. E ainda há quem diga que amantes vivem melhor que cônjuges. A senhora aí, madame, já imaginou se isto acontece com a senhora? Já imaginou depois, no fórum, o interrogatório, com o juiz empunhando a arma do crime? Que coisa prosaica, não é, dona?

Como disse? Com a senhora não haveria perigo? Por quê? Debaixo da cama não tem vaso noturno? Ah, tem? Já compreendemos, madame. Em cima da cama é que não costuma ter ninguém. Antes assim, dona. Melhor sozinha com o vaso noturno do que mal acompanhada.

Nós em garrafa

Vínhamos ladeira abaixo, comendo umas goiabinhas, quando surgiu na nossa frente um cavalheiro bem-posto, a sorrir, de braços abertos. Como somos bom fisionomista e reparamos logo que o distinto não era pessoa da nossa intimidade, julgamos tratar-se de um batedor de carteira.

Felizmente não era. Era um industrial. Deu o cartãozinho e passou a explicar por que cercara este valoroso escriba. Primeiro explicou que a indústria dele era embriagante e, antes que tivéssemos qualquer atitude de espanto, esclareceu que fabricava bebidas alcoólicas.

De surpresa em surpresa disse que precisava de nós:

— Para beber? — perguntamos, já armando uma desculpa em defesa do fígado.

Felizmente não era. O bem-posto cavalheiro, falante como um animador de auditório, afirmou que se quiséssemos beber só era um prazer oferecer a bebida, mas que vinha com outra intenção. Sua firma vai lançar na praça um conhaque nacional (e ante a nossa cara de enjoo botou vírgula na frase e jurou que não é cachaça vagabunda fingindo de conhaque não. É conhaque no duro).

Mas... a firma vai lançar um conhaque e o Departamento de Promoções... vejam vocês, até pra vender essas coisas eles têm

Departamento de Promoções... o tal departamento lembrou que seria ótimo colocar o nome de Stanislaw Ponte Preta na beberagem. Ora que coisa! Tanto rodeio para no fim vir propor que fôssemos padrinho de conhaque nacional. Claro que não.

— Mas nós pagamos — insistiu o industrial.

— Pagamos não. Pagariam. E não fariam mais do que a obrigação — dissemos nós, já a nos imaginar nas prateleiras dos botecos desta Buracap, devidamente engarrafado.

Agora vejam se fica bonito. Uma personalidade marcante como a nossa virar motivo de discussão em casa. A mulher dizendo para o marido, que chegou meio sobre o alcantilado para o jantar: "Chegou atrasado, não é, cachorrão? E ainda chega com bafo de Stanislaw Ponte Preta".

Se isto é proposta que se faça ao guia espiritual de milhares de leitores universais! Como é que íamos ser respeitados depois de concordar com a proposta? Estamos aqui a imaginar um pai a dizer para a filha: "Você é a vergonha da família, está viciada em Stanislaw Ponte Preta".

Não, de jeito nenhum. Que horror teríamos ao saber que um pilantra qualquer poderia chegar no balcão de um frege e berrar para o taberneiro, em noite de frio: "Me dá um Stanislaw aí pra me esquentar".

Um homem e seu complexo

Era um homem. Era um desses homens que não resistem à pergunta: "Você é um homem ou um rato?". Dizemos que era dos que não resistem porque, sem dúvida, quando inquirido, não saberia o que responder. E isto é mais doloroso porque sua dúvida não era a de que não pudesse ser um homem, e sim a de que talvez não chegasse a ser um rato.

Sim, companheiros, o homem era um poço de complexos, figurinha capaz de dar dor de cabeça em aspirina, tipo que se considerava tão inferior que tinha vergonha de assinar o próprio nome. E para isto também tinha uma explicação viável: chamava-se Eugênio e era incapaz — na sua infinita modéstia — de considerar o próprio "Eu", quanto mais ser simplesmente um "gênio".

Vai daí, Eugênio ficou sendo Z. Não era Zé, com Z e *e*, mais um acento (ou assento? Botamos os dois, Osvaldo, para que você escolha o certo). Eugênio assinava só a letra Z na certeza de que esta é que lhe servia, por ser a última do alfabeto.

Tantos eram os complexos de Z que, lá um dia, alguém lhe deu dinheiro para consultar um psicanalista. Morem no detalhe de alguém lhe dar dinheiro. Tudo porque Z não andava com cruzeiros no bolso, convencido de que, se assim o fizesse, desvalorizaria ainda mais a nossa moeda.

Mas — como ficou dito — pagaram a consulta e Z foi ao psicanalista. O médico mandou que ele deitasse naquele divã regulamentar e o paciente deu a primeira prova de seu estado de espírito ao responder que se consultaria de pé, pois não se sentia com direito de ficar deitado, enquanto o outro trabalhava.

O psicanalista achou aquilo muito estranho, percebeu que estava diante de um caso de complexo de inferioridade incurável e deu umas pílulas. Mas deu sem nenhuma esperança, porque Z era tão sincero em seus complexos que chegou a confessar que só se sentia bem numa lata de lixo, ocasião em que pagou a consulta e se atirou pela lixeira do edifício, com um sorriso de superioridade.

Mas mesmo o lixo tem seu valor, embora a limpeza pública não saiba. Z foi piorando de tal forma que acabou achando que nem como lixo prestava. E — um dia — deu-se o trágico e amargo fim: seu complexo chegou ao máximo. Ia sair de casa e, para colocar a gravata, foi até o espelho. Qual não foi a sua surpresa? Chegou diante do espelho... olhou... e não viu mais ninguém.

Doações corporais

— Em minha opinião, cada pessoa devia ter dois corações! — e com tal declaração, desceu no aeroporto de Londres o prof. Vladímir Démikhov, cirurgião soviético que se prepara para enxertar em uma paciente de vinte anos de idade a perna de uma mulher morta.

O professor é bárbaro, nesse negócio de enxertar na base do toma lá, dá cá. Foi ele que fez o primeiro cachorrinho com dois corações, foi ele que inventou o primeiro cachorrinho com duas cabeças e é ele quem admite, para um futuro próximo, pessoas com dois corações, para que sejam melhor distribuídos a função e o cansativo trabalho do chamado propulsor.

Está claro que o prof. Vladímir não pensa em fazer monstros e quer colocar órgãos duplos para casos especiais. Sua ciência evolui para um lado verdadeiramente consagrador, qual seja, o de uma pessoa mutilada herdar de uma pessoa recém-falecida o pedaço que lhe falta, seja perna, braço, olho ou nariz. Isto, no entanto, não impediu que o abominável Primo Altamirando tenha escrito ao distinto sábio soviético, pedindo que lhe arranje uma mulher com quatro coxas.

Mas, voltemos ao professor. Além de achar que cada pessoa deve ter dois corações, Vladímir Démikhov assegura que tal coisa não é impossível:

— Sei que isto se afiguraria improvável, mas as viagens à

Lua também pareciam improváveis, não faz muito tempo — afirmou ele.

E diz que a humanidade ganhará muito, no dia em que uma pessoa que tenha orelhas muito bem formadinhas puder deixar, para um amigo de orelhas feias, seu par de pavilhões auriculares. E que beleza não será alguém de perna sadia, ao morrer, deixar de herança para um amigo aleijado a perna que lhe falta. E os olhos dos que veem para os cegos de nascença, um braço para quem só tem um, cabelo para os carecas, mãos para os manetas, dedos para os dedetas e assim sucessivamente, cada um legando aquilo que já não lhe poderia ter valia para o amigo tão necessitado.

Que o sonho do sábio russo se transforme logo em realidade, porque se for o caso de sermos convocados por Deus antes de Ibrahim Sued, queremos deixar nossa cabeça para ele usar no tempo de vida que lhe sobrar, para uma completa reabilitação.

Os brindes

Primeiro foi aquela loja de vender discos lá de Porto Alegre que, na ânsia de passar adiante os LPs encalhados, anunciou o oferecimento de um quilo de feijão para o comprador de cada disco LP candidato eterno à prateleira. Assim, o povo, que andava doido atrás da semente de faseolácea (é feijão numa apresentação mais puxada para o científico... queiram perdoar), não se incomodou de levar pra casa discos de Pedro Raimundo, Mário Mascarenhas, Dilu Melo etc. etc., contanto que lhe entregassem, em mão, o seu saquinho de feijão.

Agora é um contínuo de repartição que, desesperançado do abono e na certeza de que é difícil arranjar outro emprego nos dias que correm, fez da carestia um bico e está ganhando seu dinheirinho. O distinto levanta de madrugada, vai pra fila da carne e aguarda a sua vez. Como é dos primeiros na fila, consegue um quilo razoavelmente medido, quilo de carne este que leva para a repartição e rifa, na base de dez pratas o bilhetinho de 001 a 100. No fim da tarde, com os colegas todos torcendo em volta, faz o sorteio. O premiado leva um quilo de carne pra casa por dez cruzeiros — preço ao alcance de todas as bolsas — enquanto o contínuo-açougueiro-banqueiro fica com uma abóbora de mil, pelo expediente.

Bem diz Tia Zulmira — prenhe de saber e transbordante de experiência — "quem se vira, se inspira". É um fato. A loja de discos aproveitou a falta de feijão para se livrar de discos encalhados, o contínuo aproveita a "carnestia" (como tão bem apelidou Primo Altamirando a falta de carne) para ganhar um pouco mais do que o salário ralo.

E a coisa vai pegando, como Deus é servido. Clubes da ZN estão organizando "biriba" aos sábados, para os sócios. Os prêmios lá estão, para quem quiser ver. Ao vencedor, três quilos de filé-mignon, ao segundo colocado, três quilos de feijão, ao terceiro, um quilo de feijão e outro de alcatra.

A ZS, por enquanto, vai se mantendo a fingir uma dignidade guaia, organizando no Country Club e demais clubes grã-finos seus concursos de buraco, biriba ou bridge, ofertando aos vencedores inúteis medalhas de ouro, prata ou bronze, que não servem para alimentar mais do que a vaidade.

Mas isto é por enquanto. Chegará o momento em que o alimento do estômago falará mais alto do que o alimento da vaidade, e a grã-finada larga pra lá essa besteira de medalha e adere aos prêmios já em uso na Zona Norte da cidade (residência da saudade — como quer o grande poeta urbano Orestes Barbosa). E nós veremos no Country um pai industrial torcendo para entrar um coringa no jogo da filha, para que ela faça canastra e ganhe um florido buquê de couve-flor.

Sim, irmãos, humânitas precisa comer, como diria o coleguinha Brás Cubas: ao vencedor, as batatas.

A vaca

Não foi muito longe não, foi na avenida das Bandeiras — que é ali beirando a variante. Personagem: uma vaca! A dita personagem vinha caminhando pela beira da avenida das Bandeiras, com aquela dignidade que só as vacas têm, quando — súbito — resolveu atravessar para o outro lado. E vocês sabem como vaca é. Cismou e atravessou mesmo.

Vinha um caminhão disparado e não teve tempo de frear. Aí foi aquele acidente horrível. O caminhão pegou a vaca pelo meio e encaçapou-a legal, matando ali mesmo. O noticiário não explica se a coitada ficou em decúbito dorsal ou decúbito ventral, mas que morreu, lá isso morreu.

O caminhão deu no pé e nem prestou atenção; caminhão mata gente e não para, vai travar por causa de vaca! Aconteceu, porém, o que ninguém esperava. Um — com desculpa da má palavra — pedestre que a tudo assistira, em vez de ficar na moita e resolver o seu problema sozinho, saiu gritando pela aí:

— Tem uma vaca morta na estrada! Tem uma vaca morta na estrada!

No grito, a turma ouviu e só pensou em chã de dentro, alcatra, mocotó, filé. Alguns, mais requintados, na voz de vaca morta, passaram a entrever dobradinhas à moda do Porto, iscas de fígado à lisboeta, rabada com polenta, filé à Osvaldo Aranha (ou mesmo filé ao outro... Chateaubriand). Enfim, foi aquela ignorância.

O povo muniu-se de facas, machadinhas, canivetes e até tesouras de unhas para retalhar a falecida, na ânsia de melhorar o ragu. Os mais fortes conseguiram o lado bom da vaca, onde mora o mignon. Os mais fracos, ainda que intimidados, pegaram o miolo (miolo de vaca é como o de cronista menor, não tem muito proveito), outros franzinos levaram os rins, e assim por diante.

Dizem técnicos em talho que do boi só não se aproveita o suspiro, porque até a sua vergonha serve para adubar canteiros. Pois com a vaca atropelada foi pior.

Depois que acabou o pega, os que não tiveram vez chegaram de mansinho e repartiram os ossos, porque uma sopa razoável, hoje em dia, está custando mais caro do que prato feito reforçado em botequim de operário.

Dizem que o Sindicato dos Urubus vai protestar junto ao dr. J. Karne e impetrar mandado de segurança.

O dedo

Foi em São Paulo num ônibus. Havia um dedo; aliás, como é natural em coletivos, havia diversos dedos. Em coletivos, comumente, acontece mão-boba, quanto mais dedo.

Não. Não era um dedo-bobo, nem pode ser comparado com os demais dedos que viajavam no Santa Clara-Paissandu, da Empresa Vila Paulista Ltda., porque estes estavam em seus respectivos lugares, nas mãos de seus donos, enquanto que o dedo citado estava sozinho, no chão do ônibus, apontando sabe lá Deus para onde.

Dirão vocês: então era um dedo-bobo. Mas nós, mais ponderados pouquinha coisa, explicamos que não era bobo. Era um dedo de responsabilidade, pois portava aliança.

Deu-se que o sr. Leonel, motorista do veículo, já achara chato quando um passageiro, que talvez fosse Primo Altamirando (Mirinho foi a São Paulo visitar um traficante de cocaína, seu amigo), ao descer do ônibus dissera: "Ó meu... deixaram um dedo aqui pra você". Achara chato porque a piada não tinha graça nenhuma.

Mas, pouco depois, um outro passageiro ia saindo, olhou para baixo e viu o dedo. Estava no mesmo lugar que o passageiro anterior indicara, apontando com outro dedo, lá dele. O passageiro, mais minucioso em suas pesquisas, em vez de avisar ao motorista, abaixou-se e pegou o dedo.

Era um dedo casado com d. Paula Yukiawone vai fazer onze anos na próxima segunda-feira. Como, minha senhora? Como é que chegaram a esta conclusão? Porque o dedo tinha aliança, madame. Tinha aliança e, na aliança, estava escrito: "Paula Yukiawone — 25-1-1949". Logo, é elementar, *my dear Watson!*

Agora, o que se faz com um dedo transviado (e aqui não vai nenhuma insinuação de que o marido de d. Paula seja lambretista), ninguém sabe. Carregaram-no para a delegacia de homicídios, porque do dedo pra lá não se conhece o dono. A polícia está na expectativa de que o dono direito do dedo ou d. Paula, que casou com o dedo e o resto que normalmente acompanha um dedo, venha reclamá-lo.

E, enquanto espera, não sabe o que fazer ou como agir. E é profundamente incômodo para a polícia ficar olhando aquele dedo que não aponta para lugar nenhum. Mas o jeito é esperar, porque não é provável que seguindo para o lugar que o dedo aponta a polícia encontre o dono.

O Dia do Papai

A jovem senhora, realmente muito bonita, estava na boca de uns e outros. A Candinha já morara em seu assunto. Madame, de fato, tinha sido educada no ambiente sadio do Vogue, fora mais ou menos modelo de casa de modas e tinha até feito sua experiência no chamado teatro rebolado.

Depois conheceu o otário, aliás, o marido, e casara. Tivera um filhinho mais ou menos louro, embora o acima citado fosse mais ou menos moreno. Na época, Primo Altamirando — muito do mau-caráter — chegou a comentar:

— Tava lá Mané Sinhô.*

O menino cresceu até ficar de bom tamanho, a distinta até que andava mais pra calma do que pra assanhada, e o murmúrio foi diminuindo até parar. O marido não tomava conhecimento, mesmo porque, conforme diz o ditado: "Os maridos e os Diários Associados são os últimos a saber".

Veio, então, o Dia do Papai. Chamaram o garoto, deram um embrulho a ele (quem deu foi a vovó, coitada, sempre tão amiga de datas), e explicaram:

— Isto é um presente, porque hoje é o Dia do Papai. Você pega esse presente e guarda. Logo mais você entrega ao seu pai.

O garoto, que adorava ouvir conversa, fez que sim com a cabeça e disse que tava legal, que depois entregava o presente ao papai. A avó ainda deu um beijinho nele antes de sair, crente que tudo ia acontecer como ela previa.

Depois veio o fim da tarde, a mãe do garoto — a que tinha

---

* "Tava lá Mané Sinhô" — trecho da canção "Uma casa de caboclo", que vem logo depois daquele pedaço em que o cantor diz que numa casa de caboclo um é pouco, dois é bom, três é demais. O terceiro, no verso, era Mané Sinhô.

sido até candidata a rainha de um baile aí — chegou do dentista, o marido dela chegou logo em seguida e aí caiu a noite.

O menininho então lembrou-se da recomendação da avó. Tinha que pegar o embrulho do presente e entregar ao papai. Foi lá dentro, apanhou o embrulho no armário, botou debaixo do braço e saiu pra rua. Entrou na casa ao lado, tocou a campainha e, quando o vizinho apareceu, entregou-lhe o embrulho.

Lição de nudismo

Nasceu o primeiro menino nudista!

Deu-se que uma dama de pouca roupa, habitante da ilha do Sol, ilha onde reina a popular Luz Del Fuego, conheceu, no mesmo local, um cavalheiro, chamado Ladário Brito, que se veste na Sem-Cal. A jovem, cujo nome é Cleide, se apaixonou-se (vê aí onde fica melhor colocado o oblíquo, Osvaldo) pelo Ladário e, já vai pra mais de um ano, a dupla casou.

Agora — noticiam os jornais — vem de nascer o primeiro menino nudista. Sim, porque, mesmo depois de casados, Ladário e Cleide continuaram firmes como sócios do Clube Naturalista do Brasil, com sede na acima citada ilha do Sol.

A mãe do primeiro menino nudista é quem dá entrevista à imprensa saudável, explicando que a criança, se tivesse nascido menina, ia se chamar Lua, mas — felizmente — nasceu menino e será batizado com o nome de Sol, coitadinho. De qualquer maneira, Sol é melhor do que Lua, pois tem luz própria, ainda que não seja Del Fuego.

Dona Cleide Brito está contentíssima com o nascer do Sol e já declarou que o seu júbilo é enorme. Tão grande que até parece que o Sol nasceu pra todos. Ela foi muito fotografada logo após o Nascente e os jornais abriram espaço para dar um lugar ao Sol, razão pela qual também apareceram nas reportagens diversas fotos do menino.

Nós — embora achando que nudismo é como brincadeira, isto é, tem hora — não podemos deixar de cumprimentar o casal e muito principalmente a jovem mãe que deu à luz o Sol. Apenas gostaríamos de corrigir um equívoco de d. Cleide, no que tange à sua declaração de que seu filho é o primeiro menino nudista nascido nesta cidade.

Para não cometer um erro, andamos mesmo a consultar entendidos no assunto, acabando por recorrer à Tia Zulmira, como sempre fazemos em caso de dúvida. Pedimos à sábia ermitã da Boca do Mato para nos informar se não é precipitação de d. Cleide reclamar para seu filho o título de primeiro menino nudista. A experiente parenta nem pestanejou para responder que, de fato, há aí um erro que a sócia do Clube Naturalista cometeu, com relação a prioridades nudistas do garoto. E acrescentou, não sem antes meter um pouco de malícia:

— Salvo um ou outro cocoroca que já nasceu de touca, todo menino, quando nasce, é nudista.

O homem da pasta preta

Sobraçando uma enorme pasta preta o homem chegou-se para perto da nossa mesa e esperou que levantássemos a cabeça. Fingimos não dar pela sua presença, mas a situação foi ficando meio velhaca e fomos obrigados a perguntar se desejava alguma coisa. Ora se.

Bastou dar a deixa para ele explicar que era um emissário do saber, da cultura, da ilustração. Representante dos mais famosos editores, o homem de indisfarçável sotaque espanhol pôs-se a oferecer livros e mais livros, tudo a preços de ocasião, com descontos formidáveis, com facilidades de pagamento.

— O senhor precisa aproveitar el momento que es oportuno. Las livrarias fazem um desconto especial ahora.

Para ganhar tempo, perguntamos por que as livrarias estão fazendo desconto especial agora. Ele, muito naturalmente, explicou:

— Junho!

Não sabemos por que Balzac é mais barato em junho e jamais saberemos, pois o homem não é de dar tempo para pensar. Ali estava, sobre a mesa, toda a *Comédia humana*, mais barata à vista, com um pequeno acréscimo para as tais suaves prestações mensais.

Ficou absolutamente bestificado quando soube que Balzac não interessava. E o Anatole France de bolso, também não? Mas isso era desconcertante! Um cavalheiro com a nossa cultura, com a nossa posição social... E perguntou:

— O amigo, naturalmente, tiene su posición dentro do café soçaite?

— Jogamos na defesa.

Ele achou a resposta de um fino humor. Grande espírito. E aproveitou para sapecar Eça de Queirós, inteiramente revisto pelo filho do próprio. Inclusive — garantiu — com notas muito oportunas. Explicamos que já tínhamos o Eça lá em casa. O Eça, o Ramalho, o Camilo, o Fialho, o Antero. Em matéria de literatura portuguesa, lá em casa vamos bem.

Subiu a península Ibérica e abriu um folheto que demonstrava e provava que nunca, em nenhum país do mundo, se fez — numa só edição — um apanhado tão completo da obra de Cervantes. Já impacientes, declaramos:

— Cervantes dá azia!

Não sabemos se azia em espanhol é diferente. O fato é que não entendeu. Fechou o folheto e abriu outro. Este elucidava os interessados numa coleção enciclopédica. Eram vinte volumes que condensavam curiosidades matemáticas, as chamadas maravilhas da natureza e outros alicerces do saber. O homem que lesse com atenção a obra toda poderia fazer um figurão, respondendo perguntas nos programas de televisão.

Um a um, fomos recusando poetas e prosadores, biógrafos e historiadores, gramáticos, metafísicos, astrônomos e astrólogos. Da fina flor da literatura, passou a meros catálogos. O senhor tem disco? É amante da pesca?

— Quem nos dera ter amante!

Nem sequer sorriu. Gosta de fotografias? Quer aprender a desenhar? Deseja ser mecânico de rádio em vinte lições? A arte da decoração. O nosso corpo. O mar que nos cerca. A vida no subsolo. No mundo das bactérias. A culinária de todo o mundo.

Nesta última oferta apelamos para o ofendido. Imediatamente pediu desculpas. Realmente, um homem do nosso trato não iria cozinhar nunca. Por fim, esgotado o estoque, sentindo que não venderia coisa nenhuma, apelou pra ignorância. Olhou para os lados, certificou-se de que estávamos a sós e segredou:

— Tengo aqui umas coisas mui lindas. Para leitura íntima.

E mostrou um livro com mulher nua na capa. Nem assim...

Vamos acabar com esta folga

O negócio aconteceu num café. Tinha uma porção de sujeitos sentados nesse café, tomando umas e outras. Havia brasileiros, portugueses, franceses, argelinos, alemães, o diabo.

De repente, um alemão forte pra cachorro levantou e gritou

que não via homem pra ele ali dentro. Houve surpresa inicial, motivada pela provocação, e logo um turco, tão forte como o alemão, levantou-se de lá e perguntou:

— Isso é comigo?

— Pode ser com você também — respondeu o alemão.

Aí então o turco avançou para o alemão e levou uma traulitada tão segura que caiu no chão. Vai daí o alemão repetiu que não havia homem ali dentro pra ele. Queimou-se então um português que era maior ainda do que o turco. Queimou-se e não conversou. Partiu para cima do alemão e não teve outra sorte. Levou um murro debaixo dos queixos e caiu sem sentidos.

O alemão limpou as mãos, deu mais um gole no chope e fez ver aos presentes que o que dizia era certo. Não havia homem para ele ali naquele café. Levantou-se então um inglês troncudo pra cachorro e também entrou bem. E depois do inglês foi a vez de um francês, depois um norueguês etc. etc. Até que, lá do canto do café, levantou-se um brasileiro magrinho, cheio de picardia para perguntar, como os outros:

— Isso é comigo?

O alemão voltou a dizer que podia ser. Então o brasileiro deu um sorriso cheio de bossa e veio vindo gingando assim pro lado do alemão. Parou perto, balançou o corpo e... PIMBA! O alemão deu-lhe uma porrada na cabeça com tanta força que quase desmonta o brasileiro.

Como, minha senhora? Qual é o fim da história? Pois a história termina aí, madame. Termina aí que é pros brasileiros perderem essa mania de pisar macio e pensar que são mais malandros do que os outros.

Razões de ordem técnica

A moça viajou no ônibus em que viajava este que ora batuca, intimorato e altivo, as teclas macias de sua Remington semi-portátil, todas recentemente azeitadas para novas campanhas. Não somos de viajar nesses incômodos coletivos. Stanislaw é uma vítima contumaz de táxi e não teria se rebaixado a freguês da Copanorte se não estivesse de caixa baixa. Estávamos mais por baixo do que calcinha de náilon.

Mas — dizíamos — a moça entrou e era o que se poderia desejar em matéria de mulher de qualidade superior. Tanto era, que houve como que um minuto de silêncio respeitoso, no coletivo. Aliás, minuto de silêncio respeitoso, não. Seria mais justo dizer, minuto de silêncio para que todos os coleguinhas de viagem pensassem em besteira.

Depois — pouco a pouco — todos nos acostumaríamos à sua presença. Naquele momento, ela ainda fazia mais sucesso que Vicente Celestino em Barra do Piraí. Todos queriam lhe ceder o lugar. Um velhote, mais ou menos sem dignidade, levantou-se do banco e quis ser cavalheiro. Ela recusou com a altivez das que têm noivo.

O velhote desistiu e sentou. Havia um bonitão no ônibus. Como, minha senhora? Se o bonitão éramos nós? Não, senhora, era outro. A senhora desculpe. Havia dois bonitões: nós e o outro. Foi o outro que se levantou e disse, com voz de locutor da Rádio Nacional (programação matinal):

— Queira sentar, senhorinha.

O senhorinha soou falso como borderô de companhia de revistas musicais. Mas todos esperamos o êxito do bacano. Não foi bem-sucedido, porém. Ela sorriu agradecida e respondeu:

— Não se incomode.

Era difícil a gente não se incomodar com aquele monumento ali na nossa frente, balançando no corredor do ônibus. Depois, foi saindo gente e os que estavam em pé iam sentando. Mas, antes, ofereciam a vez à bonitona. Ela sorria, agradecia e continuava em pé. Chegou o momento, porém, em que o número de lugares era maior que o número de passageiros. Mesmo assim, ela ficou firme, viajando de pé.

Foi aí que, com aquela timidez que é o nosso maior sucesso com mulher, pigarreamos legal e perguntamos à distinta:

— Você não quer sentar?

E ela respondeu:

— Não.

E nós:

— Por quê?

E ela:

— Furúnculo.

A batalha do Leblon

Foi à noitinha, aí por volta das vinte horas, que a notícia correu pelas esquinas do Leblon, ganhou amplitude, espalhou-se pelo bairro e foi explodir como uma bomba na delegacia de polícia. Os bichos do circo armado perto da pracinha tinham picado a mula. Foi aí que começou a ignorância. O delegado não estava, é claro. O comissário também, é lógico, e a coisa sobrou na mão do prontidão.

— Chamem a polícia — berrou o infeliz.

— Mas a polícia somos nós — advertiu um outro guarda.

Refeito da distração, o prontidão começou a procurar seus

superiores para saber como agir. A muito custo conseguiu telefonar para um primo da noiva do comissário e localizar o distinto.

— Peçam uma patrulha do Exército — recomendou o comissário.

Pediu-se. Mas havia outras corporações disponíveis. E apelou-se para o Corpo de Bombeiros, para a Polícia Militar, Radiopatrulha e — ninguém até agora sabe explicar por quê — um carro-socorro da Light.

— Talvez seja para evitar curto-circuito no leão — disse um mulato magrela, com cara de gozador.

O elefante, segundo informações de um soldado desconhecido, seguira rumo à praia. Elefante, ao que se presume, não nada. Ou será que nada? O povo dava palpites e, como sempre, do povo saiu um mais bem informado pouquinha coisa, para dizer que na África nada sim, mas não era o caso deste, cujo se chamava Bômbolo, e que nascera num outro circo e nunca vira água a não ser em balde.

Já então havia uma multidão apreciando as manobras. A praça era uma das trincheiras, o Jardim de Alah era a retaguarda das tropas. Pela rua principal não passaria nenhum bicho que mata gente, salvo lotações, mas estes têm licença pra matar.

Um homem de porte marcial, com muito mais estrelas do que os outros, reclamava contra a demora do tanque. Sim, ele requisitara um tanque de guerra e isto começou a parecer ridículo a uns tantos e emocionante para outros. A preta gorda, e que mal acabara de servir o jantar dos patrões, palpitou:

— Só onça tem umas quatro.

Mas o garoto que estava perto desmentiu, dizendo que estava farto de ir àquele circo e nunca vira onça nenhuma. Foi quando chegou o tanque. Não sabemos se vocês já repararam que tanque de guerra no asfalto fica mais deslocado do que — digamos — mulher nua dentro de um elevador do Ministério da

Fazenda. O povo começou a desconfiar, vendo o tanque manobrando, que a coisa ia ser mais cômica do que trágica.

— O tigre foi pra praia do Pinto — disse um crioulo.

— Pra praia do Pinto vai nóis que semo teso — retrucou seu companheiro, que usava camisa de meia e touca.

Nessa altura apareceu correndo, lá do outro lado da praça, um soldado. Vinha acelerado e parou na frente do homem que tinha mais estrelas do que os outros. Fez uma continência legal e avisou que não havia elefante na praia. Imediatamente recebeu ordens de ir pelas casas avisando para que todo o mundo trancasse as portas por causa dos leões.

— Manda espiar primeiro se o leão já não entrou, senão é fogo na jacutinga, trancar porta com leão dentro — gozou o mulato.

O soldado explicou que não era preciso, porque não tinha leão. Nem leão, nem tigre, nem onça. Apenas um "popótis".

— Hipopótamo — corrigiu o que tinha mais estrelas do que os outros.

Então — já conhecido o inimigo — começou o cerco ao "popótis". Dos que estavam nas proximidades, poucos sabiam o que era um hipopótamo. Uns diziam que era maior do que elefante, outros diziam que era menor, mas muito mais feroz. E nessa troca de impressões ficaram até que surgiu um outro soldado que, vindo correndo em diagonal pela praça, bateu continência e disse pro de mais estrelas:

— O "popótis" se rendeu-se.

— Hipopótamo — voltou a corrigir o chefe, deixando passar a abundância de pronomes.

Soube-se que, realmente, o hipopótamo fora localizado dentro de um jardim, numa residência grã-fina, comendo girassóis. E logo depois apareceu na esquina o dono do circo, puxando um bicho que não era muito maior que um cachorro dinamarquês e que o acompanhava de passo pachorrento. Decepção geral, inclusive dos soldados, preparados para mais uma batalha que, como tantas outras, não houve.

— Ainda por cima o bicho come flor — disse a preta gorda.

— Come flor sim, uai! — explicou o de touca. — Então tu não sabia que "popótis" é veterinário?

O caso do marido doido

Quando a mulher entrou em casa, vinda de um cabeleireiro que não tivera tempo de atendê-la, foi para surpreender o marido em flagrante... com a empregada. Era uma empregada nova (no emprego e na idade), admitida dias antes para o serviço de copeirar e nunca — está claro — de cooperar.

Assim, surpreendida em afazeres que não eram os seus, a empregada soltou um grito. Foi ela a primeira pessoa ali naquela sala a dar com a recém-chegada (e, pior que recém-chegada... patroa) parada na porta de entrada. O grito era um misto de espanto e terror e tão alto saiu, que o marido deu um pulo e caiu em pé, no meio do tapete, com uma perna só. A outra perna ficou no ar, suspensa, como que a aguardar os acontecimentos.

A cena durou uns cinco segundos, se tanto. Depois a copeira correu lá para dentro e os dois — marido e mulher — continuaram parados: ele ainda numa perna só, de olhos vidrados, sem mover um músculo. Aparentemente não respirava, sequer.

A primeira palavra que a mulher disse foi "francamente". A segunda foi "cretino". O "francamente" era num tom entre enojado e raivoso. E mais não disse porque o marido mexia-se, afinal. Trocou a perna que estava no ar pela que estava no chão e saiu

52

pulando num pé só. Deu uma volta completa na sala e se dirigiu para a porta do corredor, rumo ao elevador.

A mulher ainda esperou que ele voltasse, mas quando percebeu a demora precipitou-se pelas escadas abaixo, já prevendo o que aconteceria. Ao chegar ao portão, ele já estava lá do outro lado da rua nuzinho, como Deus o fizera, sempre a pular como um saci.

Enlouqueceu, decerto. Tido e havido, há mais de dez anos, como um marido exemplar, ao ser surpreendido em flagrante com a empregada, o choque fora demasiado grande para ele... e enlouquecera. Claro que enlouquecera. Lá ia ele a pular, em direção à praça. Agora gritava a plenos pulmões:

— Cauby! Cauby! Cauby!

Só doido mesmo. Ele detestava Cauby.

Em seguida mudou de grito. Passou a berrar:

— Flamengo, Flamengo, Flamengo.

A mulher sabia que ele era Vasco e pensou consigo mesma que felizmente não havia ninguém na rua, com exceção de um gari que até há pouco varria os buracos da calçada e agora encostara a vassoura no muro e pusera as mãos nas cadeiras para melhor apreciar aquele estranho rubro-negro.

A mulher tentara em vão trazê-lo de volta para casa. Ele se desprendia de suas mãos e cada vez pulava mais alto. Somente o estribilho é que mudara. Agora gritava:

— É o maior! É o maior! É o maior!

A mulher não sabia quem era o "maior", se Cauby ou o Flamengo. Detalhe — de resto — sem importância, diante da ideia de que dentro em breve chegariam outras pessoas, atraídas pelos gritos. Tinha que levá-lo de volta urgentemente. Apelou para o gari mas este não estava muito propenso a se meter com doido.

— Que é que o senhor está fazendo aí parado? — perguntou a mulher para o gari.

Nem o gari sabia o que estava fazendo na rua. Mesmo assim — por hábito — respondeu que sua função era de lixeiro. E a mulher, que trazia viva na mente a cena da sala, comentou:

— Este homem não deixa de ser lixo também.

Graças a esta observação, o gari recolheu-o. Agora vinha mais calmo. Já caminhava direito e o acesso de loucura parecia ter passado, quando, no elevador, seguro pela mulher à direita e pelo gari à esquerda, começou a recitar Shakespeare em francês. Embora nu, segurava uma túnica imaginária e se dizia Marco Antônio:

— *"C'était le plus noble romain d'eux tous. Sa vie fut noble, et les divers éléments étaient si bien mélés en lui que la nature pouvait se lever, et dire à l'univers entier: 'Celui-là était un homme!'"*

Finalmente a mulher, o gari e Marco Antônio chegaram ao seu destino. A primeira deu uma gorjeta ao segundo e carregou o imperador para o quarto, imperador que já não era Marco Antônio, pois, contrariando a história universal, fora substituído por César, a murmurar em tom de lamento:

— *"Et tu Brutus! Et tu Brutus!"*

E a dizer estas três palavras ficou, até a chegada dos parentes. Todos, um por um, tentaram conversar com ele sem nada conseguir. Depois foi chamado um psiquiatra, o único que se fez ouvir e que, ao sair do quarto, aconselhou um mês de repouso num sanatório para doentes nervosos.

O marido foi, calado e triste. Um mês e pouco depois estava de volta, com a recomendação expressa dos médicos para que de modo nenhum comentassem com ele o caso da empregada.

E, neste instante, deitado na cama, o marido, aparentemente distraído, pensa nos acontecimentos dos últimos tempos. Não há dúvida de que representara bem o seu papel de louco. Até os médicos foram na conversa. Mas, pouco a pouco, sua atenção é desviada para os movimentos da nova copeira que — inocentemente — espana os móveis. Já ia chamá-la suavemente pelo nome quando se lembrou que a mulher saíra para ir ao cabeleireiro e bem podia voltar antes da hora, caso não fosse atendida. Mesmo assim chamou a copeira e esta, quando já vinha vindo, recebeu ordem para trazer um café.

Quando ela saiu do quarto, ele respirou fundo e pensou:

— Será que eu fiquei maluco mesmo?

O homem que virou ele

Temos um amigo cigarra... Até aí tudo normal, como dizem os anormais. Mas é que esse amigo cigarra, no seu próprio entender, prevaricou. E prevaricou no violento. Imaginem vocês que, bastou que a "outra" (vejam vocês que monstro de cigarra, chama a esposa de "a outra")... bastou que "a outra" subisse para Petrópolis para ele alugar quarto num hotel muito bonzinho que tem portaria compreensiva.

Vocês estão seguindo o nosso raciocínio? Pois vamos em frente: de posse da chave do novo lar sumiu da residência oficial e foi à vida, se organizando em outras corriolas, muito sobre o animado, esquecido que mulher esposa é mulher bem informada, não somente pelo muito que investiga (com honrosas exceções), como também pelo muito de informativas que são as pessoas amigas, cujas gostam é de ver fogo na giranda do doutor.

Ainda estão nos acompanhando? Muito bem. Sigamos: a mulher soube, talvez antes que ele, do caso com a mariposa do luxo e do prazer — como diria o poeta... Sabem como é, marido é como boi solto, que se lambe todo. Com quarto em hotel condescendente, com a mulher em Petrópolis, choveu moçoila... Uma noite no Hi-Fi, outra no Drink, uma ida à Barra da Tijuca no carro de outro cigarra, para a clássica intoxicação com camarão, e lá se foi ele a simpatizar mais com esta do que com aquela até que... pimba — ficou de cacho.

Como, minha senhora? O que vem a ser "ficar de cacho"? É ficar sob o signo da amigação. A senhora desculpe, mas a forma grosseira de expressão foi para esclarecer melhor.

Um homem de cacho com mulher em Petrópolis não vai em casa nem para trocar de roupa. Dá uma única passada no lar, apanha um bolo de camisas, outro tanto de meias, pega o terno claro para quando não chover e o azul-marinho para quando chover e esquece de mudar a água do canário.

Tudo num táxi, parte feroz para o hotel mais camarada pouquinha coisa. Vanja vai, Vanja vem, esquece até de subir para Petrópolis no fim de semana. Isto é imperdoável mesmo no pior dos cigarras e, no entanto, aconteceu com esse nosso amigo. Resultado: passou o Carnaval, veio a época do colégio das crianças e "a outra" se despencou serra abaixo, sabendo de tudo, inclusive com uma capa da revista *Mundo Ilustrado*, onde ele aparece de braços abertos para a objetiva, fantasiado de baiana rica.

Agora ele se despediu da mariposa do luxo e do prazer (jurou-nos que era um encanto de moça e não aceitou nem as duas notas de mil que ofereceu para calçar a saudade), pagou o hotel de porteirinho cego e retornou ao lar.

— Você não imagina o vexame. Lá ninguém fala comigo. O canário morreu de sede, ou de fome... sei lá. O cachorro, aquele desgraçado, que eu curei de bronquite, está me esnobando. Quando eu passo ele não levanta nem o focinho. Limita-se a abrir um olho... um olho de reprovação que me dá calafrios. Minha filha está muda.

— E sua mulher? — indagamos.

— Essa me chama de ele.

— Chama de quê?

— De ele. Se o almoço está na mesa, ela diz pra empregada: "Avise a ele". Se o telefone toca, é a própria empregada que atende e diz pra minha mulher: "É para ele". Virei "ele" em minha própria casa. Coitado do nosso amigo. Badalou muito. Agora aguente. Nisto de consequências, estamos com Tia Zulmira, quando disse: "Passarinho que come pedra, sabe o que advém".

O passamento de "Bette Davis"

Gilberto Milfont e Lúcio Alves são cantores, o que ninguém ignora, nem mesmo os que nasceram para conjugar o verbo "ignorar". Mas quando param de cantar só pensam em cavalo de corrida. Vai daí, não somente apostam nos cavalinhos da Gávea, como nos cavalinhos de Cidade Jardim, dada a condição de contratados da TV Record, de São Paulo, onde vão semanalmente.

Pois noutro dia Gilberto Milfont estava no aeroporto, pronto a embarcar para São Paulo, quando o microfone anunciou o seu nome. Foi Gilberto saber o que era e era telefone. Gilberto atendeu:

— Alô, Gilberto? É Lúcio Alves. Assim que você chegar em São Paulo, vá lá na Record, peça dez contos ao Blota Júnior em meu nome e jogue na égua Bette Davis, no quinto páreo. Mas só jogue se pagar vinte e cinco pratas, senão não interessa.

— Mas Lúcio... — tentou explicar Milfont, embora Lúcio já tivesse desligado.

Desligou também e embarcou. Chegando em São Paulo, Gilberto seguiu direto para a Record, a fim de procurar o diretor artístico Blota Júnior, que aliás não é tão artístico assim como pensa o próprio. Chegou, explicou, e Blota, que é desses que depois do almoço palita os dentes com um lado só do palito, para economizar o outro lado pra depois do jantar, fez cara de choro e disse que só tinha cinco contos. Estava quase na hora de correr o quinto páreo e então o Gilberto Milfont aceitou os cinco e se sacudiu pro Jóquei.

Chegou bem na hora da última apregoação. Bette Davis era a favorita e estava cotada a vinte e três. Lúcio dissera que menos de vinte e cinco não valia a pena. E então Gilberto guardou o dinheiro e foi ver o páreo correr. O diabo é que, assim que chegou junto da cerca, reparou no placar e viu que a cotação subira pra vinte e seis e não dava mais tempo de jogar.

— O Lúcio me come vivo se essa tal de Bette Davis ganha o páreo — pensou Milfont. — Ele deve estar no Rio torcendo mais que nariz de grã-fino quando fala com pobre.

O jeito era torcer contra. O páreo saiu e Bette Davis pulou dez corpos na frente dos outros e saiu disparada. Gilberto, encostado na cerca, rezava pra Bette Davis mancar e quanto mais ele rezava mais Bette Davis corria. Na entrada da curva ela vinha com quinze corpos e Gilberto torcia tanto que a camisa estava ensopada de suor.

— Para, desgraçada — dizia ele, entre dentes.

E Bette Davis pareceu ouvir. Na reta final começou a correr menos. Oito corpos, sete, cinco, dois e todo o lote passou por Bette Davis com Gilberto todo torcido. E a égua veio parando, veio parando e parou bem na frente de Gilberto. O jóquei saltou para examinar Bette Davis mas não teve tempo. Ela teve uma tremedeira rápida e caiu na pista. Estava morta.

Gilberto Milfont saiu dali e telefonou pro Rio. Lúcio atendeu do lado de cá e perguntou:

— Como é? Deu Bette Davis?

E Gilberto, na maior dignidade:

— Por sua causa eu acabo de matar uma das maiores atrizes do cinema americano.

O caso do tatu

Era um tatu. Nada mais que um tatu, bichinho que rivaliza com a prefeitura na arte de esburacar. Um tatu — segundo a ciência — é nome comum a diversas espécies de mamíferos da família dos dasipodídeos — mas este de que falamos, embora dasipodídeo, não tinha família. Fora adotado pelo cavalheiro de calça cinzenta e unhas idem, cara de debiloide e camisa de meia, com as tradicionais cores do Flamengo. Aliás, diga-se a bem da verdade, não podíamos saber se ele era torcedor dos rubro-negros. O fato de envergar a camisa do Flamengo não quer dizer que o camarada seja rubro-negro, conforme cansou de provar o beque Tomires, em furadas comprometedoras para o clube da Gávea, quando era titular do time.

Mas — dizíamos — era um tatu. O dono do tatu usava-o para chamar a atenção sobre si mesmo. Assim como Luz Del Fuego usa cobra, Barreto Pinto usa cueca e Salvador Dalí usa bigode, o camarada usava o tatu para se fazer notado.

Aos poucos foi chegando gente. Primeiro um garoto com uniforme de estafeta. Parou e perguntou que bicho era. Era tatu. Depois uma mulata gorda, que vinha em companhia de uma branquinha (mais de inanição que de raça). As duas pararam também e ficaram olhando o tatu. Só o tatu é que não dava bola pra ninguém. Talvez não fosse um tatu-bola.

O grupo, pouco depois, já era bem seleto. Havia mais dois estafetas, um sujeito com pinta de contínuo de escritório, diversas senhoras de variadas camadas sociais, dois ou três senhores de pasta, outros tantos sem pasta, uma mulatinha que fazia quase tanto sucesso quanto o tatu (dadas as suas harmoniosas linhas) e mais gente de somenos.

O tatu fuçava a calçada um pouco humilhado, talvez por

perceber que calçada não é coisa que tatu possa esburacar. A prefeitura tem exclusividade. Ia e vinha num raio de dois metros e tanto, restringido pela cordinha que o camarada de camisa do Flamengo prendera no seu rabo.

— Que bicho é este? — perguntou a mulata que fazia sucesso.

Cinco ou seis que estavam de olho nela responderam pressurosos:

— Tatu.

Ela fez um "ahhh" de espanto e coqueteria que lhe ficou muito bem. Um moleque tentou cutucar o tatu com a ponta de uma vara. O dono estrilou. Não seria um estrilo convicto se não recebesse a adesão da mulata gorda que se fazia acompanhar da branquinha esquelética.

— Falta de religião. Cutucar o tatu.

Alguns aprovaram. Outros resolveram ficar contra o dono. Por que um tatu na esquina da avenida Rio Branco com Visconde de Inhaúma? O bichinho podia morrer. Quem sabe não comia há horas? As hipóteses cresciam, enquanto crescia o movimento pró-tatu.

Quando maior era o grupo, mais numeroso o contingente de curiosos, o dono do tatu puxou-o pela cordinha, agarrou-o e o colocou dentro de uma gaiola. O tatu não se chateou; ao contrário da mulata gorda, líder tatuísta no local.

Sem dar atenção a ela o dono do tatu armou uma mesinha precária na calçada, colocou sobre ela estranhos vidrinhos e diversos pedacinhos de uma coisa indefinida e que depois ficou esclarecido que eram calos. Pigarreou e meteu lá:

— Senhoras e senhores, nenhum de nós está livre de possuir um calo. É por isso que eu lhes apresento este maravilhoso preparado que é o maior inimigo das calosidades, mesmo as mais renitentes.

O grupo foi se desfazendo, o dono do tatu ficou falando

sozinho. O senhor de pasta que saiu caminhando à nossa frente ia meio capengando. Devia ter calo e, no entanto, perdera a excelente oportunidade de comprar o "maravilhoso preparado que é o maior inimigo das calosidades".

O poliglota

Vocês desculpem, mas nós num guenta! Nós num guenta e é preciso desabafar, inscrevendo mais uma vez aqui aquela frase que a posteridade já reclama com folgada antecedência: "Ah, Ibrahim, Ibrahim... se não fosse você, o que seria de mim?".

Vocês leram o que escreveu o rapaz? Não leram? Aí é que está. Ficam perdendo tempo a ler Gide, Rilke e outros debiloides, depois perdem as maiores joias literárias do famoso escritor líbano--carioca. Imaginem vocês que Ibrahim — agora em viagem pela Europa, para desmentir definitivamente a máxima "quem viaja aprende" — vem de publicar uma notinha das mais importantes.

Diz o mestre de Jeff Thomas, o inspirador de Pouchard,* que andou conversando com o duque de Windsor. Para castigar um pouco de modéstia no seu escrito, o famoso "dramaturco" explicou que não conversou em português, o que, aliás, deve ser verdade, pois o duque fala um pouquinho de português, mas Ibrahim não.

A conversa foi num misto de espanhol, inglês e francês. Quem conta é o próprio Ibrahim: "Usando um pouco do meu modesto espanhol, do meu inglês e do meu francês, consegui explicar ao duque de Windsor o que é Brasília". Vejam vocês que pretensão!

* Jean Pouchard, pseudônimo de Mauro Valverde, colunista social de *Diário Carioca*. (N. E.)

Explicar a um inglês o que é ponto facultativo já é um negócio considerado impossível pelos brasileiros que dominam perfeitamente o idioma de Henry Wadsworth Longfellow, quanto mais explicar em mau inglês, mau francês e mau espanhol o que vem a ser Brasília.

Brasília, como explicar Brasília a um inglês? Mesmo um inglês que saiba o português direitinho? É tarefa mais árdua do que marcar o Garrincha com um calo no dedão (no dedão do marcador e não do Garrincha, *of course*). Como é que o Ibrahim, incapaz de entender-se com qualquer plebeu, em qualquer língua, pôde explicar ao nobre e sofisticado duque de Windsor o que é Brasília?

Dizem nossos olheiros especializados que estiveram apreciando a conversa dos dois que ambos pareciam índios de fita em série, cada um soltando sons guturais para o outro, numa troca estranha de sons ininteligíveis, onde só se compreendia a palavra Brasília. Houve um momento em que Ibrahim afirmou:

— Brasília es la ville brésilienne who está the capital of Brazil.

O duque de Windsor arregalou os olhos e não aguentou. Virou-se para a duquesa que estava ao seu lado e afirmou:

— *I'll be a circus monkey if this* cocoroca *is not the famous Ibrahim Sued.*

Levantadores de copo

Eram quatro e estavam ali já ia pra algum tempo, entornando seu uisquinho. Não cometeríamos a leviandade de dizer que era um uísque honesto porque por uísque e mulher quem bota a mão no fogo está arriscado a ser apelidado de maneta. E sabem como é, bebida batizada sobe mais que carne, na Cofap.* Os quatro, por conseguinte, estavam meio triscados.

A conversa não era novidade. Aquela conversa mesmo, de bêbedo, de língua grossa. Um cantarolava um samba, o outro soltava um palavrão dizendo que o samba era ruim. Vinha uma discussão inconsequente, os outros dois separavam, e voltavam a encher os copos.

Aí a discussão ficava mais acalorada, até que entrasse uma mulher no bar. Logo as quatro vozes, dos quatro bêbedos, arrefeciam. Não há nada melhor para diminuir tom de voz, em conversa de bêbedo, do que entrada de mulher no bar. Mas, mal a distinta se incorporava aos móveis e utensílios do ambiente, tornavam à conversa em voz alta.

Foi ficando mais tarde, eles foram ficando mais bêbedos. Então veio o enfermeiro (desculpem, mas garçom de bar de bêbedo é muito mais enfermeiro do que garçom). Trouxe a nota, explicou direitinho por que era quanto era etc. etc. e, depois de conservar nos lábios aquele sorriso estático de todos os que ouvem espinafração de bêbedo e levam a coisa por conta das alcalinas, agradeceu a gorjeta, abriu a porta e deixou aquele cambaleante quarteto ganhar a rua.

Os quatro, ali no sereno, respiraram fundo, para limpar os pulmões da fumaça do bar, e foram seguindo calçada abaixo, rumo a suas residências. Eram casados os quatro entornados que ali iam. Mas a bebida era muita para que qualquer um deles se preocupasse com a possibilidade de futuras espinafrações daquela que um dia — em plena clareza de seus atos — inscreveram como esposa naquele livrão negro que tem em todo cartório que se preze.

---

* A Comissão Federal de Abastecimento e Preços foi criada em 1951, no governo Vargas, para assegurar a distribuição de produtos necessários à população. (N. E.)

Afinal chegaram. Pararam em frente a uma casa e um deles, depois de errar várias vezes, conseguiu apertar o botão da campainha. Uma senhora sonolenta abriu a porta e foi logo entrando de sola.

— Bonito papel! Quase três da madrugada e os senhores completamente bêbedos, não é?

Foi aí que um dos bêbedos pediu:

— Sem bronca, minha senhora. Veja logo qual de nós quatro é o seu marido que os outros três querem ir para casa.

DE *PRIMO ALTAMIRANDO E ELAS*
(1962)

Biografia de Mirinho

Primo Altamirando é nosso consanguíneo apenas por parte de pai, como aliás devem ser todos os parentes. Porque consanguíneos por parte de pai e mãe, só mesmo irmãos, pois primos que casam com primos, dá sempre em bronca. Tia Zulmira costuma dizer: Padres, Primos e Pombos — os dois primeiros não servem para casar, os dois últimos só servem para sujar a casa. Como sempre, a velha tem razão.

Assim o nosso abominável parente é primo por parte de pai (Gumercindo Tenório Ponte Preta), mesmo porque, nunca teve mãe. Um dia Gumercindo entrou em casa com um embrulho debaixo do braço, um embrulho de jornal — se não nos falha a história, o jornal era o *O Dia* — e disse para Tia Zulmira:

— Trouxe isto para você, mamãe.

Como Gumercindo nunca fora de dar nada a ninguém, todos correram para ver o que era. Desembrulharam o presente —

era Mirinho. Tio Gumercindo tinha trazido a criança para a velha criar na sua chácara da Boca do Mato, recusando-se solenemente a dizer quem era a mãe (de Mirinho, naturalmente), talvez encabulado com o que andara fazendo nove meses antes do episódio ora relatado.

Hoje Tia Zulmira defende a tese de que Mirinho é de chocadeira, porque um sujeito com um caráter deletério como é o do primo não pode ter tido mãe de jeito nenhum. Mas passemos aos dados biográficos.

Mirinho nasceu no ano da desgraça de 1926. Para que vocês tenham uma ideia de como foi diferente o ano de 1926, basta lembrar que, nesse ano, o São Cristóvão foi campeão carioca. Aos cinco anos de idade Mirinho conseguiu um fato inédito na vida dos maus caracteres existentes em todo o mundo: foi expulso do jardim de infância. A professora pegou-o, no recreio, falando mal de são Francisco de Assis.

Graças aos mais rebarbativos processos de tortura chinesa, Mirinho conseguiu ao menos se alfabetizar, abandonando os estudos no quarto ano primário para fugir com a professora de ciências físicas e naturais, matéria que fazia parte do curso na época e que o primo resolveu estudar a fundo, para tanto raptando a mestra e inaugurando sua vida amorosa de forma escandalosa, como — de resto — tem sido até hoje sua vida nesse setor.

Aos quinze anos era um esplêndido marginal, com curso intensivo do SAM* e ninguém tinha dúvidas de que haveria de superar o pai nisso de ser inimigo de todos os códigos, desde o penal ao de trânsito. O pai tinha como uma de suas glórias a ideia que um dia deu ao barão de Drummond, para inaugurar o jogo do bicho; o filho superava longe Gumercindo, tantas e tais foram as

---

* Serviço de Assistência ao Menor. (N. E.)

suas delinquências juvenis. A Secretaria da Agricultura do Estado da Guanabara deverá eternamente este serviço ao nefando parente: foi ele o primeiro sujeito a plantar maconha no Rio de Janeiro.

Querer ressaltar as principais fases da vida desse cretino é um pouco difícil, pois não houve ano em que não bolasse uma safadeza qualquer, dessas de encabular filisteu. Tinha quinze anos incompletos quando fez a primeira freira pular muro de convento e ainda menor impúbere mobilizou toda a polícia carioca para se descobrir quem é que andava ajudando as adutoras do Guandu a furarem os canos com mais frequência. Era ele.

As pequenas provas de um mau caráter, que as outras crianças costumam dar com a idade de dez aos quinze anos, Mirinho as deu ainda de fraldas, tais como botar o canarinho no liquidificador, amarrar e acender foguetão no rabo do gato, passar pimenta na dentadura da avó, atear fogo na saia da babá (a ama-seca de Mirinho era boa que só vendo, e ele levou uma surra homérica do pai, porque ao botar fogo na saia dela, quase queima o principal). Até mesmo Tia Zulmira, de natural tão compreensiva, perdeu a paciência com ele quando Mirinho ainda nem falava direito. A velha ficou justamente indignada porque Mirinho, na hora em que ela foi ao banheiro, para um proverbial banho de assento, colocou uma perereca no bidê.

Não queremos dar ao leitor uma impressão falsa do nosso biografado. Pelo contrário, aqueles que estiverem pensando o pior de Primo Altamirando ainda estão longe de fazer ideia de como ele é. No entanto, tem bom coração. Quando Al Capone morreu — por exemplo — Mirinho usou gravata preta e fumo no braço durante um mês. Ficou muito sentido com o falecimento desse seu ídolo.

Nestes trinta e cinco anos de sua vida, já cometeu desatinos para uns dois séculos, no mínimo, e não há setor da sociedade em que tenha se metido sem deixar para sempre os vestígios de sua passagem. Ainda rapazote, deu-se às lides esportivas, principalmente ao futebol. Foi o primeiro desportista a dar uma gruja ao adversário para amolecer o jogo.

Suas atividades políticas também são interessantes. Foi Mirinho quem aconselhou Ademar de Barros a largar a medicina para se dedicar à vida pública (não contente, fez a mesma coisa, alguns anos depois, com um médico muito alegrete de Diamantina, um tal Juscelino). Ainda como político, aconselhou as autoridades a reabrirem as câmaras de vereadores de todos os municípios brasileiros e correu o país de norte a sul, ensinando aos edis eleitos a arte do jabaculê, da mamata e das grandes negociatas.

No dia em que descobriu que este seu primo Stanislaw estava fazendo sucesso na imprensa, fez um curso de jornalismo de araque e foi ser repórter policial. Há, inclusive, neste livro, uma passagem de suas atividades como repórter policial. Teve grande influência nas redações de nossas principais folhas informativas, insistiu muito para que se desse uma oportunidade aos cronistas mundanos e fez ver aos secretários de redação que isso da imprensa orientar o povo é besteira. O ideal é dar destaque aos crimes hediondos, para o incremento dos mesmos e a consequente abundância de notícias para os jornais.

— Plantar para colher! — costumava dizer o debiloide. Mas hoje Primo Altamirando, embora nunca tivesse trabalhado, resolveu se aposentar. Abriu um escritório de corretagem, para contrabando, tráfico de entorpecentes e prostituição em massa. É do que vive, embora não precisasse disso, pois nunca deixou de ser gigolô de certas velhotas ricas da sociedade, que lhe dão do bom e do melhor, e lhe pagam em dólar, conforme ele mesmo exige, para não ficar desmoralizado no mundo do crime. Tem certeza de que poupa a humanidade porque poderia explorá-la muito mais.

Enfim: um homem realizado.

Do teatro de Mirinho
(A burocracia do buraco)

ATO ÚNICO

CENA. *Na repartição onde se aceita reclamação sobre buraco.*
PERSONAGENS. *Funcionário que anota buraco e cidadão que reclama buraco.*

CENÁRIO. *Quando o pano abre, o palco mostra uma repartição comum, dessas repartições estaduais, onde mosca treina aviação e onde se junta um monte de funcionários, esperando a hora de ir para casa. Ao centro, uma mesa com a inscrição BURACOS AQUI. O funcionário está sentado à margem dessa mesa, fingindo que escreve. O espetáculo começa quando entra o cidadão, vestindo terno, pasta debaixo do braço. Tem cara de quem acredita no Estado.*

CIDADÃO *(entrando e parando ao lado da mesa)* — Boa tarde!

FUNCIONÁRIO *(levantando a cabeça e olhando para o cidadão de alto a baixo)* — Boa tarde!

CIDADÃO — Na minha rua tem um buraco.

FUNCIONÁRIO — Um só???

CIDADÃO — Bom... na verdade tem uma porção de buracos, mas este de que eu falo não é mais um buraco.

FUNCIONÁRIO — O senhor está querendo me gozar?

CIDADÃO *(colocando a mão no ombro do funcionário, com medo que ele vá tomar café antes de o atender)* — O senhor não me entendeu.

FUNCIONÁRIO *(já tomando aquele ar de superioridade que tinham os funcionários cariocas em 1959 a.C. — isto é, antes de Carlos)** — Entendi perfeitamente... O senhor chegou aqui dizendo que tinha um buraco.

---

* Carlos Lacerda, prefeito da Guanabara de 1960 a 1965. (N. E.)

CIDADÃO — Eu não. A minha rua.

FUNCIONÁRIO — Pois não... a sua rua. O senhor disse que tinha um buraco, depois que já não era mais buraco. Afinal, qual é o assunto? É buraco?

CIDADÃO — Sim, buraco. O senhor não me deixou explicar direito. Eu quis dizer que aquilo já não é mais buraco.

FUNCIONÁRIO — Taparam o buraco?

CIDADÃO — Pior... Era um buraco pequeno (*faz o gesto*), enfim, um buraquinho. Foi crescendo, crescendo, agora é um buracão.

FUNCIONÁRIO — É o maior buraco do bairro?

CIDADÃO (*orgulhoso e de peito estufado que nem o Amando da Fonseca*)* — Modéstia à parte, não é por estar na minha presença não, mas lá na redondeza não tem rua com um buraco igual ao da nossa rua.

FUNCIONÁRIO — É preciso acabar com essa proteção.

CIDADÃO (*voltando ao ar humilde*) — O senhor sabe... eu ouvi dizer que a gente deve colaborar pra "Operação Buraco".

FUNCIONÁRIO (*vestindo o paletó*) — Meu amigo, eu estou de saída.

CIDADÃO — Mas eu não vejo mais ninguém aqui, para me atender.

FUNCIONÁRIO — É que metade tem horário de mãe de família, como eu, e a outra metade tem horário de quem mora longe.

CIDADÃO — Que pena. Eu queria tanto colaborar!

FUNCIONÁRIO — O senhor deixa aí nome e endereço.

CIDADÃO — Do buraco?

FUNCIONÁRIO — Que buraco, seu? O senhor parece tatu. Só pensa em buraco. Onde já se viu buraco com endereço?

---

* Vereador do Partido Trabalhista Brasileiro (PTB) eleito para a Assembleia Constituinte da Guanabara, em 1960. (N. E.)

CIDADÃO — Mas esse de que eu falo tem. É lá perto de casa.

FUNCIONÁRIO — Bem em frente à sua casa?

CIDADÃO — Não senhor. O buraco é mais em cima.

FUNCIONÁRIO — O senhor conhece bem o buraco?

CIDADÃO — Se eu conheço? (*Ar de superioridade.*) Meu amigo, desde pequenino que eu conheço. Crescemos juntos. O buraco é muito popular lá no meu bairro. Vão até inaugurar uma linha de ônibus para lá.

FUNCIONÁRIO — Linha de ônibus?

CIDADÃO — Sim senhor: "Mauá-Buraco, via Jacaré".

FUNCIONÁRIO — Pelo jeito esse buraco acaba elegendo um deputado. Só falta falar.

CIDADÃO — Pela idade que tem, já era pra falar.

FUNCIONÁRIO — Tão antigo assim?

CIDADÃO — O buraco hoje faz vinte anos.

FUNCIONÁRIO — Hoje??? Então vamos comemorar. (*Cantam o parabéns.*)

FUNCIONÁRIO (*abotoando o paletó*) — Pois meu amigo, tive imenso prazer em conhecê-lo. Recomende-me ao buraco. Que esta data se reproduza por muitos e muitos anos.

CIDADÃO — O senhor vai embora?

FUNCIONÁRIO — Eu tenho que levar minha esposa ao médico.

CIDADÃO — O senhor não disse que tinha horário de mãe de família?

FUNCIONÁRIO — Ou isso.

CIDADÃO (*agarrando o outro pelo braço*) — O senhor não vai sair sem me atender.

FUNCIONÁRIO (*tentando se desprender e visivelmente irritado*) — Me larga, poxa! O senhor pensa que só o seu buraco é que interessa ao governador? Fique sabendo que buraco é que não falta. (*Apoplético:*) Eu já sei o que o senhor quer. Eu já estou farto de ouvir sempre a mesma coisa. (*Aos berros:*) O senhor quer é que a gente tape o buraco, não é?

CIDADÃO (*começa a rir*) — Eu não venho pedir para tapar buraco nenhum. Eu apenas represento o comitê lá da minha rua.

FUNCIONÁRIO — E não é pra tapar o buraco?

CIDADÃO — Não senhor. O comitê está estudando o problema e quer saber.

FUNCIONÁRIO — Saber o quê?

CIDADÃO — Saber oficialmente. Quer que esta nova repartição — já que é especializada em buraco — resolva.

FUNCIONÁRIO — Mas resolva o quê, seu chato?

CIDADÃO — Se é o buraco que fica na nossa rua ou é a nossa rua que fica no buraco.

(*Cai o pano esburacado e os atores caem no buraco do ponto.*)

O Carnaval, coitadinho

"No período de Cinzas resta ao homem uma única alegria: recordar" (Marcel Proust) — e você aí, que leu Proust de cima a baixo, ficará besta consigo mesmo, por desconhecer completamente esse pensamento do grande escritor francês. Nós também não conhecíamos, mas como não nos ocorre nenhuma maneira de iniciar a reportagem, tacamos na página esta leviandade literária, com o mesmo ar inconsequente dos foliões que ainda insistem no dar vexame carnavalesco em nome de uma tradição que entrou pelo cano já vai pra algum tempo.

Tá ficando cada vez pior. No outro dia lemos num vespertino uma reportagem que tinha este título: O CARNAVAL CARIOCA

VAI DEGENERAR EM BAGUNÇA, e o que nos deu vontade de ler a reportagem foi esse "vai" aí. Vai como, se já foi?

E aqui está um lindo tema a ser explorado pelos que se dão ao estudo da sociologia: "Qual é a mulher que deixa o marido (ou lá o que seja o camarada que mora com ela) ir brincar o Carnaval sozinho?". É, companheiros. Antigamente, a esposa compreensiva chegava a pregar pompom no pierrô do marido, para ele ir rebolar sozinho por aí. Usava-se muito isto. O Carnaval era uma festa singela. Agora é fogo na jacutinga. Nenhuma mulher deixa o marido solto nessa época do ano. A não ser — está claro — damas masoquistas, que adoram colher material para posterior briga conjugal.

Chamavam-se "assustados" os bailaricos pré-carnavalescos de antigamente. Eram organizados à tardinha e compareciam senhoras sem maiores compromissos, para brincar com cavalheiros de aliança. Não vamos dizer que não acontecia nunca coisa nenhuma, pois quem bota a mão no fogo por marido solto está arriscado a ficar, para sempre, com o apelido de Maneta. Mas que era tudo numa base muito mais distinta, lá isso era.

Esse tipo de bailarico ainda existe, até com mais frequência, só que não merece mais o nome de "assustado". Pelo contrário: é assustador. Senhoras gorduchas e já queimando óleo 40, e mocinhas desajustadas, geralmente pálidas e de gâmbias finas, contrastam com as enxundiosas anteriormente citadas, na luta que se inicia logo que a orquestra ataca o primeiro acorde. E o que acontece depois vai se repetindo até o momento em que, no Baile do Municipal, que não é tão melhor do que os outros, conforme acreditam pessoas menos atualizadas, soa no salão a marchinha "Cidade maravilhosa".

Classifiquemos assim os maridos: "A" e "B". O "A" seria o irrecuperável. Não mede as consequências e faz o Carnaval de qualquer jeito. Aqui, aliás, chamamos a atenção dos senhores leitores para o verbo "fazer". Antigamente dizia-se: "brincar o Carnaval", hoje se diz: "fazer Carnaval", pois o verbo "brincar" se sente mais deslocado do que, por exemplo, um padre num time de futebol.

O marido "B" é o bonzinho, que entra no Carnaval sem querer, levado pelos amigos "AA", que ficam incentivando o coitado. E o cujo — apesar de todo o respeito (e medo) que tem à mulher — acaba aderindo à coisa por uma noite, para ficar depois noites e noites a roer o seu remorso e a suar frio, pensando nas possíveis consequências de seu gesto impensado. O marido "B" acha sempre que sua fotografia, fantasiado de árabe abraçado a uma mulher qualquer das muitas que o agarraram no salão, será a próxima capa da revista *Manchete*. Pela cabeça do marido "A" jamais passou tal pensamento.

Não, companheiros, os bailes de classe não são os melhores bailes, que mesmo os melhores bailes não têm lá muita classe, não. Classe — no caso — serve para definir as "classes trabalhadoras".

De uns tempos para cá surgiram os bailes de classes. Um grupo de advogados organiza o "Baile da Balança" (coitadinha da balança, que já foi símbolo da Justiça); um grupo de oficiais da Marinha organiza o "Baile dos Mariscos"; um grupo de bancários organiza o "Baile da Promissória" et cetera.

Nesse "Baile da Balança", que os advogados promovem, já deu cada bode de lascar e há mesmo um caso célebre. Certa dama aproveitou que o marido tinha ido a São Paulo fazer um negócio, meteu uma baiana rica e se largou pro "Baile da Balança". No dia seguinte, justo na hora em que o marido ia entrando em casa, ouviu do diálogo telefônico da mulher leviana com uma amiga: "Pois é", dizia ela, "fui ao 'Baile da Balança'. Menina... estou balançando até agora!". Consta que o marido, homem fiel, rompeu o equilíbrio conjugal, balançando-lhe os cachos antes mesmo que ela desligasse o telefone.

Este ano um grupo de médicos também deu o seu bailezinho. Chamou-se "Baile da Compressa". Tal como ocorreu certa vez no "Baile do Cabide", organizado por um grupo de alfaiates, quando o conviva recebia um cabide à entrada (para pendurar a roupa), no "Baile da Compressa" o folião ganhava uma compressa, para colocar onde quisesse na mulher que desejasse. Felizmente, com pressa quem chegou foi a Polícia.

Ninguém liga mais para ornamentações, músicas bonitas, serpentinas e confetes.

Estes últimos só servem para amedrontar os precavidos. Conhecemos um camarada que dorme na boate. Muito homem dorme na boate, quando é fim de noite. Esse era dos que dormiam e era dureza acordá-lo. Só havia um jeito. Chegar perto do ouvido dele e berrar:

— CONFETE!!!

Imediatamente ele acordava de um pulo, a gritar: "Confete, não... confete, não, pelo amor de Deus". Tinha toda razão. Confete, quando jogam na gente, custa a sair. E aquele que recebeu o punhado de confete passará o resto do ano a achar um ou outro, de vez em quando, no fundo do sapato, na fralda da camisa, na dobra da calça. E isto acontecerá sempre que a mulher estiver ao seu lado.

Nada de confete, que um compositor popular chamou de "pedacinho colorido de saudade", saudade de um Carnaval que já vai tão longe, cheio de ranchos, de blocos alegres, de sambas inspirados, que a gente não consegue ouvir, pois o berreiro atual abafou tudo e ainda abafará o último saudosista de um remoto "Oi abre alas, que eu quero passar...!".

Do tango ao chá-chá-chá

Diz o telegrama que os franceses vão fazer uma campanha de volta às danças amenas. Será a revolução do tango. Acham que estas danças modernas, tais como rock, chá-chá-chá e twist estão acabando com o flerte porque — asseguram — ninguém pode dançar freneticamente e namorar ao mesmo tempo. Estamos com eles: pular como um macaco que sentou no braseiro e roncar besteira ao pé do ouvido da dama ao mesmo tempo é tão difícil quanto assoviar chupando cana.

Mas os franceses sempre foram um pouco precipitados em coisas do amor. É ou não é, a senhora aí, que já está ficando coroa, mas quando esteve em Paris... hem? Vou te contar, dona. Vou te contar... Os franceses são, não só precipitados, como renovadores. De repente, tal é a falta de jeito da geração coca-cola para apanhar mulher, resolvem dar o berro do revertere e querem as coisas à antiga, isto é, o tango outra vez, que se dançava coladinho e lentamente, proporcionando ao casal de bailarinos trocar juras de amor aquecidas pelo hálito soprado à flor da bochecha de cada um.

Era uma tese nossa, aliás. Sempre fomos contra essa ideia de se dizer que o rock, por exemplo, era uma dança indecente, justamente porque o frenesi dos bailarinos dá margem, no máximo, para uma distensão muscular e nunca para ficar com ideia de jerico. Houve mesmo um TV-Padre, desses que têm programa na televisão, que ficou meia hora diante das câmeras, espinafrando o rock, com argumentos tão pueris que Primo Altamirando, que assistia ao programa, começou a achar que o reverendo era contra o rock porque a batina atrapalha.

Mas deixemos o rock pra lá, musiquinha chatíssima e — graças a Deus — já ultrapassada, e fiquemos com o chá-chá-chá, ora em evidência, embora ameaçado pelo twist, cujos primeiros discos começaram a ser tocados nos botecos elegantes do Rio e de São Paulo.

Tia Zulmira, muito recentemente, foi convidada para o júri de um "Festival de Chá-chá-chá", realizado por damas grã-finas com o intuito de requebrar sob o pretexto de ajudar já não nos recordamos que associação benemerente. A velha aceitou o convite e sentou-se no lugar que lhe reservaram na comissão julgadora, portando-se com a dignidade que lhe dá o fato de ser medalha de ouro em valsa vienense.

Terminado o requebrado dos pares concorrentes, um repórter perguntou à veneranda ermitã da Boca do Mato quais as suas impressões sobre o chá-chá-chá. Com aquela simplicidade que é faceta marcante em sua exuberante personalidade, Zulmira respondeu: "Foi a primeira vez que eu vi dançar isso em pé".

Nunca se deve desprezar uma opinião da sábia macróbia, nem o que acham os franceses de qualquer coisa, em relação ao amor, mas temos para nós que há uma certa má vontade para com o chá-chá-chá e, principalmente, com o twist, cuja principal característica é esta: os pares se requebram nos mais complicados rebolados, mas não podem nunca encostar, a não ser do joelho para baixo.

Esta inovação deixou Mirinho apavorado. Quando leu as regras do twist ficou indignado com essa história de só poder encostar do joelho para baixo quando, verdadeiramente, todo mundo começa, no duro, do joelho pra cima. E, indo mais longe na sua prévia, garantiu aos órgãos da imprensa sadia que o twist seria desprezado pelas grã-finas aborígenes, "porque sem encostar elas não vão".

Insistimos em dizer: é tudo uma questão de formação. O tango, de fato, é mais propício a certas coisas, mas nem por isso o chá-chá-chá deve ser desprezado. Os franceses que nos perdoem, mas falamos de experiência própria. Ainda noutro dia, estávamos dançando um chá-chá-chá legal com uma desajustada. Ela estava uma graça, naquele rebolado exótico que inspiram os ritmos afro-cubanos, mas não deixava a gente chegar perto. Estávamos tranquilos, porém, pois enquanto durou a música o distinto aqui dizia para ele mesmo: "Quando acabar o chá-chá-chá ela vai ver uma coisa".

Os valentes

"Simples como ser valente" — disse, um dia, Panacreontino Ponte Preta — nosso tataravô, que nasceu numa terra de bravos, onde roleta russa era refresco de maracujá, e onde cutucar onça com taquara curta era o bambolê da época. "Simples", disse Panacreontino, "como ser valente." Mas a história prova que ser valente não é como ser grã-fino — por exemplo — que a gente consegue facilmente, fumando de piteira e usando cachecol em Petrópolis.

Valente foi Leônidas que — lá nas Termópilas — ao saber que as lanças inimigas eram tantas que davam para cobrir a luz do sol, respondeu, sorrindo: "Melhor, porque combateremos à sombra". Leônidas foi, não somente valente, como também o primeiro gozador da história, estando alguns estudiosos de sua vida propensos a acreditar que foi o seu intrépido desprezo pelas lanças inimigas que criou o dito hoje tão popular e seguido por tanta gente, principalmente nobres italianos residentes em São Paulo: "Sombra e água fresca".

Valente foi Bolívar, que estava dormindo numa barraca de campanha quando vieram avisar que o inimigo estava à porta, e ele, dispondo de uns poucos homens, respondeu, sorrindo: "*Dile que puede entrar!*". Mas nem por isso é menos valente a comissão encarregada de organizar a retrospectiva do cinema brasileiro.

Valente foi Cortés, que desembarcou no México para conquistar o país, e mandou incendiar sua esquadra para que não houvesse possibilidade de uma retirada. E ainda disse a seus homens: "Aqueles que forem morrendo tratem de cair de maneira a que seus corpos sirvam de trincheira para os companheiros vivos". Mas não podemos esquecer a valentia de um grupo de coleguinhas jornalistas da crônica cinematográfica, que estão organizando uma retrospectiva do cinema nacional.

Valente foi Adriaan Pater, chefe da esquadra holandesa, que, ao ver a batalha perdida, enrolou-se na bandeira de seu país e se atirou ao mar, dizendo: "O oceano é o único sepulcro digno de um almirante bátavo"... e, antes que as ondas tragassem seu corpo, ainda conseguiu vir à tona, para fazer a ressalva: "Bátavo ou batavo"... e depois afundou para sempre. Mas como negar a valentia dos que vão escolher, entre os filmes nacionais exibidos nos últimos dois mil anos, aqueles que vão figurar na tal retrospectiva?

Valente — entre tantos valentes — foi o Jacy Campos, que, uma vez, para chatear os clássicos, montou *Medeia*, de Eurípides, no seu programa de televisão *Câmera Um*. Montou *Medeia*, apareceu fumando Pall Mall entre uma cena e outra, e ainda teve coragem bastante de chamar o ator Luís Tito, em São Paulo, para representar o papel de Creonte, rei de Corinto. Mas, para montar *Medeia* do jeito que montou, Jacy Campos levou — se tanto — uma semana. E a comissão que vai escolher os filmes nacionais para a retrospectiva? Terá que ver *Garota enxuta*, com Nelly Martins, terá que assistir inteirinha a fita policial que a Norma Bengell fez em São Paulo, com o Hélio Souto, e que se chama *Conceição*, a que, se subiu, ninguém sabe, ninguém viu. E não somente estes, mas outros, muitíssimos outros bagulhos imortalizados em celuloides da Cinédia, Vera Cruz, Atlântida, Maristela e outros bichos.

Valentes foram Leônidas, Bolívar, Cortés, Adriaan Pater, Jacy Campos e mais o general Ney — o Cruel — (não confundir com Ney, filho do general Kruel), Garibaldi, César, Napoleão. Valentes foram Solano López, Marcílio Dias, Tiradentes, Von Rommel e Joana d'Arc. Mais valentes, no entanto, são os coleguinhas da crônica cinematográfica que, num rasgo de nacionalismo, estão organizando a retrospectiva do cinema brasileiro.

Valentes, sem dúvida nenhuma, porque vão ficar horas vendo fitas de todos os cineastas de araque que surgiram em São Paulo, na década passada, e mais Lulu de Barros, Eurides Ramos e todos aqueles que fizeram fitas com nomes de frutas, tais como *Abacaxi azul*, *Laranja-da-china*, *Banana-da-terra*... meu Deus, nem é bom lembrar!

Valentes são os da comissão, que bolaram a retrospectiva do cinema nacional. Porém, mais do que eles, valente é Stanislaw, que — por uma questão de gentileza — prometeu comparecer à retrospectiva.

Da discussão nasce a luz

Condição imprescindível: manter sempre nos lábios um leve, um quase imperceptível sorriso de superioridade, parecido com aquele que Al Neto apresenta na televisão. Outra: considerar-se uma besteira tudo aquilo que pondera a pessoa com quem se discute nos dá um ar de superioridade que desarma o adversário e deixa transparecer que — no fundo — temos uma dose de razão. Outro truque importante: manter aparente serenidade, para deixar o adversário apoplético e confuso. Com estes golpes a gente fica apta a ganhar qualquer discussão.

Baseado nestes sólidos princípios técnicos foi que Primo Altamirando conseguiu armar-se de uma cultura geral razoável, embora todos esses conhecimentos — ele mesmo confessa — tenham nascido dos argumentos de um ignorante.

Com um curso ginasial feito na raça, passando na tangente, depois de colar mais do que um pregador de cartazes em tapume, tirando notas boas apenas em latim, porque o padre-professor era surdo, Mirinho saiu do colégio quase como entrou, isto é, um ignorante. E só não digo que saiu tal como entrou, porque ao entrar levava a merenda debaixo do braço e, ao sair, já tinha comido a merenda lá dentro.

Mas ele explica como é fácil a gente se tornar uma potência enciclopédica, tipo almanaque, embora aqueles que usamos gratuitamente como professores passem a ter uma vaga antipatia por nós. O primo jamais se preocupou em ser simpático com ninguém, a não ser com mulher que lhe agrade ao paladar que — diga-se a bem da verdade — não é dos mais requintados. Em sendo mulher, tanto faz ser a Brigitte Bardot como a Violeta Ferraz.

Mirinho esclarece, outrossim, que uma pessoa poucas vezes está interessada em nos explicar determinada coisa na qual é autoridade, mas está sempre disposta a discutir o assunto. Assim, quem quiser aprender é só provocar uma discussão.

Por exemplo: a gente, em matéria de alimentação, está mais por fora que dedão em tamanco. No entanto, comendo conosco, na mesma mesa, está um técnico no assunto. Muito bem — diz Mirinho —, eis a oportunidade para aprender algo sobre a matéria. Quem quiser aprender, é só provocar uma discussão. Basta que se diga uma besteira qualquer sobre proteínas que o entendido protesta. A gente diz assim:

— Me dá mais um pouco de farofa aí, porque eu estou precisando de proteínas.

Está armada a discussão. O cara há de querer pontificar sobre sua especialidade, orgulhoso de seus conhecimentos. Não tenham dúvida. É hora então de usar aqueles requisitos expostos no primeiro tópico: ironia, descrença, superioridade etc. Num instante se aprende tudo que se quer aprender, ainda que passemos por imbecil aos olhos do entendido — o que, de resto, não tem importância nenhuma, pois todo aquele que entende de um assunto acha que o resto da humanidade é imbecil.

Foi agindo assim que Mirinho aprendeu quase tudo que hoje sabe. Uma vez disse ao Portinari que adorava a pintura de Oswaldo Teixeira e agora é um craque em artes plásticas. Noutra ocasião, conversando com Feola, argumentou que o time do São Cristóvão estava armadinho e era bem capaz de ganhar o campeonato. Resultado: hoje entende tanto de futebol quanto o gordo técnico da seleção brasileira. Seus altos conhecimentos sobre poesia, tirou-os de uma discussão com Spender, quando o circunspecto intelectual britânico esteve no Brasil. Diz Mirinho que foi fácil. Bastou dizer que ninguém era mais poeta que o J. G. de Araújo Jorge.

Cada uma das sumidades referidas — sem perceber — ajudou-o a firmar teorias, a tirar dúvidas, aclarar questões que, caso fosse procurar nos livros, perderia um tempo enorme e correria o risco de não encontrar.

Quase sempre o abominável parente está discutindo, fingindo não se convencer com os argumentos alheios e — justiça se lhe faça — jamais o vimos discutindo besteira, que é como ele classifica discussões na base da comparação, tais como: Sophia Loren é mais mulher que Lollobrigida; Ciro Monteiro é mais sambista que o Jamelão; Arrelia é mais engraçado que o Carequinha. Esse tipo de discussão não acrescenta nada à nossa cultura geral.

Todas essas coisas Mirinho nos foi explicando ontem, enquanto preparava um charuto de maconha pra enviar pro Fidel Castro. E nós, pouco antes, tínhamos observado:

— Você precisa acabar com essa mania de discutir. Isso é muito chato.

E ele:

— Mas eu sei que sou um chato. Ou você vai querer discutir isso?

Repórter policial

Estávamos fazendo hora para ir pra nossa aula de agogô, ouvindo o *Concerto em ré maior, opus* 77, de Johannes Brahms, executado por Fritz Kreisler com a Orquestra da Ópera de Berlim, sob a direção do maestro Leo Blech (queiram perdoar), quando surgiu em nossa modesta mansão conhecida dama do mundanismo (e aqui somos obrigados a abrir mais um parêntese para pedir encarecidamente a vocês que não confundam dama do mundanismo com mundana simples, pois embora seus processos sejam semelhantes, há uma diferença sutil entre elas).

Onde estávamos mesmo? Ah, sim... com a dama do mundanismo. Ela chegou e começou a conversar muito animada e nós, na impossibilidade de desligá-la, desligamos Johannes Brahms, ficamos a escutá-la. Vanja vai Vanja vem, o assunto passou a ser imprensa. A elegante senhora é — com o perdão da palavra — tarada por noticiário policial. Quis saber se já fomos repórter policial, coisa que confirmamos com um leve rubor a assomar na face, como são escolhidas as notícias sangrentas da imprensa idem, quais os cobras dessa imprensa e outros blá-blá-blás.

Da conversa que tivemos acho interessante passar aos distintos leitores, que me honram com a sua preferência, alguns aspectos da história desses jornais que são impressos com sangue e onde abundam os repórteres amásios do escândalo. E, se dizemos amásios e não amantes, é para estar ao gosto deles.

O repórter policial, tal como o locutor esportivo, é um camarada que fala uma língua especial, imposta pela contingência: quanto mais cocoroca melhor. Assim como o locutor esportivo jamais chamou nada pelo nome comum, assim também o repórter policial é um entortado literário. Nessa classe, os que se prezam nunca chamariam um hospital de hospital. De jeito nenhum. É nosocômio. Nunca, em tempo algum, qualquer vítima de atropelamento, tentativa de morte, conflito, briga ou simples indisposição intestinal foi parar num hospital. Só vai pra nosocômio.

E assim sucessivamente. Qualquer cidadão que vai à Polícia prestar declarações que possam ajudá-la numa diligência (apelido que eles puseram no ato de investigar) é logo apelidado de testemunha-chave. Suspeito é "Mister X", advogado é causídico, soldado é militar, marinheiro é naval, copeira é doméstica e, conforme esteja deitada a vítima de um crime — de costas ou de barriga pra baixo — fica numa destas duas incômodas posições: decúbito dorsal ou decúbito ventral.

Num crime descrito pela imprensa sangrenta a vítima nunca se vestiu. A vítima trajava. Todo mundo se veste, tirante a Luz del Fuego, mas basta virar vítima de crime que a rapaziada sadia ignora o verbo comum e mete lá: "A vítima trajava terno azul e gravata do mesmo tom". Eis, portanto, que é preciso estar acostumado ao métier para morar no noticiário policial. Como os locutores esportivos, a Delegacia do Imposto de Renda, os guardas de trânsito, as mulheres dos outros, os repórteres policiais nasceram para complicar a vida da gente. Se um porco morde a perna de um caixeiro de uma dessas casas da banha, por exemplo, é batata... a manchete no dia seguinte tá lá: SUÍNO ATACOU COMERCIÁRIO.

Outro detalhezinho interessante: se a vítima de uma agressão morre, tá legal, mas se — ao contrário — em vez de morrer fica estendida no asfalto, está indefectivelmente prostrada. Podia estar caída, derrubada ou mesmo derribada, mas um repórter de crime não vai trair a classe assim à toa. E castiga na página: NAVAL PROSTROU DESAFETO COM CERTEIRA FACADA. Desafeto — para os que são novos na turma — devemos explicar que é inimigo, adversário etc. E mais: se morre na hora, tá certo; do contrário, morrerá invariavelmente ao dar entrada na sala de operações.

De como vive a imprensa sangrenta, é fácil explicar. Vive da desgraça alheia, em fotos ampliadas. Um repórter de Polícia, quando está sem notícia, fica na redação, telefonando pras delegacias distritais ou para os hospitais, perdão, para os nosocômios, onde sempre tem um cupincha de plantão. O cupincha atende lá, e ele fala: "Alô, é do Quinto? Fala Fulano. Alguma novidade? O quê? Estupro? Oba! Vou já para aí". Ou então é pro pronto-socorro: "Alô. É Fulano, da *Luta*.* Sim. Atropelamento? Ah... mas sem fratura exposta não interessa".

E há também a concorrência entre os coleguinhas da crônica sangrenta. Primo Altamirando, quando trabalhou nesse setor, se fez notar pela sua indiscutível capacidade profissional para o posto. Um dia, ele telefonou para o secretário do jornal:

— Alô, quem está falando é Mirinho. Olha, manda um fotógrafo aqui na estação de Cordovil, pra fotografar um cara.

— Que é que houve?

---

* Referência ao jornal sensacionalista *Luta Democrática* (1954-87). (N. E.)

— Foi atropelado pelo trem, está todo esmigalhado. Vai dar uma fotografia linda para a primeira página.

— O cadáver está sem cabeça?

— Não.

— Então não vale a pena.

— Não diga isso, chefe. Mande o fotógrafo que, até ele chegar, eu dou jeito de arrancar a cabeça do falecido.

Escovas musicais

Americano inventa cada coisa legal, né? Tirante foguete, tudo que americano inventa é legal. Vejam, por exemplo, a fita durex. Durante toda a história da humanidade o embrulho malfeito foi o horror dos que conduziam objetos debaixo do braço. Vovô Clorofino — irmão de Tia Zulmira — uma vez passou um vexame no bonde de burro, por causa disso. Entrou, sentou do lado de uma senhora respeitabilíssima que era sua vizinha, e botou o embrulho no colo. Foi chato, o embrulho abriu e apareceram as ceroulas de flanela vermelha, que ele tinha comprado pro inverno. Se, naquele tempo, já existisse fita durex, Vovô Clorofino não tinha passado pelo dissabor de ter a peça íntima olhada pela dama respeitável, que, segundo se dizia, nunca vira as ceroulas do próprio marido (quando Tia Zulmira conta esta história, Primo Altamirando costuma dizer: "Vai ver o marido não usava").

Mas, voltemos aos inventos americanos. Agora mesmo eles vêm de inventar escova de dentes musical. Diz que é legal. Trata-se de uma escova que, quando a gente passa nos dentes, ela toca uma musiquinha, para tornar mais ameno o hábito da ablução bucal, se nos permitem o termo. A escova, inclusive, ensina o freguês a escovar os dentes, isto é, só toca a musiquinha se o cara escovar a dentadura no sentido vertical, que é como mandam os odontólogos.

Primo Altamirando, para escovar os dentes, é mais duro que o time do Madureira para fazer gols no inimigo. Detesta escovar, Mirinho. Nestes últimos trinta e seis anos, esta tem sido a grande luta de Tia Zulmira: fazer o nefando parente escovar os dentes de manhã.

Sabendo disso, mandamos vir dos Estados Unidos a tal escovinha com música e ontem fomos entregá-la à velha, lá no casarão da Boca do Mato. Explicamos como funcionava e esclarecemos que aquilo era uma esperança: talvez, com música, Mirinho escovasse os dentes.

Tia Zuzu suspirou e explicou que os americanos são práticos demais e, quando inventam as coisas, esquecem que existem pessoas excepcionais. E, num desabafo:

— Escova de dentes com música não vai fazer Mirinho mudar de hábito. Aquele cretino, além de porco, é surdo.

As seis grã-finas

Eram seis grã-finas. O Max Nunes garante que eram seis e a gente tem que respeitar, porque foi ele quem nos contou esta história. Pois diz que essa meia dúzia de damas *bem* ia num desses carros bacanas que, se houvesse repressão ao contrabando, a polícia fazia parar na rua, mandava o chofer saltar e apreendia o bruto... enfim, seis grã-finas iam juntas num carro desses ali pela avenida Niemeyer, de tardinha. Provavelmente iam até o Itanhangá ou Gávea Golf, fazer hora para depois ir pro Country, de onde partiriam para o Au Bon Gourmet, de onde esticariam para o Sacha's, nessa batida de vida dura que as coitadas levam.

89

Agora, você aí, sente o drama, vá! Sabe lá o que são seis grã-finas juntas, falando mal das amigas, dos maridos das amigas e dos casos dos maridos das amigas e dos amigos que são casos dessas amigas? Pois elas iam no mesmo carro, naquela fofoca tão do gosto delas, quando a que ia guiando se distraiu contando o episódio ocorrido na véspera, em que uma delas tomara um pileque e ia saindo da boate com o marido de uma terceira, e o carro derrapou e as seis distintas caíram no abismo.

Pouco depois elas estavam no céu. Perceberam logo que tinham soprado o pavio delas e ficaram apreensivas com as respectivas mortes, até que chegou são Pedro — que vocês todos conhecem como porteiro do céu — e parou na frente delas. Sabem como é, pro porteiro do céu não adianta dar gorjeta, como os maridos delas fazem com porteiro de boate. Então ficaram quietas, olhando pra são Pedro. Este pigarreou e disse:

— Vocês não pensem que vão ficar aqui no céu, não. Vamos primeiro fazer um teste — e ordenou: — As que enganavam o marido deem um passo à frente.

Logo quatro das seis grã-finas deram o passo à frente e são Pedro espinafrou:

— Bonito, não é? Pois vão as quatro para o Inferno — e olhando para as que tinham ficado paradas, berrou: — E as surdas também, para o Inferno!

A velha contrabandista

Diz que era uma velhinha que sabia andar de lambreta. Todo dia ela passava pela fronteira montada na lambreta, com um bruto saco atrás da lambreta. O pessoal da alfândega — tudo malandro velho — começou a desconfiar da velhinha.

Um dia, quando ela vinha na lambreta com o saco atrás, o fiscal da alfândega mandou ela parar. A velhinha parou e então o fiscal perguntou assim pra ela:

— Escuta aqui, vovozinha, a senhora passa por aqui todo dia, com esse saco aí atrás. Que diabo a senhora leva nesse saco?

A velhinha sorriu com os poucos dentes que lhe restavam e mais os outros, que ela adquirira no odontólogo, e respondeu:

— É areia!

Aí quem sorriu foi o fiscal. Achou que não era areia nenhuma e mandou a velhinha saltar da lambreta para examinar o saco. A velhinha saltou, o fiscal esvaziou o saco e dentro só tinha areia. Muito encabulado, ordenou à velhinha que fosse em frente. Ela montou na lambreta e foi embora, com o saco de areia atrás.

Mas o fiscal ficou desconfiado ainda. Talvez a velhinha passasse um dia com areia e no outro com muamba, dentro daquele maldito saco. No dia seguinte, quando ela passou na lambreta com o saco atrás, o fiscal mandou parar outra vez. Perguntou o que é que ela levava no saco e ela respondeu que era areia, uai! O fiscal examinou e era mesmo. Durante um mês seguido o fiscal interceptou a velhinha e, todas as vezes, o que ela levava no saco era areia.

Diz que foi aí que o fiscal se chateou:

— Olha, vovozinha, eu sou fiscal de alfândega com quarenta anos de serviço. Manjo essa coisa de contrabando pra burro. Ninguém me tira da cabeça que a senhora é contrabandista.

— Mas no saco só tem areia! — insistiu a velhinha. E já ia tocar a lambreta, quando o fiscal propôs:

— Eu prometo à senhora que deixo a senhora passar. Não dou parte, não apreendo, não conto nada a ninguém, mas a senhora vai me dizer: qual é o contrabando que a senhora está passando por aqui todos os dias?

— O senhor promete que não "espaia"? — quis saber a velhinha.

— Juro — respondeu o fiscal.

— É lambreta.

Tudo errado

Aqui está, tal e qual saiu publicada num matutino carioca, a notícia de um crime ocorrido em São João de Meriti:

> O liberado sob custódia do juiz de Caxias, Sebastião Francisco de Oliveira, vulgo "Zinho", autor de seis crimes de morte, foi assassinado, na noite de ontem, com um tiro no coração desfechado pelo comerciante Ardozino Rodrigues, português, que o convidara para tomar parte numa festa familiar, em sua residência, no lote 29 do Jardim Paraíso. O criminoso foi preso em flagrante. A vítima, que estava promovendo distúrbios na residência de seu anfitrião, muito embora o seu alto grau de periculosidade — praticara seis homicídios —, estava em liberdade tendo em vista a atuação do juiz de Caxias nesse sentido, o qual conseguira que o mesmo fosse trabalhar numa associação beneficente de menores, localizada na avenida Plínio Salgado.

Agora vejam quanta irresponsabilidade contida numa notícia só. 1) Como podia estar solto um cretino responsável por seis homicídios? 2) Como é que um juiz (o de Caxias) se empenha em dar liberdade a um tipo assim? 3) Onde estava esse português com a cabeça, na hora de convidar "para uma festa familiar" um cara que já matou meia dúzia de pessoas?

Tinha que acontecer o que aconteceu. Um sujeito que mata seis e o juiz lhe dá liberdade fica mais folgado que boca de batina. O português ainda o leva para uma festinha íntima, quer dizer, o sujeito se espalhou e — segundo conta o resto da notícia — queria parceirada na mulher do anfitrião, razão pela qual este puxou de sua arma e o matou, o que nos dá margem para mais uma perguntinha: 4) se o português era comerciante, por que andava armado?

E, como se toda esta série de cocorocadas não bastasse, no final do tópico que transcrevemos está a informação de que o juiz dera um jeito do criminoso trabalhar numa associação beneficente de menores, existente na avenida Plínio Salgado. 5) Que diabo de juiz é este que manda um criminoso com seis mortes trabalhar numa associação de menores? 6) E pombas... por que existe uma avenida com o nome do Plínio Salgado?

A vaca e o câmbio

Um começo de tumulto na praça Mauá. Veio de lá um camarada correndo, a gritar: "Tem uma vaca na praça Mauá, tem uma vaca na praça Mauá". Primo Altamirando, que trafegava nas proximidades, olhou espantado para o cara e comentou: "Mas isto não é novidade. Lá sempre tem". Mas o cara explicou que não era isso não. Era vaca mesmo, de verdade. Aí correu todo mundo, é lógico: uma vaca assim solta, qualquer um quer, ainda mais agora, que o preço do leite subiu tanto que uma vaca, praticamente, não é mais um bicho... é um cofre.

Corre daqui, corre dali, cercaram a vaca. Ela parada no meio do asfalto e a turma cercando, mas ninguém com peito bastante para agarrar a bicha. A expectativa era grande. A vaca pulara de um vagão, no cais do porto. Ia ser embarcada num navio da Costeira, para um estado do Nordeste. Devem ter avisado à vaca que navio da Costeira é aquela miséria, joga mais que o time do Santos. Devem ter avisado, porque a vaca se mandou. Na hora de embarcar, pulou do vagão e saiu correndo em direção à praça Mauá.

Agora estava ali, calma, olhando em volta, procurando um jeito de continuar seu passeio. O povo em volta, cercando. Apareceu um voluntário de vaca. Foi se aproximando devagarinho. A vaca olhando. O voluntário de vaca foi se chegando, foi se chegando e... pimba... pulou pra abraçar a vaca.

Vaca, porém honesta. Não é qualquer um que me abraça — deve ter pensado a bichinha, pois desviou legal e saiu correndo de novo. Já aí, havia mulheres nervosas, dando gritinhos, homens menos afeitos à intimidade com o gado vacum a se esconderem atrás dos postes, apavorados. A vaca veio vindo, deu a volta na praça Mauá e entrou na avenida Rio Branco, que nem o lotação "Mauá-Abolição".

Foi quando se deu o imprevisto. Ao invés de continuar pela avenida abaixo, como faz o referido lotação, a vaca parou em frente ao número 25, onde funciona uma casa de câmbio. Parou, olhou a vitrina e entrou na casa de câmbio. Todos correram pra ver o que ela ia fazer. Foi chato. Ela fez exatamente aquilo que vaca faz no pasto, pois vaca nunca foi ao toalete.

Risada geral. A vaca saiu lá de dentro da casa de câmbio mais furiosa ainda. Foi um custo para apanharem a coitada. Veio gente com cordas, veio um especialista em vacas, um cavalheiro que se agarrou com ela e só soltou quando ela já estava mais amarrada que homem solteiro depois que diz sim, ao pé do altar.

Os grupos foram se desfazendo. Todos comentando a fúria da vaca. Por que teria saído da casa de câmbio tão enfezada? Vai ver foi o preço do dólar.

O cinzeiro azul

O homem, para justificar a si mesmo, ou para justificar a mulher, inventou a máxima: a mulher só engana o homem por causa dele. Que seja ou que não seja. Não estamos aqui para desbaratinar os casos de amor dos outros.

O fato é que estes dois estavam brigados. Ela tinha enveredado aí pelo lado alegre da vida, enfiando o braço noutro braço, em passeios e namoros que um dia vieram a ser do conhecimento dele. Brigaram. Lágrimas de parte a parte: as dela de arrependimento, as dele de sentimento.

Mas não quis perdoar. Um recente samba do Jorge Veiga diz assim: "O que você fez está feito. Não me sinto no direito de lhe conceder perdão". O samba é bom e não sabemos se ele o conhecia. Sabemos — isto sim — que agiu como está no samba. E cada um foi para seu lado, depois de alguns anos lado a lado nas coisas de amor.

Passou a primeira semana, e ele firme. Não telefonava, não passava nos lugares onde ela pudesse estar, evitava falar no assunto mesmo com os amigos mais íntimos. Passou um mês e ele legal. Fazia força para convencer a si mesmo que já estava passando a fase aguda da dor de cotovelo, cujo único remédio é o tempo... e o tempo, irmãos, é remédio de laboratório homeopático.

Uma tarde o telefone tocou. Era ela. Fingimento de parte a parte e vem a pergunta que ele não queria ouvir: "Você sente muito a minha falta?". Engoliu em seco e não mentiu:

— Vamos que eu tivesse ganho, quando tinha menos dez anos, um cinzeirinho azul. Durante todo esse tempo, o cinzeirinho azul esteve na minha mesa de cabeceira. Agora o cinzeirinho azul quebrou. Eu vou sentir falta dele. Pois, se até com um objeto a gente se acostuma, como é que eu não vou sentir a falta de quem era o meu amor!

Ela gostou de ouvir aquilo e, timidamente, como as mulheres fazem sempre, propôs a reconciliação. Ele aguentou firme, explicando que, depois de partido, o cinzeirinho azul estava acabado. Não adiantava colar, porque já não seria a mesma coisa. Foi então que ela disse: "Mas vamos que você sentisse falta do cinzeiro porque ele sumiu, alguém roubou, ou qualquer coisa assim. Agora, por uma coincidência qualquer, você torna a encontrar o cinzeirinho azul".

… e o bestalhão voltou.

O amante de plantão

Foi Primo Altamirando que descobriu o Amante de Plantão. O abominável parente, com aquela perspicácia tão peculiar aos Ponte Preta, classificou esse tipo de sujeito, sempre muito bonzinho, que acompanha mulher dos outros, quando em crise amorosa.

O Amante de Plantão está a exigir um estudo mais apurado — de Tia Zulmira talvez — que nós desde já prometemos publicar. Em linhas gerais, o Amante de Plantão é um pseudoamigo daquele que brigou com a mulher. Ele aproveita a circunstância e fica telefonando pra mulher brigada, aconselhando a fazer as pazes, contando que o amigo anda tão chateado… Numa dessas, larga a maldade:

— Ele anda tão desesperado que ontem saiu com Fulana.

Fulana é dessas mulheres fim de noite, que o cara só apanha mesmo quando anda tão desesperado que se agarra até com fio desencapado.

O Amante de Plantão não relaxa. Faz companhia, leva ao bar, acompanha ao cinema e começa a se fazer útil. Sobretudo é útil, o Amante de Plantão. Se a mulher brigada telefona pedindo chiclete, ele sai de casa e vai comprar chiclete para a coitadinha.

Leva parente dela no Galeão, ajuda a carregar as malas. Para mostrar suas boas intenções, vez por outra cita o verdadeiro amante dela como um excelente sujeito. E larga no ar, muito vagamente, esta sentença:

— Vocês precisam fazer as pazes.

Sim, muito brevemente apresentaremos um estudo completo sobre o Amante de Plantão, essa figura tão útil às mulheres entortadas, mas também tão calhorda, que faz tudo para que todo mundo pense que ele é que é o atual caso dela, mesmo que os dois permaneçam no imaculado 0 × 0, o escore de Zezé Moreira.

E para que vocês possam identificar o Amante de Plantão em cada um dos amiguinhos de suas queridas cupinchas, façam o teste. Perguntem a ele se conhece determinada pequena, uma pequena que vocês têm certeza que nunca quis nada com ele. Quando você perguntar, o Amante de Plantão dará um sorriso enigmático e murmurará em tom confidente:

— Deixa isso pra lá.

Ah... o Amante de Plantão!

Mulheres separadas

Em São Paulo uma senhora chamada Marina Fidelino é líder divorcista. Talvez o deputado Nelson Carneiro nem saiba disso, mas tem uma coleguinha em São Paulo. Dona Marina, além de divorcista, é líder feminista, coisa que o coleguinha jornalista, deputado Nelson Carneiro, não é. O Nelson quer o divórcio para o casal, mas d. Marina quer só pra mulher.

Como é que ela quer isso desse jeito, não sabemos. Sabemos é que deu uma entrevista explicando que o atual estado de coisas não pode continuar. E, de estado em estado, chegou ao estado civil dos casais entortados. Madame Fidelino não explica se é casada, solteira ou avulsa mas, pelo jeito, tá sem marido, pois fala com tal conhecimento de causa das damas em disponibilidade conjugal, que a gente mora logo que no quarto dela tem uma vaga.

Espinafra os homens de um modo geral e os homens que se separaram em particular. Diz que o nosso Governo (não chega a dizer qual dos governos) já devia ter tomado uma providência para amparar as mulheres separadas, que a Justiça é cega e por isso não vê as dificuldades que elas passam por causa dos homens. E acrescenta: "Noventa por cento dos homens que abandonaram sua esposa não lhe prestam assistência financeira".

E d. Marina Fidelino conclama as mulheres separadas de todo o Brasil para se unirem em torno de um ideal comum: o divórcio legal. Até aí as mulheres estarão em inferioridade e é por isso mesmo que ela já está mexendo os pauzinhos para continuar com a Sociedade das Mulheres Separadas.

Quando Primo Altamirando soube que essa sociedade já existe, pegou o telefone, pediu interurbano e ligou para São Paulo. Quando atenderam do lado de lá, o nefando Mirinho perguntou:

— É da Sociedade das Mulheres Separadas?

— É, sim senhor.

— Então me separa duas aí, pra sábado.

Não era nem homem

Os amenos cronistas mundanos que, segundo o poeta Vinicius "Pops" de Moraes, inventam sem saber a doutrina do pão e da guilhotina, comentam um fato muito interessante, da grã-fina que se apaixonou pelo travesti que atende pelo apelido neorrealista de "Sofia Loren". Já se murmurava pela aí que a distinta dama ia toda noite, no seu discreto "Volkswagen", apanhar o trêfego "Sofia" na porta dos fundos do mafuá onde rebola um pouco por conta própria, um pouco empresado por Carlos Machado. Apanhava o "Sofia" e perdia-se na bruma da noite.

Agora, diz que o "Sofia" caiu em si. Apanhou o "Volkswagen" discreto na garagem da grã-fina e saiu para farras outras, não tabeladas pela Cofap. A grã-fina, quando soube, saiu atrás do "Sofia" e foi apanhá-lo no meio de rapazes, ocasião em que deu uma espinafração no pobrezinho e explicou que, para arrebanhar homem, ela não emprestava o carro a ninguém, que isto ela podia fazer sozinha. "Sofia" fez beicinho e quase chorou.

Mas pior, irmãos, muito pior foi o outro caso, que os cronistas mundanos não contaram, porque o marido da grã-fina nele envolvida soube abafar a coisa, a ponto desta não passar de um segredo entre os personagens e uns poucos amigos do peito (lá dele).

Diz que o marido chegou em casa numa hora que não era para ele chegar. E isto é imperdoável: marido de grã-fina que chega em casa em hora que não é esperado devia — ao menos — entrar assobiando alto. Mas — prosseguindo — o marido chegou, entrou no quarto e desconfiou que tinha peixe debaixo do angu.

Interrogou a arrogante e ela bobeou nas respostas, com tal gagueira, que o marido achou logo que tinha um cara no armário, esconderijo muito usado no ambiente alegre do café soçaite.

— Tem um homem no armário! — berrou o marido.

— Não tem homem nenhum — soluçou a grã-fina.

O marido caminhou resoluto para o dito armário e abriu a porta. A grã-fina não mentira. Lá dentro não havia homem nenhum. Havia era uma outra grã-fina.

Sente o drama, vá!

Mirinho e a leviana

Tem mulher que a gente, por mais que a conheça, não entende suas reações. Tínhamos uma namorada, no tempo em que o dr. Getúlio era considerado um salvador da pátria, que um dia brigou com a gente porque esquecemos de elogiar seu vestido novo. Anos depois, em circunstâncias muito mais amenas, confessou o seu desespero, ao notar que aceitáramos a briga e não déramos mais sinal de vida.

Houve uma outra que, bastava nos ver contente, amável, dedicado ao seu lado, para começar a entortar a situação. E parecia satisfeita, quando — num arroubo de incontida machidão — pedíamos o nosso boné e sumíamos de sua vista. Aí ficava desesperada, telefonava chorando e muitas e muitas vezes, na noite da reconciliação, pedia que tivéssemos paciência com ela, que a compreendêssemos etc. etc. A gente compreendia uns tempos, e lá vinha a desajustada com os mesmos golpes.

Dessa, como de muitas outras, o homem cansa. Na sua última falseta mandamos um presente desses de derreter vedete e fomos apanhar perereca em outros brejos. Amigos comuns cansaram de tentar uma reconciliação que, só de pensar, nos provocava um tédio profundo. Ela ficou a tentar mil e um pequenos golpes, na esperança de recuperar toda uma situação que desfrutou sem precisar de golpe nenhum e hoje não desfrutará mais, nem com um grande golpe, amparada pelas Forças Armadas e os novos marechais de pijama.

"Mulher é um caso sério" — costumava dizer Gumercindo Ponte Preta, pai de Mirinho. E, não raro, acrescentava: "Mulher é bom para quem tem muitas". Já Altamirando é um predestinado. Faz tanta sujeira com mulher, que elas acabam, indefectivelmente, passando o primo pra trás.

Ultimamente ele arranjou uma namorada que parece adorá-lo. Ao menor aceno ela aparece dócil, carinhosa, amante. Mas resolveu passar o primo pra trás aos sábados. Diz Mirinho que é batata. Já fez a experiência diversas vezes. Todo dia ela topa, mas aos sábados inventa que tem que ir ao aniversário de uma tia. Como não acreditássemos nessa fatalidade sabatina, no último sábado fez a experiência em nossa frente. Antes já havíamos constatado o amor da pequena por Mirinho.

No sábado ele telefonou e convidou para um programa dos mais aceitáveis. Ela murmurou de lá que era uma pena, mas a tia fazia anos e ela tinha que ir à festinha.

— Essa tua tia já deve estar com uns cento e oitenta anos — protestou Mirinho. Ela desconversou, gaguejou um pouco e — para provar mais uma vez que mulher é bom para quem tem muitas — manteve a recusa. Iria ao aniversário da tia.

— Tá certo — exclamou Mirinho; e com aquele seu cinismo habitual: — Faço votos para que sua tia seja muito feliz e esta data se reproduza por muitos e muitos sábados.

O peru de Tancredo

Os jornais todos falam no peru que o sr. primeiro-ministro Tancredo Neves, na Granja do Ipê, estava engordando para o

Natal. A granja, conforme vocês sabem, foi bolada pelos puxa-sacos do dr. Juscelino, para que o então aeropresidente tivesse do bom e do melhor, enquanto estivesse exilado em Brasília.

Depois que o dr. Juscelino entrou de férias, a Granja do Ipê passou a ser dividida entre os bacanos da nossa República e, entre eles, o dr. Tancredo, que lá tinha o seu peru. Há, inclusive, quem defenda a tese (Primo Altamirando, por exemplo) de que o dr. Tancredo, ao aceitar o manso cargo de primeiro-ministro, botou seu peru no Ipê para ter o que responder, quando alguém perguntasse: "Que é que há com teu peru?".

Conforme vocês sabem, esta pergunta da gíria carioca, trocada em miúdos, quer dizer, mais ou menos: "Que é que andas fazendo?". Ora, como o dr. Tancredo não anda fazendo nada, botou na Granja do Ipê um peru propriamente dito, para ter o que responder, quando alguém viesse com a pergunta.

Agora some o peru de sua excelência. Foi chato. Os jornais comentam o fato e diversos coleguinhas jornalistas abordam o peru do sr. ministro, em seus escritos. Um deles exclama, desolado: "Que desgraça! Roubaram o peru que estava sendo preparado para o Natal do primeiro-ministro! Isso se faz com um moço tão trabalhador e tão bem-intencionado?". Realmente, não se faz.

Entre os matutinos, o que fez melhor a cobertura do peru de Tancredo foi o *Diário Carioca*. Lá está esta nota: "O premier Tancredo Neves queixava-se ontem em Brasília da má sorte que o vem perseguindo, não propriamente pelos desmandos do governo, mas pelo fato de um ladrão ter furtado o peru do seu Natal, que era de estimação". Sente o drama, vá, você aí... o peru, ainda por cima, era de estimação.

Entre os cronistas mundanos, o sociólogo Jean Pouchard — sempre mais afoito do que os outros — explica em sua coluna de fofocas: "O sr. Augusto Frederico Schmidt anda fazendo muita blague com a notícia de que um ladrão roubou o peru do ministro Tancredo Neves". Aliás, foi a notinha do sociólogo Pouchard que provocou as suspeitas de Tia Zulmira. Todo mundo sabe que o poeta Schmidt está chateadíssimo com o ostracismo político a que foi relegado. Quem sabe — pra ver se voltava ao noticiário, hem? Quem sabe? E, enquanto Primo Altamirando garante que o peru fugiu sozinho, por ser contra o regime parlamentarista, Tia Zulmira é capaz de jurar que foi Augusto Frederico Schmidt o cara que patolou o peru de Tancredo.

Inimigo, via oral

Chega do Congo um oficial brasileiro que servia junto às tropas da ONU e deixa os repórteres que o entrevistaram, ainda no aeroporto, horrorizados com a certeza de que todas aquelas anedotas que se contavam sobre a ferocidade das tropas congolesas não eram anedotas coisa nenhuma, mas a feroz realidade: enquanto os soldados das Nações Unidas lutam por um ideal (para muitos dos mais rebarbativos), as tropas inimigas lutam por um almoço. Sabem lá o que é isto?

Bem que se murmuravam à boca pequena — se vocês me permitem este termo rococó — as suspeitas de que os homens de Tshombé eram antropófagos. E desde já explicamos aos leitores menos esclarecidos que antropófago não é o cara que fala diversas línguas. Antropófago é o cara que come gente, isto é, que acaba com o inimigo por via oral. Quem fala diversas línguas — convém esclarecer, embora não venha ao caso — é poliglota e, se estamos dizendo isto, é para aproveitar a oportunidade e tirar uma dúvida de certo cantor da Rádio Nacional que, noutro dia, referindo-se ao genro de Khruschóv que aqui esteve para uma temporada de comédia, explicou:

— O homem é bárbaro. Fala russo, francês, inglês, alemão e italiano. É um troglodita.

Mas voltemos aos soldados do Congo, que fazem das tropas inimigas sua horta e o QG adversário de SAPS* particular. O primeiro sintoma de canibalismo estava naquele telegrama que Tshombé enviou à assembleia das Nações Unidas e que todo mundo levou na conta de anedota. O telegrama, remetido logo após a primeira batalha ganha pelas tropas congolesas em Katanga, dizia: "Favor enviar mais tropas (pt) As primeiras estavam deliciosas (pt)".

Como ficou dito, ninguém poderia supor que o pessoal do Congo fosse avacalhar a guerra dessa maneira, de forma mais desmoralizante ainda do que fizera outro povo africano — o abissínio — quando, naquela guerra com a Itália que selou a sorte do grande calhorda universal, Mussolini, os italianos ficavam desesperados com a avacalhação dos combates, porque os abissínios estavam aprisionando os seus modernos tanques de guerra com armadilha de pegar javali. Mesmo assim, ou seja, mesmo achando que o telegrama de Tshombé era brincadeira de algum correspondente de guerra bem-humorado, o pessoal da ONU resolveu enviar um emissário ao Congo, para saber se lá havia mesmo antropófago. Consta que Tshombé respondeu sorrindo que aquilo era uma infâmia, pois os dois últimos antropófagos da região tinham sido devorados na véspera.

Anedota — dirão vocês, seus apressadinhos. Anedota uma ova. A própria Tia Zulmira, de natural tão ponderada, achou que seria uma covardia o envio de tropas superarmadas para dar combate a um grupo de pretos que enfrentava o inimigo a tocar tambor.

---

* Serviço de Alimentação da Previdência Social, criado em 1940 pelo governo Vargas. Eram restaurantes populares que ofereciam refeições aos trabalhadores a preços módicos. (N. E.)

— Vai ser um combate entre tropas motorizadas e uma escola de samba — disse a célebre ermitã boca-do-matense.

Mas agora tudo muda de figura. Os crioulos são de comer gente mesmo. Um oficial da nossa FAB, que estava servindo lá, surpreendeu a reportagem com sua entrevista, revelando que aquele caso do trucidamento de oficiais italianos, segundo testemunhas impressionadíssimas, foi bárbaro. Os congoleses mataram os inimigos, esquartejaram e depois venderam a carne numa aldeia próxima, ao preço de duzentos francos o quilo, o que corresponde mais ou menos a mil e trezentos cruzeiros.

E Primo Altamirando, que adora o humor negro, quando leu as declarações do oficial brasileiro, comentou baixinho:

— Que horror. Não respeitaram nem o preço de tabela.

Paraíba

Azevedo e Peçanha vestiram o paletó e desceram para a rua, na disposição de fazer uma farrinha. Ainda no elevador, Azevedo fez ver a Peçanha que o laço de sua gravata estava um pouco frouxo. Peçanha agradeceu e ajeitou o laço. Afinal, iam em demanda de uma possível aventura amorosa e a elegância era detalhe importante.

Caminharam pela avenida Nossa Senhora de Copacabana e foram subindo em direção ao Lido, conversando animadamente e só interrompendo a conversa quando passava uma moça. Sozinha ou acompanhada, todas as moças que passavam por Azevedo e Peçanha ganhavam olhares pidões, tão comuns aos conquistadores baratos, de beira de calçada.

Era sábado, dia em que se definem os que andam pela aí, caçando o amor. Azevedo parou na esquina do Lido e perguntou para Peçanha:

— Que tal se fôssemos até o Alfredão?

Peçanha achou que lá havia sempre muita concorrência. As mulheres supostamente fáceis, quando há muita gente em volta dando em cima, tornam-se superiores e esquivas, fazendo-se mais preciosas pela disputa de seus carinhos. Mas como Azevedo ponderasse que muitos dos homens que vão ao Alfredão não chegam a ser propriamente homens, Peçanha concordou.

Entraram no bar, Azevedo acendeu um charuto, ofereceu outro a Peçanha, que recusou com um gesto másculo. Preferia cachimbo, que tirou do bolso e começou a encher de fumo, enquanto pediam algo para beber. O garçom acabou partindo para ir buscar uísque puro, só com gelo e olhe lá.

Uma garota de olheiras profundas passou pela mesa e Peçanha mexeu com ela. A garota sorriu. Então Azevedo convidou-a para tomar alguma coisa. E como as demais pequenas que estavam no bar pareciam todas acompanhadas, ficou só aquela para ser dividida entre Azevedo e Peçanha.

No fim de algum tempo, tanto Peçanha como Azevedo estavam caindo de tanta bebida. Pagaram a conta. Azevedo apagou o resto do charuto no cinzeiro e quis partir só, rebocando a pequena. Peçanha estranhou a atitude de Azevedo, acabaram discutindo e começou o clássico festival de bolacha. Entrou a turma do deixa-disso, veio o guarda e o resultado da farra ali estava: além da garota disputada a tapa, também foram parar no xadrez as duas brigonas.

Sim, porque o nome todo de Azevedo é Maria Tereza Azevedo. Quanto a Peçanha: Walquiria. Walquiria Peçanha.

Continho de Natal

Deixou o trabalho e foi andando pela rua, olhando as vitrinas. Cada preço de encabular senador. Mas não queria chegar em casa sem levar qualquer coisa para a família. Então continuou olhando para os artigos expostos nas portas das casas comerciais.

Num instante percebeu que levar um presente para cada um era impossível. O dinheiro que trazia no bolso não daria para tanto, ainda mais porque, na época de Natal, o comércio aumenta tudo, cobrando da gente aqueles anjos tocando trombeta que eles penduram nos postes, que nem lista de bicho, dizendo que é a colaboração dos comerciantes para alegrar o Natal. Colaboração mais desgraçada, que eles dizem que é deles, mas quem paga é a gente.

Um brinquedo que pudesse ser desfrutado por todos os filhos, talvez. Mas qual? As meninas iam apreciar uma boneca. Sim, uma boneca faria a alegria de suas filhas, mas causaria tremenda decepção aos meninos. Em compensação, se levasse uma metralhadora de matéria plástica (vira diversas, que as fábricas de brinquedo fazem para incentivar o crime), os garotos iriam vibrar de contentamento. As meninas, porém, talvez chorassem de desalento.

Resolveu então comprar alguma coisa de comer. Aí estava. Uma coisa de comer poderia ser apreciada por todos. Um peru, ou mesmo um frango, que peru de pobre pode perfeitamente ser um frango. Para comprar um peru daqueles que estava vendo pendurado num gancho do armazém, só com fiador. O frango também era caríssimo.

Puxou o dinheiro que trazia no bolso, contou, recontou e entrou ali mesmo para comprar o presente de Natal da família. Pouco depois voltava pra casa. Abriu a porta e gritou para os filhos:

— Alarico, Odete, João Pessoa, Gustavo, Firmina, Olivinha,

Jussara, Inês, Júlio, Juscelino, Abraão... Corram todos aqui, que papai trouxe o presente pro Natal.

Os filhos acorreram ao chamado e a esposa também. Ele então, com ar triunfante, botou uma castanha em cima da mesa, esfregou as mãos e disse:

— Mulher, vai buscar uma faca pra gente dividir esta castanha.

E antes que alguém avançasse na castanha, berrou:

— Calma, que dá pra todos!

Fábula dos dois leões

Diz que eram dois leões que fugiram do Jardim Zoológico. Na hora da fuga cada um tomou um rumo, para despistar os perseguidores. Um dos leões foi para as matas da Tijuca e outro foi para o centro da cidade. Procuraram os leões de todo jeito mas ninguém encontrou. Tinham sumido, que nem o leite.

Vai daí, depois de uma semana, para surpresa geral, o leão que voltou foi justamente o que fugira para as matas da Tijuca. Voltou magro, faminto e alquebrado. Foi preciso pedir a um deputado do PTB que arranjasse vaga para ele no Jardim Zoológico outra vez, porque ninguém via vantagem em reintegrar um leão tão carcomido assim. E, como deputado do PTB arranja sempre colocação para quem não interessa colocar, o leão foi reconduzido à sua jaula.

Passaram-se oito meses e ninguém mais se lembrava do leão que fugira para o centro da cidade quando, lá um dia, o bruto foi recapturado. Voltou para o Jardim Zoológico gordo, sadio, vendendo saúde. Apresentava aquele ar próspero do Augusto Frederico Schmidt que, para certas coisas, também é leão.

Mal ficaram juntos de novo, o leão que fugira para as florestas da Tijuca disse pro coleguinha:

— Puxa, rapaz, como é que você conseguiu ficar na cidade esse tempo todo e ainda voltar com essa saúde? Eu, que fugi para as matas da Tijuca, tive que pedir arreglo, porque quase não encontrava o que comer, como é então que você... vá, diz como foi.

O outro leão então explicou:

— Eu meti os peitos e fui me esconder numa repartição pública. Cada dia eu comia um funcionário e ninguém dava por falta dele.

— E por que voltou pra cá? Tinham acabado os funcionários?

— Nada disso. O que não acaba no Brasil é funcionário público. É que eu cometi um erro gravíssimo. Comi o diretor, idem um chefe de seção, funcionários diversos, ninguém dava por falta. No dia em que eu comi o cara que servia o cafezinho... me apanharam.

Rosamundo no banheiro

As histórias de Rosamundo — o distraído — são verdadeiras. E bárbaras. Teve o caso do dia em que ele comprou o livro *Tia Zulmira e eu*, do famoso escritor brasileiro Stanislaw Ponte Preta, que todo mundo conhece como um dos luminares da nossa literatura moderna.

Rosamundo comprou o livro no dia do seu lançamento (quer dizer, lançamento do livro, não de Rosamundo). Pois comprou e ficou tão interessado que começou a ler na porta da livraria. Chamou um táxi, entrou no dito, e mandou tocar para o edifício onde mora, percorrendo todo o itinerário com a cara enfiada no livro, a ler gulosamente o fabuloso escritor.

Ora, se Rosamundo é distraído no simples, imaginem a ler um livro com tanto interesse. Tinha que dar em besteira. Rosamundo saltou do táxi, pagou a corrida, e entrou no prédio a ler o livro. Chamou o elevador, saltou no seu andar, abriu a porta — e após tirar o paletó e colocar o livro sobre um móvel, foi direto para o banheiro, tomar seu banho rápido, para poder continuar a leitura.

No banheiro, abriu o chuveiro e foi entrando debaixo, a cantar o fado aquele que diz "só porque és riquinlegante, queres que eu seja teu amante etc. etc.". Ele detesta fados, mas está sempre distraído. Tão distraído que, acabado o banho, olhou para fora do *box* e viu que não tinha toalha. Então abriu a porta do banheiro e berrou:

— Como é, mulher. Nesta porcaria desta casa não tem toalha?

A mulher trouxe a toalha e enfiou a mão pela porta entreaberta do banheiro. Rosamundo, molhado e pelado, quis fazer um agradinho nela e puxou-a pelo braço para dentro do banheiro. E só então morou no vexame. A mulher que puxara era a do vizinho. Rosamundo tinha entrado no apartamento de baixo.

Viva o morto!

Rosamundo estava no quarto, suando em bicas, para abotoar o colarinho e dar o laço da gravata. No verão ele detesta essas coisas protocolares e, se pudesse, iria até à posse de diretor de autarquia, com discurso, filmagem da Atlântida e presença de altas autoridades, em ceroulas. Mas era o aniversário de seu afilhado e Rosamundo tinha que comparecer, levar presentes, ajudar — na qualidade de padrinho — o aniversariante a apagar as velinhas do bolo. Enfim, aquela chateação.

Já estava prontinho para sair, com o embrulho do presente debaixo do braço e o pescoço envolto em suor e colarinho engomado, quando o telefone tocou. A mulher atendeu e disse um "Não" de espanto. Agradeceu a informação e, virando-se para Rosamundo que, distraidamente, tinha jogado a cinza do charuto no aquário dos peixinhos:

— Morreu o chefe da sua repartição!

Mais aquela. Se fosse ao aniversário não teria tempo de passar no velório, se fosse ao velório não daria tempo para entregar o presente do afilhado. Ficou naquela indecisão de todos os distraídos e acabou resolvendo a coisa de maneira mais prática: iria dar um pulinho no velório, faria um pouco de presença e depois se mandava para o aniversário. Das duas chateações, a menor.

Foi o que fez.

Chegou esbaforido no velório do chefe da repartição, com aquele embrulho de presente debaixo do braço e parece que sofreu a influência do referido embrulho porque, mal entrou na sala, dando com o corpo do chefe em cima da mesa, cercado por quatro velinhas, nem conversou: com sua distração habitual, encaminhou-se para a viúva, entregou-lhe o embrulho e disse:

— Muitas felicidades pelo dia de hoje.

Depois, sempre com aquele ar ausente que é faceta marcante de sua entortada personalidade, dirigiu-se para a mesa onde estava o falecido, soprou as velinhas e cantou o "Parabéns pra você nesta data querida".

Coma e emagreça

Ainda vai chegar o dia em que o Rio será agraciado com o título de "Cidade Boteco". Dia em que, para se saber quantas esquinas tem uma rua, bastará saber quantos botequins existem nela, pois haverá um botequim em cada esquina. Mas o que é mais lamentável: é nesses botequins, geralmente infectos, onde estão instalados os lavatórios mais incrivelmente sujos do mundo, que a grande maioria dos cariocas mata a fome.

Você aí já reparou que enormidade de porcarias vendem os botecos do Rio? Empadinhas de um remoto camarão, pastéis de onde escorre uma banha de que o próprio porco recusaria admitir a paternidade, pudins de pão (feitos com o miolo rejeitado pelos fregueses da véspera), aquele doce chamado "sonho" mas que, comido num balcão de botequim, pode transformar-se em terrível pesadelo, bolinhos de carne, biscoitos, rosquinhas, cocadas, tudo de procedência suspeita!

No entanto, florescem os botequins. Rara é a rua onde não há uma portinha apertada, cheia de garrafas vazias à entrada, mostrando lá dentro um balcão onde se bebe um café de morte e se belisca o pão que o diabo amassou. Mas deve ser fácil conseguir concessão para abrir botequim, pois eles crescem pela cidade com a mesma licenciosidade com que cresce capim nas ruas de subúrbio.

Antigamente botequim não tinha vitamina. Foi o advento do liquidificador — grande renovador culinário que, segundo Tia Zulmira, está para a cozinha assim como o avião a jato está para a aviação — que trouxe a novidade.

O coitado que come na rua sabe que come porcaria, pois não há intestino, por mais discreto que seja, que mantenha a dignidade depois, digamos, de um pastel de vitrina. Assim, quando surgiu o chamado "copo de vitamina", esse mesmo coitado pensou que chegara o dia da sua redenção estomacal.

Ele sempre ouvira dizer que fruta tem vitamina e que vitamina era o melhor alimento até hoje descoberto. Então o infeliz apelou para o "copo de vitamina" hoje imperando em qualquer balcão de botequim. Num liquidificador, um homenzinho suado vai jogando pedaços de frutas nem sempre identificáveis e que só Deus e ele sabem que não são frescas. Quando o recipiente do liquidificador está a meio, o homenzinho joga um pouco de leite aguado e liga a tomada. Aí o liquidificador faz... zzzzzuuu-ummmm!!! e, antes que aquela droga possa explodir, é novamente desligado.

O otário, então, recebe um copo contendo um líquido mais ou menos grosso, pelo qual paga um preço ainda não tabelado pelos intelectuais dos gêneros alimentícios, e bebe tudo de um golpe só. Depois estala a língua e pensa que está alimentado.

É a vitamina "Z", ainda não descoberta pelos nutrólogos, mas que já se vende nos balcões dos botecos, e que tem uma coloração que varia entre castanho-escuro e azul-marinho.

Uma vez apareceu um secretário da Saúde, na antiga prefeitura carioca, que quis acabar com as baianas. Menino!!! Foi uma gritaria. Fundaram logo o Cobra (Centro Operador das Baianas para Recuperação e Auxílio), uma espécie de Suipa das baianas de tabuleiro. Cronistas sem assunto berraram, em nome da tradição, e as baianas foram novamente liberadas, com seus tabuleiros baixinhos, cheios de cocadas e cuscuz à mostra, bem ali onde circula a poeira.

Foi nessa ocasião que um repórter levantou uma onda de protesto contra a medida para acabar com as baianas, chamando o secretário da Saúde de inimigo do povo, desrespeitador da tradição e outros palavrões. A grita foi mais ou menos igual à que fizeram recentemente contra o atual secretário, quando este deu uma entrevista dizendo que o beijo é porcaria (e contra este a gente ainda pode dizer que o beijo, pelo menos, não dá dor de barriga em ninguém). Lembramo-nos, inclusive, de que o repórter entrevistou quatro baianas, durante a sua série de reportagens. Depois ele mesmo nos confessou que, das quatro baianas, duas eram gaúchas, uma nascera no morro de São Carlos e a quarta era uma argentina que herdara o tabuleiro da filha de seu derradeiro concubino.

E as baianas ficaram. Se você gosta de cuscuz é só pedir que a baiana lhe venda um pedaço. Existe o cuscuz queimado, que depois de pronto tem uma cor puxada para o castanho, e o cuscuz simples, que depois de pronto fica branquinho, branquinho. No tabuleiro da baiana os dois têm a mesma cor, porém, se você pedir do branquinho, a baiana sabe qual é.

Basta que você sopre com força o pedaço comprado, que a poeira sai e o cuscuz volta à sua cor natural.

Um dia — não faz muito tempo — uma mulher levou um prato de angu à baiana para o seu marido, operário que trabalhava perto do mercado de peixe. O operário dividiu o prato com alguns colegas e esses acharam o gosto tão bom que propuseram financiar o angu para todos. E nasceu mais um mata-fome carioca: o angu à baiana.

O angu à baiana é farinha de milho e resto de açougue, isto é, tripa, sangue, carne de peito, bucho, tudo aquilo que sobra depois de dividir o boi. É um prato barato, portanto. A mulher do operário, durante certo tempo, cozinhou ali mesmo na rua o angu à baiana dos operários. Depois montou uma tendinha e não demorou muito que surgisse um concorrente. O primeiro apareceu na praça Quinze de Novembro, o segundo na praça Mauá e hoje tem carrocinha de angu à baiana em diversos pontos da cidade, inclusive na Central do Brasil (onde se comem coisas inacreditáveis) e no Lido, em Copacabana.

Mas foi ainda no tempo em que o angu à baiana imperava na praça Quinze que aconteceu o caso da causa mortis. A Assistência foi chamada para atender a um camarada que desmoronara na esquina da rua Primeiro de Março. Atendendo ao chamado, chegou, o médico saltou, olhou para o coitado e perguntou em volta o que tinha acontecido. Alguém informou que ele comera o angu e saíra caminhando. De repente caiu. O médico mandou botar o camarada dentro da ambulância e tocou, a toda pressa, para o hospital. Era tarde demais: o infeliz abotoou o paletó em viagem.

Para enviar um defunto ao Instituto Médico-Legal é preciso que se faça uma ficha onde certos dados são exigidos. O médico que atendera ao chamado não conversou. Revistou o defunto e achou sua carteira de identidade, com a qual foi enchendo a ficha. Nome: tal; idade: tal; nacionalidade: tal... e assim por diante, até chegar à causa mortis. Aí o médico não teve dúvida e lascou do lado: "Causa mortis: angu à baiana".

O churrasquinho começou foi em São Conrado, feira de comidinhas rebarbativas que surgiu na praça do mesmo nome, e que servia para matar a fome dos namorados que trafegavam pela avenida Niemeyer. Atualmente, essa feira está em fase de recuperação, depois que um comando sanitário passou por lá. Mas ficou o churrasquinho, para exemplo.

Hoje ele impera lá para as bandas da Central do Brasil. E explica-se o porquê: o Campo de Santana fica em frente. Nesse campo, os assessores de churrasquinhos caçam matéria-prima para a confecção dos mesmos. Em 1959 havia muita cotia nos jardins do Campo de Santana. Era cotia demais — acharam os "fabricantes" de churrasquinho. Aos poucos, as cotias foram desaparecendo ao mesmo tempo que nascia a tradição do churrasquinho da Central. O melhor de todos. Era carne fresca.

As cotias hoje rareiam no gramado do Campo de Santana. As que estão lá parecem adivinhar os caçadores e não dão sopa para os assessores empregados pelos proprietários das barraquinhas, razão pela qual eles apelaram para os gatos, bicho que também abunda no local.

Atualmente os excelentes churrasquinhos que os otários comem na Central são de gato. Um barraqueiro, apenas, consegue manter a tradição. Dizem que o seu churrasquinho é melhor do que o dos outros porque jamais apelou para os gatos. É um comerciante honesto: no dia em que seus assessores não conseguem pegar uma cotia, não há churrasquinho em sua barraca. Prefere ter prejuízo, vendendo só pastel. Mas gato, nunca.

Sim, companheiros, o Rio é a cidade onde se come mais besteira. É vendedor de frutinha cristalizada, é baiana de tabuleiro, é angu à baiana, a vitamina, o pastel. E — sobretudo — há um botequim em cada esquina, velando pela dor de barriga do otário.

Dirão vocês: o otário come porque quer. Nem sempre, companheiros, nem sempre. Uma vez um camarada, meio sobre o alcantilado, chegou-se bêbedo e pediu um dinheiro. Perguntamos se era para beber. Ele jurou que não. Estava faminto e queria um mata-fome. Demos o dinheiro e ele entrou no botequim, em frente, onde havia uma vitrina cheia de empadas. Ele chamou o camarada que estava por trás do balcão e pediu uma empada.

— Eu quero aquela ali — apontou.

— Qual? — perguntou o homem.

— Aquela ali, que só tem uma mosca pousada nela.

Donde se conclui que quem escolhe a empada nossa de cada dia... é a mosca.

O terceiro sexo

O nosso caro amigo Rosamundo, quando foi tirar carteirinha de jornalista no Ministério do Trabalho, provou que a pessoa pode ser distraída, que isso não diminui o seu senso de observação.

O Rosa, depois de muito insistirmos, resolveu ir tirar a mencionada carteirinha, um pouco encabulado, diante desse mundo de calhordas que se esconde atrás de uma carteira de jornalista para conseguir favores e exorbitar da profissão.

O distraído lá esteve, no Ministério do Trabalho. Depois de subir várias escadas, porque não percebeu que no prédio havia elevador, Rosamundo foi atendido por uma funcionária para que fizesse a indispensável ficha pessoal. E foi aí que ficou ratificada a nossa teoria de que a pessoa pode ser distraída, que isto não importa em que seja menos observadora. A funcionária perguntou:

— Nome?

— Rosamundo das Mercês — respondeu.

— Idade?

— Trinta e nove.

— Local do nascimento?

— Buracap.

— Sexo?

— Terceiro.

— Como? — estranhou a funcionária. — O senhor é do terceiro sexo?

— Sou sim senhora.

— Quer dizer que o senhor não é nem do sexo feminino, nem do masculino?

— Sou do sexo masculino — respondeu Rosamundo, com dignidade.

— Então o senhor não é do terceiro sexo — atalhou a dama, meio sobre a indignada.

E Rosamundo:

— Sou sim senhora. É que ultimamente certas coisas progrediram tanto, que o masculino passou pra terceiro, dona.

O reclamante

Os jornais todos deram, todo mundo leu, a notícia do sonambulismo da vedeta e escritora (mais vedeta do que escritora) Rosângela Maldonado. Diz que ela estava de madrugada, em plena avenida Copacabana — um dos caminhos de asfalto mais movimentados do mundo (não àquela hora, é claro) — a passear de camisola. Davam até a cor: uma vaporosa camisola cor-de-rosa.

Bacaninha, né? Mas não pro guarda. Tanto assim que o polícia militar (Cosme, pros íntimos) de número 1475, na pia batismal João da Costa, achou que aquilo também já era vedetismo demais de Rosângela Maldonado, a que consegue ser coleguinha, ao mesmo tempo, de Íris Bruzzi e José Condé.

Os jornais fantasiam um pouco. Sabem como é. Contaram que ela ia linda, caminhando displicente sob a camisola condescendente, quando o guarda deu o grito do "teje presa". Aí Rosângela, ainda são os jornais que contam, pareceu sair de um sonho e explicou pro guarda que era sonâmbula. O guarda não foi na conversa e levou-a para o 3º Distrito.

E lá se foi Rosângela, linda, linda, só de camisolinha, em cana. Alguns pedestres (todos ativos) ficaram ali comentando o fato, enquanto — já na delegacia — para se justificar, Rosângela fingiu que tinha um troço. Foi chamada uma ambulância do posto do Lido e o médico já ia dando uma bronca, porque verificou que era mais vedetismo de Rosângela. Então o comissário de plantão, pra não se chatear mais, mandou o guarda levar Rosângela à sua residência, enrolada num lençol, que nem os césares, onde "seu companheiro a esperava aflito".

A notícia termina aí. Não conta o resto. Não conta que, pouco depois, entrou um cara na delegacia e disse pro comissário: "Eu vim aqui reclamar. Eu vi uma mulher de camisola transparente, passeando na avenida Copacabana". O comissário sorriu e explicou: "Ela já foi presa, cavalheiro. Não precisa reclamar coisa nenhuma".

Mas aí o cara mostrou-se mais indignado ainda e atalhou: "Pois eu vim reclamar justamente porque prenderam. Deviam deixar a mulher lá".

Era Mirinho.

Peço a palavra

Era um desses chatos modelo gigantão, com uma consumada capacidade de incomodar a gente, com seus discursos intermináveis, sua mania de pedir a palavra, fosse o momento solene, fosse o instante dramático ou fosse mesmo um simples batizado. Nesse tempo o Max Nunes ainda não tinha criado o tipo que o comediante Mário Tupinambá imortalizou num Carnaval: o Deputado Baiano. E, como não havia o Deputado Baiano, ficou sendo o "Peço a Palavra".

Era impressionante, seu! Qualquer coisinha, metia lá: "Meus senhores..." e lascava a verborreia. Isto ainda nos tempos de rapaz. Houve uma ocasião em que Pedro Cavalinho — sempre meio puxado para o analfa — escreveu na parede do banheiro, no café & bilhares onde a turma jogava sinuca: "O *Pesso* a Palavra é um chato". Pois muito bem: na primeira ocasião em que, movido por inadiável necessidade fisiológica, serviu-se do acima citado logradouro, leu o "pesso" com dois "ss" e já voltou de lá de dentro fazendo um discurso sobre a reforma do ensino.

Recepções, datas históricas, formaturas alheias, competições esportivas, almoços comemorativos ou mesmo sem serem comemorativos, hasteamento de bandeira (principalmente o "lábaro que ostentas estrelado"), qualquer pretexto, enfim, servia:

— Coube-me dirigir-vos a palavra, neste momento para nós tão solene (só o era para ele), a fim de, como intérprete de meus colegas (ninguém pedira intérprete), dizer-vos do nosso sentimento... etc. etc.

Às vezes parecia que ia perdoar os presentes e deixar que todo mundo mastigasse a conversar normalmente. Em churrascaria, com as pessoas das outras mesas rindo da nossa, já buscava a cabeceira, para poder levantar o copo, em dado momento, e iniciar o vexame:

— Senhores! Meu coração transborda de tanta emoção e alegria que as palavras serão incapazes de traduzi-las.

Então a gente suspirava porque, se as palavras não podiam traduzir, ele ia calar a boca. Mas qual. Emendava logo:

— ... espero porém o beneplácito de vossa tolerância...

O diabo é que o beneplácito é como programa de televisão: tem limite. Muitos acabaram perdendo a paciência e, por várias vezes, o "Peço a Palavra" foi vaiado. Os que esperavam tal oportunidade para ir à forra, encontravam-na em reuniões menos formais, como foi o caso da despedida de solteiro do Pedro Cavalinho. O chato — lá pelas tantas — alteou a voz, já meio puxada para a embargada:

— Meus amigos...

O sussurro de desaprovação correu pelos presentes e o que se despedia cortou-lhe a oração com um simples "não chateia". Acrescentemos que o orador era um crente de seus dotes oratórios e vocês terão uma ideia do quanto sofreu com o aparte.

O "Peço a Palavra" não tinha o propósito de chatear ninguém. Se "erguia o brinde" era mesmo com o "coração transbordante", se "embargava a voz" era mesmo de "sentida emoção". Daí a dificuldade em driblá-lo, principalmente depois que envelheceu e uma respeitável cabeleira branca exigia o silêncio da plateia.

Noutro dia, morreu. Que Deus nos perdoe, mas tivemos a impressão de que muitos dos que foram ao funeral compareceram com um leve, um quase imperceptível ar de alívio, embora todos, nas conversinhas do velório, usassem o adjetivo "coitado" para classificar o falecido.

Quando o caixão baixou à "última morada", um frio correu pela espinha dos que privaram com o morador em vida. Um rapazinho subira no mausoléu ao lado, e berrava:

— Eis-me aqui, ante teu corpo inanimado, prestes a voltar ao seio da nossa mãe comum, a terra. Teu corpo baixa à sepultura, mas teu espírito paira mais vivo do que nunca, sobre a obra que empreendeste...

Cutucamos o braço de Pedro Cavalinho e perguntamos baixinho:

— Quem é esse cara?

— Tu não manja? É o filho do *"Pesso a Palavra"*.

DE *ROSAMUNDO E OS OUTROS*
(1963)

Biografia de Rosamundo

Rosamundo das Mercês — e o nome parece escolhido a dedo, pois sua proverbial distração deixa-o sempre à mercê de tudo — nasceu no Encantado, em 1922, ano do Centenário da Independência, ano em que o América F. C. conseguiu ser campeão, ano, portanto, não muito comum. Nasceu, aliás, de dez meses e aí já vai um fato extraordinário, pois todo personagem que não é normal geralmente é de sete meses. Rosa é de dez e há quem diga que isto já foi distração de sua parte: esqueceu de nascer.

Se é verdade ou não, não posso dar informe. Só sei que, realmente, nunca vi ninguém mais distraído; jamais conheci um camarada com tanta capacidade para entrar em frias por causa de sua abstração; em tempo algum haverá um sujeito de presença tão ausente. Filho de Ignacio das Mercês (bicheiro) e Conceição de Tal (após o casamento ficou sendo também das Mercês, é óbvio), que era a lavadeira de Tia Zulmira, Rosamundo é de origem humilde e teria se transformado num inútil qualquer, não somente por não ter posses para aprender, como também por ser incapaz de se fixar em coisa alguma, muito menos no erradíssimo plano de ensino do nosso querido Brasil. Não fosse a impressionante capacidade pedagógica de Tia Zulmira e o Rosa hoje era um marginal pela aí, talvez *public relations*, talvez um deputado, sei lá.

Deu-se que era ele quem levava a trouxa de roupa lavada do Encantado à Boca do Mato, onde reside a sábia parenta. Toda semana aparecia por lá, de alva trouxa à cabeça, sorriso simpático e ar jovial. Numa dessas vezes, houve eclipse do sol e tudo escureceu. Distraído às pampas, quando viu que estava escurecendo, Rosamundo tratou de tirar a roupa e deitar-se. Suas ações sempre foram praticamente maquinais. Deitou-se no sofá da sala e dormiu logo, como sói acontecer com os inocentes. Distraído às pampas, nunca mais voltou para o Encantado.

Claro, Tia Zulmira poderia tê-lo alertado, Conceição poderia ter subido até a Boca do Mato para reclamar o filho mas, se Conceição subiu, ninguém sabe, ninguém viu. Sabe-se, isto sim, que titia, prenhe de boas intenções, praticamente adotou o rapazote e ensinou-lhe as primeiras letras, as primeiras noções de aritmética e acabou sendo sua mestra no trivial. Hoje Rosamundo tem até curso superior e só não exibe os diplomas porque sempre esqueceu de ir buscá-los ao final do curso.

Aos vinte anos Rosamundo teve o seu primeiro emprego, no Ministério do Trabalho: oficial de gabinete do ministro, emprego que durou apenas alguns meses, justamente o tempo que o ministro levou para aparecer pela primeira vez no gabinete. O Rosa, que nunca tinha visto sua excelência ali, perguntou:

— O senhor quer falar com o ministro? — O ministro, para gozá-lo, respondeu que sim, e o Rosa estrepou-se ao fazer esta justa mas distraída observação:

— Então o senhor trate de procurá-lo em casa, pois o ministro é um vagabundo e nunca aparece aqui.

Sua segunda arremetida no setor profissional foi mais desastrosa ainda. Por ser baixinho e leve, foi ser jóquei e, na corrida de estreia, mal foi dada a saída, saiu com o cavalo para o lado contrário, vítima de mais uma crise de distração. Creio que não é preciso acrescentar que antes mesmo de desmontar do cavalo já estava despedido.

Daí para a frente fez de tudo: foi garçom e serviu goiabada com molho ao vinagrete para um freguês; foi investigador de Polícia e um dia encanou o delegado e soltou um facínora; foi até aeromoço e neste emprego quase que morre. Um dos passageiros pediu cigarros e, como não havia a bordo, Rosamundo abriu a porta para ir comprar lá fora. O avião estava a quatro mil metros de altura e — felizmente — ele foi agarrado a tempo.

Tá na cara que um camarada distraído assim não dava certo em emprego nenhum e, de decadência em decadência, ele acabou arrumando um reles empreguinho de vendedor de bilhetes de loteria. Foi a sua salvação: no primeiro dia logo esqueceu de vender os bilhetes e quatro deles saíram premiados, sendo que um com o primeiro prêmio e outro com o segundo. Ficou rico, entregou o dinheiro para Tia Zulmira usar como bem entendesse e hoje ambos vivem de rendas.

Claro, Rosamundo não mora na Boca do Mato, caso contrário Zulmira não seria ermitã. Reside num hotel da Zona Sul e não melhorou nada. Ainda recentemente levou o maior baile, pois, convidado por uns amigos para ir pescar na Barra da Tijuca, aceitou o convite e apareceu lá de espingarda. Mas é um esplêndido rapaz: amável e muito atencioso, quando não baixa o santo da distração sobre ele.

Tem seu fraco por mulheres, já foi casado duas vezes e em ambas deu-se mal, pois esqueceu o endereço do lar e foi dormir com outra; tem mania de comprar discos, embora não tenha vitrola. Como todo cara meio abilolado, gosta de adquirir novidades farmacêuticas: entra nas farmácias, compra quilos de remédio mas nunca toma nenhum. Escreveu um livro excelente, chamado *O crime foi suicídio* (literatura policial), que não foi publicado porque Rosamundo deixou os originais num lotação.

Enfim, as distrações de Rosamundo distraem a gente.

Os sintomas

Há dias que vinha sentindo uma dorzinha fina na virilha. Rosamundo, com aquela distração que é a sua bandeira de comando, só começou a senti-la provavelmente depois de muito tempo, pois até para dor o Rosa é distraído. Na tarde em que percebeu a dorzinha, pensou: "Devo ter me contundido durante o futebol", sem se lembrar de um detalhe importante, ou seja, nunca jogou futebol.

À noitinha a dor diminuíra. Devia ser íngua. Mas Rosamundo é um sujeito muito impressionável. Para se sugestionar é quase um botafoguense, embora torça pelo Andaraí, time que já saiu da liga, mas ele ainda não percebeu. Dias depois, visitando um amigo, com o qual estava brigado mas não se lembrava, encontrou-o acamado, sob a ameaça de seguir a qualquer momento para uma casa de saúde, onde seria operado, em regime de urgência, de uma hérnia.

Entre gemidos o amigo explicava como aquilo começara. Sentira uma dorzinha na virilha. Logo que começou pensou que era uma íngua e nem deu importância. Já nem se lembrava mais da dorzinha quando ela voltou com uma violência quase insuportável. Sentiu primeiro a impressão de que as calças estavam lhe apertando, mas as calças que vestia eram até folgadinhas. A impressão, no entanto, ficara, até dar naquilo: ali deitado, à espera do médico para entrar na faca.

E o amigo gemia. Foi quando chegou o médico, examinou assim por alto e sentenciou: "Temos de operar imediatamente. É uma hérnia estrangulada". E lá fora o amigo de Rosamundo a caminho do hospital. O Rosa, por sua vez, foi para casa, mas não tirava da cabeça a lembrança da dorzinha que sentira, parecidíssima com a do doente.

Sua suspeita transformou-se em pânico na manhã seguinte. Acordara tarde e atrasado para um encontro. Vestira-se no quarto escuro, para não acordar a mulher, e se mandara. Ainda não chegara ao encontro e todos os sintomas que levaram o outro para a operação de emergência começaram a se manifestar nele. Até aquele detalhe da calça que parecia apertar, mas estava folgada a olhos vistos, ele sentia.

Disparou para casa e foi logo pedindo o médico. Estava com hérnia. Deitou-se vestido mesmo, com medo de piorar, e a mulher, apavorada, começou a telefonar para o médico. Chamado assim às pressas, veio imediatamente. Entrou no quarto, olhou para a cara impressionantemente pálida de Rosamundo e mandou que ele se despisse para o exame. E foi aí que o Rosa percebeu que, em vez de cueca, vestira de manhã a calcinha da mulher.

Rosamundo e a infiel

Claro, Rosamundo é distraído, mas de vez em quando se manca. Só que, passados alguns momentos, baixa sobre ele aquela nuvem branca que costuma anuviar a inteligência de personalidades dos mais variados setores da vida pública deste país. No caso de Rosamundo, no entanto, ele não fica burro. Fica distraído, somente.

Deu-se que Rosamundo descobriu que sua amada andava vendendo leite fora de casa. Começou a dar bola para um bonitão da redondeza, misto de músculos e coca-cola, uma espécie assim... como direi?... uma espécie de monumento ao twist.

Rosamundo não conversou. Apanhou uma caneta e um papel de carta e foi para o banheiro, disposto a escrever um bilhete de rompimento. E se, em vez de ir para o escritório foi para o banheiro, é porque ele é assim mesmo: distraído às pampas.

Pouco depois a cartinha estava pronta:

Sua cínica: Soube por amigos comuns que você está se fresqueando com o Bob. Pois fique com ele, sua cretina. Não pense que, por ser um homem um pouco distraído, eu não perceba as coisas. Já não era de hoje que eu vinha percebendo essa sua total incapacidade de ser fiel ao seu amor. Antes eu já morara no seu namorinho com Jean-Paul Belmondo, naquele coquetel na casa do Jorginho Guinle. Aliás, você vai muito ao apartamento de Jorginho Guinle e tá na cara que pra rezar não é. Portanto, vá rebolar no raio que te parta e me deixe em paz. Considere-se descompromissada comigo e dane-se

a) Rosamundo das Mercês

P. S. Não adianta telefonar, porque o telefone está desligado. Eu esqueci de pagar a conta este mês.

De fato, distraído como é, Rosamundo esqueceu de pagar a conta. E sua distração é muito pior do que se pode imaginar. Tanto que meteu a carta no bolso e nem se lembrou mais.

À noite, seguindo um hábito diário, telefonou do vizinho para a casa da "cínica" e disse "Alô, meu bem...". Enfim, para encurtar a conversa: jantou com ela no Top Club e depois esticou no Sacha's. Só de madrugada, quando foi deixá-la em casa, é que se lembrou da carta. Após dar-lhe um beijo, ela perguntou: "Amanhã vamos ao coquetel na casa do Jorginho?". Deu aquele estalo em Rosamundo; tacou-lhe uma bolacha nas bochechas e foi embora. Até agora a moça não entendeu e só encontrou uma explicação para o tapa: "Acho que o Rosa tem lido muito Nelson Rodrigues ultimamente" — pensou ela.

O anjo

O marido solto no verão — por força do veraneio da família — é um homem que muda por completo seus hábitos e atitudes ao sentir-se libertado dos compromissos domésticos. É um homem sem horário para comer, para dormir e até mesmo para trabalhar.

O marido em disponibilidade nos dias úteis, porque no domingo sobe para Petrópolis, Teresópolis, Friburgo ou lá onde tem a família, assume uma segunda personalidade, até então insuspeitada, e é um homem de estranhas atitudes, mutáveis segundo a influência de amigos e acontecimentos.

Tenho encontrado maridos a fazerem as coisas mais extravagantes possíveis, qual boi de curral, que — segundo dizem os entendidos em gado vacum — quando solto no pasto lambe-se todo. E, dentre esses maridos, o mais estranho é o tímido. Tomo para exemplo o Rosamundo, cuja esposa, senhora de proporções — digamos — cinemascópicas, cerrado buço e intransigência doentia, sofre de pertinazes *pruridibus cutaneus*, doença que o vulgo houve por bem denominar brotoejas. Tal senhora, mal começam a subir os termômetros, sobe também, mas para a serra, a se coçar toda e a lamentar as férias forçadas que dará ao marido, criatura quase santa, homem que terá entrada franca no céu se, quando lá chegar, mostrar a fotografia da esposa a são Pedro.

Ele faz parte do grupo de maridos que, mesmo com ampla liberdade de ação, permanecem tímidos e sossegados num canto, pouco aproveitando a folga matrimonial. Pelo contrário até, noutro dia foi visto a comprar revistas de palavras cruzadas, numa banca de jornal. Surpreendido no ato da compra, explicou:

— É para resolver na cama, enquanto o sono não vem.

Assim é o homem pacato. Mas, dizia eu, um marido solto é um enigma e este não é melhor do que os outros. Acredito mesmo que o tímido, quando insuflado pelos amigos, é capaz das mais extravagantes aventuras.

Foi assim com este. Era, segundo lhe diziam, uma festinha pré-carnavalesca, coisa íntima, só gente da corriola — se me permitem o termo. O Rosamundo, de princípio — e disso sou testemunha —, não queria ir. Vamos que a mulher telefonasse de madrugada, vamos que estivesse na festa uma conhecida dela, vamos uma porção de coisas, que o homem medroso cria uma série de dificuldades antes de se decidir.

Contornadas todas essas hipóteses dramáticas, amigos e conhecidos acabaram por convencê-lo a ir… e bebeu-se fartamente ao evento. Ele também tomou umas e outras, tanto que, quando soube que o negócio era na base da fantasia, gritou entusiasmado:

— Eu vou de anjo!

Arranjou uma camisola enorme (provavelmente da esposa), umas asas de papelão, uma auréola de arame e saiu para a rua, à procura de um táxi. E, como já se sentisse um outro homem, na ausência do táxi entrou mesmo num lotação, criando inclusive um caso na hora de saltar, porque cismou que anjo tem abatimento em qualquer condução.

A festa não era tão íntima assim, como disseram os amigos.

Segundo suas próprias palavras, era "um pagode de grande rebolado", no qual ele se meteu todo, já sem nenhuma prudência, cumprimentando senhoras conhecidas, deixando-se fotografar abraçado a uma baiana decotadíssima que encontrara numa volta do cordão, enfim, esteve distraído.

Foi no dia seguinte de manhã que o medo voltou a baixar sobre sua consciência. Mesmo antes de abrir os olhos, pedia a Deus que ninguém lhe tivesse atirado confete, porque confete é uma coisa de morte que a gente pensa que limpou mas que, meses depois, ainda aparece no fundo do sapato, na dobra da ceroula, nos mais variados lugares.

Até a véspera de subir para o fim de semana, remoeu-se em dúvidas e suspeitas: sua mulher já saberia de tudo? Estaria esperando sua chegada para explodir? Essas e dezenas de outras perguntas se fez até o momento de rumar para Petrópolis. Antes comprara todas as revistas semanais, até o *Monitor Mercantil* ("nunca se sabe!"), com medo de que alguma delas tivesse publicado o seu retrato de anjo abraçado à baiana decotada, de quem conseguira o telefone mas a quem tivera a prudência de não telefonar.

Sossegou somente com a ideia de que, sendo a mulher como era, se soubesse de alguma coisa, não esperaria sua chegada para desabafar — teria descido com brotoeja e tudo. Foi mais aliviado, portanto, que chegou em casa, abriu a porta e deu com a gordíssima esposa a esperá-lo.

— Como vai, meu anjo? — disse ela.

Desmoronaram-se todas as suas esperanças. Após um tremido "pode deixar que eu explico", contou tudo que acontecera, sem perceber que aquele "meu anjo" com que ela o saudara era apenas uma carinhosa expressão de esposa saudosa.

Cartão-postal

Paris, 63 — O cronista viaja às margens de uma delegação esportiva e descobre que todo aquele anedotário sobre as coisas que disseram jogadores de futebol e locutores de rádio, quando em vilegiaturas pelo estrangeiro, está prenhe de verdades. Lembro-me da história que me contaram quando eu ainda era um menino (e um bom menino, por sinal), da qual foi personagem central um cavalheiro chamado Polar, mulato pernóstico, um quase camelô, que vivia de fazer publicidade para produtos de indústria miúda, nas ruas do Rio, e que um dia — já não sei mais por que cargas-d'água — veio parar em Paris, acompanhando a seleção de futebol do Brasil, que disputou a Taça do Mundo de 1938. Contaram que Polar, diante dos jogadores boquiabertos, parou em frente à catedral de Notre-Dame de Paris e deitou cultura:

— Esta aqui é a famosa catedral de Notre-Dame, onde viveu o corcunda do mesmo nome.

Nunca levei muito a sério o episódio, achando que fosse invenção de algum gozador patrício, mas agora a experiência me ensina que existem muito mais coisas entre o céu e a terra do que supõe a nossa vã filosofia. E desde já vou explicando que esta imagem não é minha, mas do popular Shakespeare, dramaturgo famoso que um não menos famoso locutor de rádio do Brasil (quando da ida a Londres de um escrete brasileiro) chamou de "o inventor da omelete".

Houve um jogador do Vasco que uma tarde, na Via Veneto, sentou-se na mesa de um bar e, quando o garçom se aproximou, berrou:

— Me dá um guaraná aí, cumpadre!

E consta como sendo do goleiro Manga a mancada havida em Lima, no Peru, quando de uma excursão do Botafogo pela

América do Sul. Não queria beber nada, mas como os companheiros insistissem, condescendeu:

— Tá certo. Então me dá uma cerveja. Mas da Brahma.

Há uma verdade em tudo isso? Provavelmente. Garrincha — por exemplo — uma tarde, quando estavam reunidos os craques botafoguenses na varanda do clube, recordando episódios de uma excursão recente, querendo contar uma história, perguntou a Nilton Santos:

— Nilton, como é mesmo o nome daquela cidade onde seu Zezé escorregou na calçada e levou um tombo?

Era Paris.

E como esquecer o final de uma carta recebida uma vez pelo comentarista de televisão José Maria Scassa? Um dos seus auxiliares veio à Europa para irradiar os jogos de um clube brasileiro que estava jogando na Itália. Era a primeira vez que o coitado deixava o Rio, mas queria se fazer de superior às maravilhas que encontrava em seu caminho. Escreveu uma longa carta ao Scassa contando de suas decepções turísticas e terminou assim: "Ontem fui ver o Coliseu. Não só é menor que o nosso Maracanã, como também inacabado".

Já duvidei dessas histórias, mas agora a experiência me ensina que talvez sejam todas verdadeiras. Ainda ontem, parado às seis e meia da tarde na esquina das avenidas Montaigne com Champs-Élysées, na certeza de que não encontraria um táxi, disse para o operador de rádio de uma emissora carioca que estava comigo:

— O jeito é a gente ir de metrô.

E ele:

— Comigo não, velhinho. Trem em cima da terra já dá bronca, não sou eu que entro num trem que corre em buraco.

E, como se isso não bastasse, hoje pela manhã, quando passávamos pela mesma Avenue des Champs-Élysées, um coleguinha da crônica esportiva paulista deu uma prova cabal de que não lê nem cartão-postal, pois olhou para o Arco do Triunfo e castigou:

— Essa daí é que é a Torre Eiffel.

L'Incroyable Monsieur Colellê

Londres, 63 — É viajando que a gente aprende a quebrar galho. Ai dos tímidos que enveredam pelos caminhos do mundo! Morrerão de fome, serão roubados, cairão no esquecimento, perderão sempre as oportunidades da vida, ficarão, enfim, à margem dos acontecimentos, nos subúrbios dos episódios. Viajando, a gente se descobre um nunca sonhado poliglota, enfrenta as mais complicadas situações, vence a má vontade do próximo com energias insuspeitadas e aprende a desprezar as gentilezas interesseiras que um pudor de ofensa, antes, nos impedia de dar a chamada bronca.

E, nisto de quebrar galho, o pequenino Colella, que os franceses chamaram de Monsieur Colellê e Monsieur Colellê ficou, pelo menos durante esta nossa viração pela Europa, tem um apetite digno de lenhador canadense. Não há galho que Monsieur Colellê não quebre.

Veio à Europa adido à delegação de futebol, em respeito a uma lei, não sei se do Conselho Nacional dos Desportos, que obriga cada delegação esportiva que sai do país a levar consigo um jornalista. Esta delegação trouxe Monsieur Colellê, e o coitado se vira em cada cidade a que chega, fale-se nessa cidade francês ou flamengo, alemão ou inglês. Monsieur Colellê não é bom nem de português, mas tira de letra.

Na hora de se entender com os guardas da alfândega, no momento de explicar a um policial determinado mal-entendido, quem vai é Monsieur Colellê, baixinho, de perninhas em arco, uma malandragem toda brasileira na ginga do andar; é de vê-lo, perdido no meio daqueles homens imensos, cheios de má vontade.

Eu disse perdido? Perdão, estou me expressando mal. Monsieur Colellê não se perde nunca. Segura o guarda pelo braço e vai tacando:

— Escuta, monsenhor (monsieur pra ele é monsenhor). Je suis aqui whit the brazilian delegationne, capito? Se não capito je explique...

Usa muito acento circunflexo, Monsieur Colellê. Em Hamburgo, vínhamos num táxi, e o frio que entrava pela janela do motorista fazia todo mundo tiritar no carro. Vários tentaram explicar, ora num inglês razoável, ora num francês mais ou menos, que era preciso fechar a janela. Mas o motorista era alemão; e alemão, quando não entende, eu vou te contar. Pois, ainda dessa vez, foi Monsieur Colellê quem resolveu a questão. Como foi que o motorista entendeu eu não sei. Só sei que ele virou-se para o homem e falou, em tom enérgico:

— Fechê le vidrê si vu plê...

E o motorista fechou.

Na hora de os jornalistas receberem credenciais para os jogos, há sempre um quiproquó. Os estrangeiros não entendem como pode viajar tanto jornalista brasileiro junto a uma delegação de futebol. Principalmente não entendem como é que um país tão pobre como o Brasil consegue mandar mais de um jornalista de um mesmo jornal. Eu também não entendo — diga-se de passagem —, mas Monsieur Colellê entende e é o quanto basta. Se os representantes da federação visitante começam a engrossar e a colocar dificuldades para a entrega de credenciais, ele vai lá, faz gestos de índio de fita em série, mistura palavras mal pronunciadas de três ou quatro idiomas e traz uma credencial para cada um, com a tranquilidade dos simples.

Foi aqui em Londres que Monsieur Colellê entrou num

táxi que já estava ocupado, embora o passageiro não estivesse dentro dele. O motorista engrossou, chamou o guarda, e Monsieur Colellê saltou para explicar:

— Pas. de pobrema — dizia ele. — Pas de pobrema.

E, quando o guarda pediu-lhe que falasse inglês, advertiu-o:

— E eu tô falando que língua, sua besta?

Os jogadores do Brasil também aprenderam a pedir a ajuda de Monsieur Colellê quando não conseguem se fazer entender. Em Bruxelas, cansados de comer carne de carneiro no hotel em que estavam hospedados, alguns jogadores pediram a Monsieur Colellê para explicar ao maître d'hôtel que queriam carne de vaca: já não aguentavam carneiro.

O próprio Monsieur Colellê me explicou a maneira pela qual se fez entender. Chamou o maître e castigou:

— Le pessoal dont wont mais méééé... Le pessoal quer muuuu!!!

O maître entendeu direitinho.

Uma certa falta de mosca

Londres, 63 — O fotógrafo me mostra o telegrama do secretário de seu jornal, mandando que ele tirasse algumas fotos dos lugares famosos de Londres, para determinada reportagem, na edição dominical. Mostra o telegrama e pede:

— Vem comigo, camaradagem. Você sabe que eu falo muito mal o inglês.

Realmente, já nem se trata de falar mal o inglês. Trata-se de evitar uma questão internacional, pois o inglês do distinto dá perfeitamente para ele confundir *Waterloo* com *water-closet*, daí eu concordar em apanhá-lo por suas andanças londrinas. Pergunto-lhe aonde quer ir fotografar primeiro e ele responde:

— Vamos primeiro naquela ponte onde Napoleão perdeu a guerra.

Era a já citada Waterloo, irmãos. Fomos até lá, e ele achou que a outra ponte (a que vai dar no Big Ben) é muito mais bacana. E, de fato, é. Ante minha concordância, pergunta o nome da outra ponte, que eu também não sei, pois a Metro não fez nenhuma fita com Robert Taylor e Vivien Leigh na ponte de lá. Fez foi na de cá, onde — segundo ele — "Napoleão perdeu a guerra".

Batidas algumas fotos do velho Tâmisa e seus lentos barcos, o fotógrafo pede que eu traduza pro motorista do táxi o seu desejo de ir fotografar aquela praça onde os pombos pousam na gente.

— Mas isto é em Milão, na praça Duomo.

— Que Milão nada, seu. Ontem mesmo eu vi uma porção de pombos pousados na cacunda dos ingleses.

Deve ser Trafalgar Square, e peço ao chofer que nos leve até lá. A praça está apinhada de pombos e crianças, gozando um dia, raro em Londres, de sol e céu azul. Ele pede que eu compre um saquinho de milho e vá para o centro da praça: quer me fotografar assim.

— Aqui não tem milho, rapaz!

— Não tem??? — estranha o fotógrafo. — Então, que é que os pombos comem?

Esta eu também não sei responder, porque nunca fui pombo em Londres, mas logo vem uma velhinha vendendo um saquinho cheio daquilo que aqui é milho de pombo, e lá vou para o meio de Trafalgar Square, servir de poleiro. Mal abro o saquinho, dezenas de pombos pousam nos meus braços, nos ombros e até no alto da cabeça, disputando a comida. Ele aproveita e bate várias chapas, a rir do meu embaraço. O chamado nervosismo de estreia: afinal, eu antes nunca tinha servido de poleiro pra ninguém.

Novamente no táxi, ele me chama a atenção para a boa educação dos pombos britânicos, que pousaram em mim "sem fazer nada", ou melhor, sem aproveitar a ocasião para as chamadas necessidades fisiológicas, boa educação que, infelizmente, foi desmentida mais tarde, no hotel, quando eu penteava o cabelo. Mas, na hora, nenhum de nós dois percebeu o detalhe, e ele quer ir fotografar o palácio da rainha Margaret.

— Elizabeth. Margaret é a outra.

— Tem duas rainhas???

Com a paciência de quem já está descobrindo nessa aventura a próxima crônica deste semanário (o que foi confirmado, conforme os senhores leitores estão verificando neste momento), explico que a rainha chama-se Elizabeth; que Margaret é a irmã. A princesa Margaret — acrescento. Ele faz um gesto de quem entendeu, e quer ir aonde mora a rainha, para fotografar a guarda.

— *Let's go to the Buckingham Palace* — digo ao chofer, no meu inglês que, a bem da verdade saliento, dá para encabular qualquer texano semialfabetizado.

E pouco depois lá está o nosso amigo, encostado à grade do famoso palácio, de teleobjetiva em punho, enquadrando uma das sentinelas de sua majestade. Bateu várias fotos, dos mais variados ângulos, e depois me dizia de sua surpresa:

— O guarda nem se mexeu. Ficou durinho o tempo todo.

Esclareço mais este detalhe. A guarda da rainha, quando está de prontidão, não mexe nem uma pestana. Ele ri e faz esta observação que é uma joia:

— Eles ficam paradinhos assim porque aqui não tem mosca.

Pequenino e chato

Santiago do Chile, 62 — Era um grupo de seis jornalistas brasileiros. A festa era na casa de um simpático senhor chileno, que morou alguns anos no Brasil (em Belo Horizonte para sermos mais precisos). Segundo sua explicação para a festa, tinha sido muito bem tratado pelos mineiros, deixara lá uma bela morena, saudosa e confiante na sua volta, que, afinal, nunca se deu. Isto — esclareceu ele — foi em 1936. Ficara a sua mania por brasileiros e o desejo sempre presente de homenagear aqueles que aparecem no Chile. Daí a festa.

E daí nós fomos. Para surpresa do grupo, o chileno era um fabricante de tutu. Sua casa era uma beleza e a festa, um festão com gente grã-fina às pampas circulando pelos salões. Uísque dando pela canela — como diz Aracy de Almeida, sempre que o escocês rola fácil.

Foi quando apareceu um brasileiro pequenino e perguntou se a gente também era. "Pequenino?" — perguntamos. "Não. Brasileiro." Respondemos em espanhol que não, que éramos cubanos. O pequenino achou estranho, pois tinha a impressão de que já nos conhecia do Rio. "Usted já foi ao Rio?" — quis saber, num espanhol de enganar cearense. Não, nunca tínhamos ido.

O pequenino então virou-se para o resto do grupo de jornalistas e perguntou se algum era brasileiro. Não, ninguém era. Todos cubanos. Embora sem barbas, éramos todos correspondentes de jornais de Havana.

— Pois se algum de vocês for ao Brasil, terei muito prazer em recebê-los em minha casa — disse o pequenino e chato. Puxou diversos cartões do bolso e deu um pra cada. Morava na avenida Atlântica. E explicou pro grupo, no qual três nasceram em Copacabana e todos os seis moram no referido bairro, que Copacabana "és un lugar precioso".

— Meu apartamento és chico pero tem vista para o mar. — E informou: — No Rio nunca hace frio.

— No? — perguntou Sandro Moreyra espantado.

Não. Nunca fazia. E continuou a falar, num blá-blá-blá interminável. Tivemos que sair um pra cada lado, para despistar o pequenino.

No fim da festa nos reunimos para ir embora no carro alugado e, para surpresa nossa, o pequenino já estava sentado no banco de trás, perguntando se a gente ia a algum cabaré. Combinamos em voz baixa o golpe e respondemos que sim. Embarcamos todos apertados e seguimos até determinada esquina, onde paramos e todo mundo saltou, explicando que havia um cabaré ótimo logo ali ao lado. O pequenino saltou também e foi a conta. Todos voltamos correndo para o carro, fechamos as portas e saímos fincados. Pelo vidro de trás dava pra ver o pequenino lá longe, de mão fechada e braço erguido, a berrar:

— Vocês me pagam, seus cubanos cretinos.

E antes do carro dobrar à esquerda, ainda ouvimos ele gritar:

— Morra Fidel Castro!!!

Conversa de viajantes

É muito interessante a mania que têm certas pessoas de comentar episódios que viveram em viagens, com descrições de lugares e coisas, na base de "imagine você que…". Muito interessante também é o ar superior que cavalheiros, menos providos de espírito pouquinha coisa, costumam ostentar, depois que estiveram na Europa ou nos Estados Unidos (antigamente até Buenos Aires dava direito a empáfia). Aliás, em relação a viajantes, ocorrem episódios que, contando, ninguém acredita.

O camarada que tinha acabado de chegar de Paris e — por sinal — com certa humildade, estava sentado numa poltrona, durante a festinha, quando a dona da casa veio apresentá-lo a um cavalheiro gordote, de bigodinho empinado, que logo se sentou a seu lado e começou a "boquejar" (como diz o Grande Otelo):

— Quer dizer que está vindo de Paris, hem? — arriscou.

O que tinha vindo fez um ar modesto:

— É!!!

— Naturalmente o amigo não se furtou ao prazer de ir visitar o Palácio de Versalhes.

— Não. Não estive em Versalhes. Era muito longe do hotel onde me hospedei.

— Mas o amigo cometeu a temeridade de não ficar no Plaza Athénée?

O que não ficara no Plaza Athénée deu uma desculpa, explicou que o seu hotel fora reservado pela companhia onde trabalha e, por isso, não tivera vez na escolha.

— Bem — concordou o gordinho —, o Plaza realmente é um pouco caro, mas é muito central e há outros hotéis mais modestos que ficam perto do Plaza. — E depois de acender um cigarro, lascou: — Passeou pelo Bois?

— Passei pelo Bois uma vez, de táxi.

— Mas o amigo vai me desculpar a franqueza; o amigo bobeou. Não há nada mais lindo do que um passeio a pé pelo Bois de Boulogne ao cair da tarde. E não há nada mais parisiense também.

— É… eu já tinha ouvido falar nisso. Mas havia outras coisas a fazer.

— Claro… claro… Há coisas mais importantes, principalmente no setor das artes — e sem tomar o menor fôlego: — Visitou o Louvre?...

— Visitei.

— Viu a *Gioconda?*

Não. O recém-chegado não tinha visto a *Gioconda*. No dia em que esteve no Louvre, a *Gioconda* não estava em exposição.

— Mas o senhor prevaricou — disse o gordinho, quase zangado. — A *Gioconda* só está em exposição às quintas e sábados, e ir ao Louvre noutros dias é negar a si mesmo uma comunhão maior com as artes.

Passou uma senhora, cumprimentou o ex-viajante e, mal ela foi em frente, nova pergunta do cara:

— E a comida de Paris, hem, amigo? Você jantava naqueles bistrozinhos de Saint-Germain? Ou preferia os restaurantes típicos de Montmartre? Há um bistrô que fica numa transversal da Rue de...

Mas não pôde acabar de esclarecer qual era a rua, porque o interrogado foi logo afirmando que jantara quase sempre no hotel. E sua paciência se esgotou quando o chato quis saber que tal achara as mulheres do Lido.

— Eu não fui ao Lido também. O senhor compreende. Eu estive em Paris a serviço e sou um homem de poucas posses. Quase não tinha tempo para me distrair. De mais a mais, lá é tudo muito caro.

— Caríssimo — confirmou o gordinho, sem se mancar.

— O senhor, naturalmente, esteve lá a passeio e pôde fazer essas coisas todas — aventou, como quem se desculpa.

Foi aí que o gordinho botou a mãozinha rechonchuda sobre o peito e exclamou:

— Eu??? Mas eu nunca estive em Paris!

O psicanalisado

Era uma vez um cara que entrou num bar, sentou no balcão do dito bar e, depois de chamar o garçom, pediu um chope. O garçom encheu uma caneca e deu pro cara. Este agradeceu e bebeu, de uma talagada só, até o meio da caneca. Depois, balançou o chope que ainda restava, balançou, balançou... o garçom tá olhando pra ele... balançou e pimba! atirou o resto na cara do garçom.

É claro que o garçom já ia sair no tapa, quando o cara, quase chorando, pediu muitas desculpas, falou que aquilo era um gesto incontornável que ele tinha e — por isso mesmo — carregava na consciência um complexo desgraçado.

E tanto falou e se desmanchou em desculpas, que o garçom aceitou a situação e aconselhou o cara a ir consultar um psicanalista, conselho que foi logo aceito. O cara se despediu, tornou a pedir desculpas e prometeu que, no dia seguinte, ia procurar um psicanalista.

Passaram-se alguns dias, até que o cara apareceu outra vez no bar e pediu um chope. O garçom trouxe, ele virou metade de uma talagada só e começou a balançar o chope na caneca. Foi balançando, balançando... o garçom tá olhando pra ele... outra vez! balançou mais uma e pimba!... novo banho na cara do garçom. E este ainda estava enxugando os respingos, quando o cara pediu outro chope.

Mas o garçom se queimou e falou:

— Escuta aqui, seu chato. Da outra vez você me deu o banho, mas depois pediu desculpas. Desta vez você piorou. Nem desculpas pediu.

— Piorei nada. Melhorei — disse o cara. — Fui ao psicanalista e melhorei. Ele me tirou o complexo. Agora eu ando tão desinibido que faço a mesma coisa, mas sem o menor remorso.

Os Vinicius de Moraes

Eu confesso a vocês que descobri o segredo do coleguinha jornalista, poeta, diplomata e teleco-tequista Vinicius de Moraes numa tarde em que ambos (não ambos os Vinicius, como ficara provado mais tarde, mas ambos: eu e ele) tomávamos umas e outras no Bar Calypso, num desses crepúsculos vespertinos de Ipanema que já baixam pedindo um chope.

Estávamos lá "entornando", quando chegou minha hora de subir para Petrópolis:

— Poetinha, eu vou me mandar — disse eu.

Ele suspirou ante a perspectiva de ter de ficar sozinho e desejou boa viagem. Eu entrei no carro e subi para Petrópolis, onde cheguei certo de que nenhum carro passara pelo meu, na estrada. No entanto, parei na avenida Quinze da cidade serrana, manobrei o carro e coloquei na vaga indo tomar mais um na Confeitaria Copacabana. Quando entrei e olhei para as mesas, vi que um camarada me saudava lá de dentro: era Vinicius de Moraes.

Foi nessa tarde — repito — que eu descobri que Vinicius era, pelo menos, dois.

Está claro que pode haver mais de dois. Duvido até que as múltiplas atividades de Vinicius (reparem que seu nome já é no plural para enganar os trouxas) possam ser realizadas só por dois deles. Acredito mesmo que haja uma meia dúzia de Vinicius: um para poesia, um para diplomacia, outro para samba, um quarto para jornalista e o resto para mulher. Desses, os mais assoberbados talvez sejam os últimos.

Eu acho, outrossim, que sou o único ao qual Vinicius (não sei qual deles) deu a pala de que eles são uma equipe e não um homem, por isso fico rindo dos coleguinhas que disputam o privilégio de noticiar o Vinicius certo na hora exata. Os jornais de ontem, por exemplo, estavam muito pitorescos sobre Vinicius (todos os Vinicius). Em *Última Hora* a confreirinha jornalista Teresa Cesário Alvim, num esforço de reportagem, dizia: "Vinicius de Moraes anda a todo vapor, de uns tempos para cá. Tomou pressão em Petrópolis e desceu a serra carregado de ideias, jorrando inspiração para todos os lados". (Coitada da Teresa, não sabe que há Vinicius pela aí tudo.)

Já o coleguinha Jacinto de Thormes, no mesmo dia, na mesma *UH* e talvez escrevendo à mesma hora, dizia: "O sr. Vinicius de Moraes está fazendo uma temporada de repouso na Clínica São Vicente". De fato, há um dos Vinicius que está repousando, o que explica as notícias tão desencontradas de dois colunistas, no mesmo jornal, no mesmo dia.

No mesmo dia, aliás, o Carlos Alberto escrevia na sua coluna: "O poeta Vinicius de Moraes, ontem de madrugada, conversando no restaurante Fiorentina". É verdade. Vinicius estava lá no Fiorentina, numa roda batendo papo. Dezenas de testemunhas podem provar o que o Carlos Alberto disse. Estava também tomando oxigênio na Clínica São Vicente, estava em casa com amigos, compondo sambas ao som do violão de Baden Powell, estava no Cine Alvorada, assistindo a *Morangos silvestres* (o porteiro me disse que o Vinicius já assistiu à fita quatro vezes, mas é mentira. Vários Vinicius ainda não viram).

Como, minha senhora? A senhora não acredita que Vinicius seja uma porção? Azar o seu, dona. Um dia ainda se fará um programa de televisão com Vinicius ao violão, acompanhando outro Vinicius que canta, junto com um quarteto vocal de Vinicius. Sem videoteipe.

Quem tem razão é Tia Zulmira, quando diz que, se Vinicius de Moraes fosse um só, não seria Vinicius de Moraes, seria Vinício de Moral.

O grande mistério

Há dias já que buscavam uma explicação para os odores esquisitos que vinham da sala de visitas. Primeiro houve um erro de interpretação: o quase imperceptível cheiro foi tomado como sendo de camarão. No dia em que as pessoas da casa notaram que a sala fedia, havia um suflê de camarão para o jantar. Daí...

Mas comeu-se o camarão, que inclusive foi elogiado pelas visitas, jogaram as sobras na lata do lixo e — coisa estranha — no dia seguinte a sala cheirava pior.

Talvez alguém não gostasse de camarão e, por cerimônia, embora isso não se use, jogasse a sua porção debaixo da mesa. Ventilada a hipótese, os empregados espiaram e encontraram apenas um pedaço de pão e uma boneca de perna quebrada, que Giselinha esquecera ali. E como ambos os achados eram inodoros, o mistério persistiu.

Os patrões chamaram a arrumadeira às falas. Que era um absurdo, que não podia continuar, que isso, que aquilo. Tachada de desleixada, a arrumadeira caprichou na limpeza. Varreu tudo, espanou, esfregou e... nada. Vinte e quatro horas depois, a coisa continuava. Se modificação houvera, fora para um cheiro mais ativo.

À noite, quando o dono da casa chegou, passou uma espinafração geral e, vítima da leitura dos jornais, que folheara no lotação, chegou até a citar a Constituição na defesa de seus interesses.

— Se eu pago empregadas para lavar, passar, limpar, cozinhar, arrumar e ama-secar, tenho o direito de exigir alguma coisa. Não pretendo que a sala de visitas seja um jasmineiro, mas feder também, não. Ou sai o cheiro ou saem os empregados.

Reunida na cozinha, a criadagem confabulava. Os debates eram apaixonados, mas num ponto todos concordavam: ninguém tinha culpa. A sala estava um brinco; dava até gosto ver. Mas ver, somente, porque o cheiro era de morte.

Então alguém propôs encerar. Quem sabe uma passada de cera no assoalho não iria melhorar a situação?

— Isso mesmo — aprovou a maioria, satisfeita por ter encontrado uma fórmula capaz de combater o mal que ameaçava seu salário.

Pela manhã, ainda ninguém se levantara, e já a copeira e o chofer enceravam sofregamente, a quatro mãos. Quando os patrões desceram para o café, o assoalho brilhava. O cheiro da cera predominava, mas o misterioso odor, que há dias intrigava a todos, persistia, a uma respirada mais forte.

Apenas uma questão de tempo. Com o passar das horas, o cheiro da cera — como era normal — diminuía, enquanto o outro, o misterioso, estranhamente, aumentava. Pouco a pouco reinaria novamente, para desespero geral de empregados e empregadores.

A patroa, enfim, contrariando os seus hábitos, tomou uma atitude: desceu do alto do seu grã-finismo com as armas de que dispunha, e com tal espírito de sacrifício que resolveu gastar os seus perfumes. Quando ela anunciou que derramaria perfume francês no tapete, a arrumadeira comentou com a copeira:

— Madame apelou pra ignorância.

E salpicada que foi, a sala recendeu. A sorte estava lançada. Madame esbanjou suas essências com uma altivez digna de uma rainha a caminho do cadafalso. Seria o prestígio e a experiência de Carven, Patou, Fath, Schiaparelli, Balenciaga, Piguet e outros menores contra a ignóbil catinga.

Na hora do jantar a alegria era geral. Não restavam dúvidas de que o cheiro enjoativo daquele coquetel de perfumes era impróprio para uma sala de visitas, mas ninguém poderia deixar de concordar que aquele era preferível ao outro, finalmente vencido.

Mas eis que o patrão, a horas mortas, acordou com sede. Levantou-se cauteloso, para não acordar ninguém, e desceu as escadas, rumo à geladeira. Ia ainda a meio caminho quando sentiu que o exército de perfumistas franceses fora derrotado. O barulho que fez daria para acordar um quarteirão, quanto mais os de casa, os pobres moradores daquela casa, despertados violentamente, e que não precisavam perguntar nada para perceberem o que se passava. Bastou respirar.

Hoje pela manhã, finalmente, após buscas desesperadas, uma das empregadas localizou o cheiro. Estava dentro de uma jarra, uma bela jarra, orgulho da família, pois tratava-se de peça raríssima, da dinastia Ming.

Apertada pelo interrogatório paterno, Giselinha confessou-se culpada e, na inocência dos seus três anos, prometeu não fazer mais.

Não fazer mais na jarra, é lógico.

Cara ou coroa

CARA — Meu marido é um homem muito regrado, queridinha. Dorme sempre cedo, não fuma e não bebe uma gota.

COROA — Pressão arterial.

CARA — O jogo foi pontilhado de incidentes, com jogadas

bruscas de ambos os times, chegando os jogadores às agressões mútuas, sob o olhar complacente do árbitro.

COROA — Jogo amistoso.

CARA — Tu é besta, seu! A moçada num fizero nada por causa de que faltou fibra, tá? Se é o meu ali eles entrava bem.

COROA — Rubro-negro.

CARA — Você me encontra às três no café e vamos até lá bater um papo com ele. Depois, se você quiser, podemos ir a um cinema qualquer pra fazer hora.

COROA — Funcionário público.

CARA — Que bobagem. Comemos um sanduíche e pronto, estamos almoçados. Comer em restaurante demora muito.

COROA — Véspera de pagamento.

CARA — Essas bebidas estrangeiras são de morte. É tudo falsificado. A mim é que elas não pegam. Sempre que posso evitar de tomar uísque, gim e outras bombas, eu evito.

COROA — Cachaceiro.

CARA — Meu bem, sou eu... Olha, você vai jantando e não precisa se incomodar de guardar comida para mim. O chefe resolveu adiantar aqui uns processos e eu estou com cerimônia de me mandar e deixá-lo sozinho na repartição.

COROA — Boate.

CARA — É o cúmulo a importância que os semanários dão a essas mocinhas do Arpoador. Umas sirigaitas muito sem-vergonhas, tirando retrato quase nuas, para essas reportagens frívolas. Eu, hem?

COROA — Feia.

CARA — O aumento do custo de vida no Brasil é uma consequência lógica do desenvolvimento do país, insuflado pelo crescimento da população e outros fenômenos dos quais só podemos nos orgulhar.

COROA — Rico.

CARA — As crianças de hoje devem ser educadas através de métodos da moderna pedagogia, baseados em estudos da psicologia infantil. Na fase atual é um verdadeiro crime os pais gritarem ou baterem nos filhos.

COROA — Solteira.

CARA — Trago comigo recortes com comentários sobre as minhas atuações. Gostei imensamente de lá. Eles adoram a Bossa Nova e eu só não fiquei mais tempo porque senti saudades da nossa terra.

COROA — Cantor voltando do estrangeiro.

CARA — A beldade em questão é professora diplomada e relutou muito em aceitar o convite para se candidatar, pois adora o magistério. Lê muito e seu autor favorito é Somerset Maugham, adora poesia e gosta de praia. Não joga, não fuma e não bebe.

COROA — Candidata a miss.

CARA — O Rio é muito mais lindo do que imaginava. Copacabana é um sonho das mil e uma noites que se tornou realidade. O Pão de Açúcar é uma beleza e, quando voltar ao Brasil, gostaria de ir ver Brasília.

COROA — Visitante ilustre, no Galeão.

CARA — Um dia ainda hei de me dedicar ao lar, sem prejuízo de minha carreira.

COROA — Atriz.

CARA — Minha peça é uma sátira aos costumes modernos, pois minha intenção era dar um cunho social à trama. A mensagem nela contida é o protesto popular contra as injustiças da sociedade.

COROA — Autor estreante.

CARA — Os compromissos que assumimos para com o povo nos obrigam a combater as forças imperialistas, o capital colonizador, os grandes trustes, toda e qualquer opressão sobre o operariado e suas justas reivindicações.

COROA — Deputado da esquerda.

CARA — É nosso dever combater sem tréguas as constantes tentativas de subverter as massas, as sistemáticas infiltrações no meio das classes operárias, os falsos representantes do povo, que se arvoram em seus defensores para fins inequívocos.

COROA — Deputado da direita.

CARA — Tudo faremos pela vitória. Um abraço para os meus familiares.

COROA — Jogador de futebol.

Com a ajuda de Deus

Tia Zulmira, pesquisadora do nosso folclore, descobre mais um conto anônimo. Conforme os senhores estão fartos de saber, quando uma coisa não tem dono, passa a ser do tal de folclore. Assim é com este conto muito interessante que a sábia macróbia colheu alhures.

Diz que era um lugar de terra seca e desgraçada, mas um matuto perseverante um dia conseguiu comprar um terreninho e começou a trabalhar nele e, como não existe terra bem tratada que deixe quem a tratou bem na mão, o matuto acabou dono da plantação mais bonita do lugar.

Foi quando chegou o padre. O padre chegou, olhou para aquele verde repousante e perguntou quem conseguira aquilo. O matuto explicou que fora ele, com muita luta e muito suor.

— E a ajuda de Deus — emendou o sacerdote.

O matuto concordou. Disse que no começo era de desanimar, mas deu um duro desgraçado, capinou, arou, adubou e limpou todas as pragas locais.

— E com a ajuda de Deus — frisou o padre.

O matuto fez que sim com a cabeça. Plantou milho, plantou legumes, passou noites inteiras regando tudo com cuidado e a plantação floresceu que era uma beleza. O padre já ia dizer que fora com a ajuda de Deus, quando o matuto acrescentou:

— Mas deu gafanhoto por aqui e comeu tudo.

O matuto ficou esperando que o padre dissesse que deu gafanhoto com a ajuda de Deus, mas o padre ficou calado. Então o matuto prosseguiu. Disse que não esmorecera. Replantara tudo, regara de novo, cuidara da terra como de um filho querido e o resultado estava ali, naquela verdejante plantação.

— Com a ajuda de Deus — voltou a afirmar o padre.

Aí o matuto achou chato e acrescentou:

— Sim, com a ajuda de Deus. Mas antes, quando Ele fazia tudo sozinho, o senhor precisava ver, seu padre. Esta terra não valia nada.

Comigo não!

Diz que quando foi feita a batida policial na tal boate Étoile aconteceram coisas muito curiosas. Um dos componentes da plebe ignara, que ficou no sereno da coisa, observando a manobra policial, conta à flor dos Ponte Pretas episódios do evento. Diz que, quando a polícia entrou, parecia que lá dentro tudo estava normal. Pares sentados nas mesas, bebericando, e pares a rodar pelo salão, a dançar de rosto encostado.

Só quando acenderam a luz é que as autoridades perceberam que vários dos rapazes que fumavam cachimbo ou charuto, nas mesas, eram senhoras masculinizadas. Assim como os homens que, com gestos másculos, apertavam suas damas na pista de dança eram todos madamas disfarçadas, berrando com voz grossa que aquilo era um absurdo. Houve até madama disfarçada que quis sair no braço com os guardas.

Contornada a primeira dificuldade, que foi serenar os ânimos das "valentes" senhoras, o delegado mandou que fossem em cana todos os presentes, para o que havia um tintureiro lá fora, à guisa de condução. E então deu-se o desfile aos olhos da plebe ignara: senhoras com botina de soldado, senhoras de gravata, senhoras até de bigodinho tipo alegria-de-suburbana. Uma das senhoras, na hora de embarcar na viatura, protestou, dizendo:

— Quando eu chegar em casa, minha mulher vai ficar danada. — Dito o quê, arregaçou um pouco as calças de brim coringa e subiu pro tintureiro.

Na delegacia ficou-se sabendo que as madamas machonas só se tratavam pelo sobrenome, para dar um ar mais machão à coisa, isto é, só se chamavam de "Azevedo", "Moreira", "Gonçalves" etc., exigindo o maior respeito para com suas namoradas, todas muito frágeis mas também em cana.

Vai daí o delegado começou a registrar o nome das madamas no livro de ocorrências. Primeiro respondeu uma de charuto na boca, dizendo chamar-se "Barroso"; depois uma outra de bigodinho fino à Clark Gable, que se identificou como sendo o "Magalhães", e assim sucessivamente. Até que o delegado chegou ao final da fila, perguntando à figurinha que estava encolhida:

— E você aí, como é seu nome?

— Paulo — foi a resposta.

— Paulo??? — estranhou o delegado. — Quer dizer que a senhora é a única que não se identifica pelo sobrenome?

— Seu delegado — respondeu o coitado —, o senhor tá enganado. Eu não sou mulher não. Eu sou o garçom da boate.

Gol de padre

Da janela eu vejo os garotos no pátio do colégio, durante o recreio. Sempre me dá uma certa saudade, porque eu já fui menino. Aliás, embora pareça incrível, até mesmo pessoas como o sr. Jânio Quadros ou d. Hélder Câmara ou mesmo a veneranda Tia Zulmira já foram crianças. O importante é não deixar nunca que o menino morra completamente dentro da gente, quando a gente fica adulta. Pobre daquele que abdicar completamente de gostos infantis. Ficará velho muito mais depressa. O menino que a pessoa conserva em si é um obstáculo no caminho da velhice.

Dizem até que é por isso que os chineses — de incontestável sabedoria — conservam o hábito de soltar papagaio (ou pipa, se preferem) mesmo depois de homens feitos. Não sei se é verdade. Nunca fui chinês.

Mas, quando começa o recreio no colégio, da minha janela vejo o pátio e, quando a campainha toca para o intervalo das aulas, paro de trabalhar e fico na janela, como se estivesse no recreio também.

Agora mesmo os meninos estão lá, saindo de todas as portas para o meio do pátio, onde um padre, com uma bola novinha debaixo do braço, escolhe os times para um jogo de futebol. Os garotos reclamam esta ou aquela escolha, mas o padre deve ter fama de zangado, pois basta alguém reclamar, que ele, com um simples olhar, cala o reclamante.

— Você, do lado de cá; você aí, para o lado de lá — vai ordenando o austero sacerdote.

Quando os times já estão formados, ele vai até o meio do pátio, onde seria o meio do campo, se ali houvesse um campo demarcado, coloca a bola no chão e supervisiona um "par ou ímpar" entre os dois centroavantes. O vencedor dará a saída.

Ministro de Deus deve ser superior às paixões clubísticas, e vejo o padre apitar o jogo com tal precisão e com tamanha autoridade que fico a imaginar: um padre, em dia de decisão de campeonato, pode perfeitamente resolver o problema sempre premente da arbitragem.

Um garoto pegou a bola em offside clamoroso, como dizem os locutores esportivos. O padre apita, mas o garoto finge que não ouve, foge pelo centro e emenda um bico, que passa pelo quíper adversário e vai para o fundo das redes imaginárias. Todo o time do goleador grita e corre para abraçar o companheiro. O padre, impassível, está apontando para o local onde o jogador pegou a bola em offside.

Este juiz é fogo, expulsou o que fizera o gol, por não ter respeitado o seu apito, e expulsou um outro do mesmo time, porque reclamara contra a sua decisão. Depois olha em volta, vê dois garotos sentados num banquinho, lá atrás, e chama-os para substituir os indisciplinados. Os dois correm felizes para preencher as vagas. Sua senhoria dá nova saída e prossegue a "pelada".

Futebol de garoto é muito mais de ataque do que de defesa. Os técnicos do nosso futebol, que tanto têm contribuído para enfear o espetáculo do esporte do século, armando mais as defesas do que os ataques, na ânsia de não perder o emprego diante de uma goleada adversária, podiam aprender muito com futebol de garoto. O principal é marcar mais gols, e não — como querem os ditos técnicos — sofrer menos gols.

Baseados nesta verdade nascida com o próprio futebol, o escore no jogo dos garotos, neste momento, é de 14 a 12. E aí vem mais gol. O padre acaba de marcar um pênalti contra o time do lado de lá. Um garoto da defesa segurou outro garoto do ataque adversário e tirou-lhe a camisa para fora das calças, sob estrepitosa gargalhada de todo o recreio, menos do padre. Este deu o pênalti, mas com a cara amarrada que vinha conservando até ali.

Bola na marca, camisa pra dentro das calças outra vez, o garoto que sofrera a falta correu e diminuiu a diferença. Agora está 14 a 13, mas não há tempo para o empate. A campainha soa estridente no pátio do colégio e o "juiz" dá por encerrado o tempo regulamentar, com a vitória do time do lado de cá.

Pouco a pouco os meninos vão retornando para suas salas, pelas mesmas portas por onde saíram. O padre ficou sozinho no pátio. Caminhou até a bola e colocou-a outra vez debaixo do braço, sempre com um ar sério e compenetrado. Eu já estava a pensar que ele era desses que deixaram de ser meninos para sempre, quando ele me surpreende.

Olha para os lados, certifica-se de que está sozinho no recreio e então joga a bola para o ar, controla no peito e deixa a bichinha rolar para o chão. Levanta a batina e sai veloz pela ponta, dribla um zagueiro imaginário e, na corrida, emenda no canto, inaugurando o marcador.

Só faltou, ao baixar novamente a batina, voltar correndo para o meio do campo, com os braços levantados a gritar: Goooooooolllll!!!!

Disco de grã-fina

Quando a mulher chegou em casa o marido estava no banheiro. Ela estranhou, porque o marido nunca tomava banho àquela hora. Não que fosse um marido desses que vão muito mais ao banheiro para outras coisas do que para tomar banho, mas é que o marido tinha procedimento metódico e só tomava banho de manhã.

Ficou muito mais intrigada, no entanto, quando, ao entrar no quarto, viu umas sapatilhas de veludo novinhas em folha, em cima da cama. E seu espanto chegou ao clímax quando a empregada veio lá de dentro com o smoking do marido passadinho, a camisa de peito duro engomada e a gravatinha black tie ainda cheirando a benzina, da limpeza que recebera.

— Pra que isso? — perguntou a patroa.

— Sei lá — respondeu a empregada. — O patrão mandou que eu passasse, engomasse e limpasse isto tudo.

A mulher deixou que a empregada voltasse para a cozinha e se escondeu atrás da cortina. Pensou que o marido talvez estivesse sendo vítima de um abalo nervoso e resolveu espionar, para depois poder tomar as providências.

Mal ela se escondeu, ele saiu do banheiro cantarolando o samba "Aconteceu um novo amor", coisa que a deixou mais preocupada ainda. Será que aquele pilantra tinha arrumado um contrabando e estava namorando alguma desajustada social?

O marido, distraído, ficou nu, passou talquinho, botou uma água-de-colônia *primeiro time* nas axilas e sentou-se na beira da cama para vestir as meias pretas. Em seguida, calçou as sapatilhas de veludo e deu uma voltinha pelo quarto, para ver se não estavam apertadas. Na certeza de que estavam ótimas, apanhou as abotoaduras de ouro e colocou-as na camisa.

Dez minutos depois estava em frente ao espelho, ajeitando o lacinho da gravatinha black tie, feito o quê, vestiu o paletó do smoking e deu uma olhadela geral, em frente ao espelho grande do guarda-roupa da mulher; a mulher, que continuava atrás da cortina, intrigadíssima: será que o marido ficara doido mesmo e ia sair às cinco da tarde com traje a rigor?

Mas não. O marido foi para a sala, colocou um disco na vitrola e sentou-se numa poltrona. Logo os primeiros acordes de um samba de Carlinhos Guinle, justamente o "Aconteceu um novo amor", começou a tocar e uma cantora de voz quente pôs-se a cantar.

O marido encolheu a barriga, mal a cantora começou a cantar. Foi até o bar, apanhou um copo e serviu uísque (do bom). Abriu a cumbuca de gelo adrede preparada e botou duas pedras no copo. Sentou-se outra vez, com postura digna.

A mulher, que o seguira sem ser vista, não aguentou mais. Entrou na sala e perguntou:

— Você ficou matusquela, Azevedo?

O marido fez sinal para que ela ficasse calada e apontou para a vitrola, mas ela não deu a menor importância ao seu pedido:

— Que disco é esse?

O marido, visivelmente contrariado por ter sido interrompido na sua audição, respondeu:

— É o disco da Tereza Souza Campos cantando as músicas do Carlinhos Guinle.

— E por causa desse disco você se vestiu assim?

— Claro! — respondeu o marido. — Você me acha com cara de ouvir Tereza Souza Campos de pijama?

Pagode no Cosme Velho

Foi ao cair da tarde. O amigo telefonou, ele estava sonolento no escritório refrigerado, refestelado numa poltrona, com os pés estendidos em cima da mesa. Estava mesmo doido para um programa diferente. Atendeu o telefone meio aborrecido, pensando que fosse algum chato, falando de negócios. Mas era o amigo, convidando para o "grito de Carnaval".

— Mas já??? — perguntou, espantado.

O amigo explicou que era um misto de grito de Carnaval com grito de Natal, enfim, era uma festinha dessas de sair faísca, só com gente séria, isto é, gente que sai do sério mas não espalha.

Uísque às pampas, mulher aos potes, dando sopa. Coisa muito íntima e se ele não fosse não saberia nunca o que perdeu.

— Mas eu estou com terno de casimira escura. Hoje fui à missa de sétimo dia do meu sócio. Você não vai querer que eu vá para um pagode desses vestido de Jorgito Chaves.

— E isto é problema? — incentivava o amigo. Saía do escritório, ia numa loja por ali por perto e comprava um short colorido, uma camisa dessas de espantar americano e um chapeuzinho "Nat King Cole".

— E os sapatos? Eu estou de sapatos pretos, meias idem e ligas na canela.

Pois que fosse assim mesmo. Dava um toque de galhofa na coisa: short, camisa colorida, chapeuzinho "Nat King Cole", mas de sapatos e meias pretos, com liga na canela.

— Não ficarei ridículo? — perguntou, com certo receio.

— Ora, Rosamundo! Ridículo é ir para casa se chatear, tendo um pagode desses dando sopa — disse o amigo, convencendo-o em definitivo.

Combinaram tudo e ele já ia desligar, quando se lembrou do outro problema:

— Mas onde é que eu vou mudar de roupa? Se eu sair daqui do escritório vestido para a festa, eu fico tão desmoralizado com meus empregados que eles vão exigir até o décimo quarto salário.

— No carro, Rosamundo. A festa é lá no Cosme Velho, numa casa discretíssima, pombas! Você muda de roupa no carro.

É... mudaria a roupa no carro. Apertou o "telespeck", quando a secretária entrou (era uma velhota muito da castigada pelas intempéries da vida, que sua mulher escolhera para sua secretária), avisou que ia sair.

— Se Margarida — era a esposa — telefonar diga que eu fui a uma reunião no ministério e chegarei mais tarde para jantar.

Dali saiu direto para uma loja de artigos mais ou menos

masculinos. O leitor vai perdoar o "mais ou menos", mas é que certas lojas grã-finas de artigos masculinos andam vendendo cada camisinha, cada calcinha apertadinha de confecção tão marota que, eu vou te contar... O nosso amigo, porém, queria era um short, um chapeuzinho aquele etc. Entrou, escolheu tudo, disse que não precisava embrulhar, pagou e se sacudiu para a tal casa do Cosme Velho.

Estacionou bem pertinho mas não em frente, para poder trocar de roupa, e meia hora depois estava se esbaldando na festa, abraçado a uma pioneira sexual, dessas que de tarde são mocinhas desgarradas e de noite passeiam pela avenida Atlântica assoviando fininho para os carros que passam.

O forró só acabou aí pelas onze da noite. Suado e amarrotado voltou para o carro e então percebeu que esquecera de trancar a porta. A suspeita que logo lhe veio à mente transformou-se na amarga realidade.

Alguém se aproveitara e roubara sua roupa. E agora? Como é que ia pra casa naqueles trajes?

— Bem que eu estava com a impressão de que isto ia dar galho — bufava ele para o amigo que o convidara. Este, sentindo-se um pouco culpado (mais por causa do uísque do que por ter consciência), foi quem encontrou a desculpa ideal.

— Vai pra casa assim mesmo. Quando sua mulher perguntar você diz que ia passando debaixo de um tapume, quando o pintor que pintava o tapume deixou cair a lata de tinta em cima de você. Diz que sua roupa ficou inutilizada. Diz que estava comigo que eu confirmo depois. Fala pra ela que o jeito foi entrar numa loja qualquer e comprar um short e uma camisa, que era mais barato.

— E o chapeuzinho "Nat King Cole"? Que é que eu faço? — dizia o infeliz, sem disfarçar o nervosismo.

162

— O chapeuzinho você joga fora agora, sua besta — propôs o outro, juntando a ação à palavra e atirando longe o dito cujo.

Rosamundo chegou em casa meio encolhido, com medo de que a mentira não colasse. A esposa estava de tão bom humor que acreditou em tudo. Já suspirava aliviado, quando ela disse:

— A roupa suja de tinta está ali naquela poltrona, seu cretino.

Só então ele viu, só então percebeu: o paletó, a gravata, as calças, tudo dobradinho, tal como ele deixara no assento traseiro do carro, estava numa poltrona da sala.

O desquite será decidido breve, embora Rosamundo não saiba como pôde dar tanto azar assim, da esposa passar justo numa rua sem qualquer movimento, lá no Cosme Velho, ver seu carro... puxa, era muita falta de sorte!

Aliás, não era. O desquite, para Rosamundo, até que será um grande negócio, porque ele não sabe, mas Margarida também ia àquele pagode. Só não foi porque, ao chegar na porta da casa, viu o carro de Rosamundo estacionado.

Por vários motivos principais

Durante uma recepção elegante, a flor dos Ponte Pretas estava a mastigar o excelente jantar, quando uma senhora que me fora apresentada pouco antes diz que adorou meus livros e que está ávida de ler o próximo.

— Como vai se chamar?

Fiquei meio chateado de revelar o nome do próximo livro. Ela podia me interpretar mal. Como ela insistisse, porém, eu disse:

— *Vaca, porém honesta.**

---

* O título, mais tarde, foi trocado, porque a vaca protestou.

Madame deu um sorriso amarelo mas acabou concordando que o nome era muito engraçado, muito original. Depois — confessando-se sempre leitora implacável, dessas que sabem até de cor o que a gente escreve —, madame pediu para que não deixássemos de incluir aquela crônica do afogado.

— Qual? — perguntei.

— Aquela do camarada que ia se afogando, aí os carros foram parando na praia de Botafogo para ver se salvavam o homem. Depois um carro bateu no outro, houve confusão e até hoje ninguém sabe se o afogado morreu ou salvou-se. Lembra-se? Aquela é uma de suas melhores crônicas.

Foi então que eu contei pra ela o caso do colecionador de partituras famosas, que um dia foi a um editor de música procurando o original de certa sonata que fora composta por Haydn e Schumann juntos. O editor ficou olhando para ele e o colecionador esclareceu:

— Sei que essa partitura é raríssima, mas eu pagaria qualquer preço por ela.

— Vai ser um pouco difícil — disse o editor — conseguir uma partitura composta por Haydn e Schumann juntos, por vários motivos. Primeiro: quando Schumann nasceu, Haydn tinha morrido no ano anterior.

A leitora que se lembra de tudo que eu escrevi estranhou e perguntou:

— Por que me contou essa história?

— Porque lembra a história que estamos vivendo agora. A crônica sobre o afogado que a senhora diz ser uma das minhas melhores crônicas... quem escreveu foi Fernando Sabino.

Ela achou engraçadíssimo. Papai agrada em festa.

O ceguinho

No duro mesmo só existiriam dois tipos de cegos: o de nascença e o que ficou cego em vida. Mas, como diz Primo Altamirando, contrariando a chamada voz popular, Deus põe e o homem dispõe. Assim, há um terceiro tipo de cego que nenhum oftalmologista, seja qual for a amplitude de seus conhecimentos oftalmológicos, jamais poderá curar: o cego por necessidade.

E que o leitor mais apressado pouquinha coisa não pense que estou me referindo àquele tipo de camarada que se encaixa perfeitamente no dito "o pior cego é o que não quer ver", porque este é cego por metáfora, enquanto que o terceiro tipo de cego, isto é, o cego por necessidade, é considerado por todos como cego no duro, às vezes com carteirinha de cego e tudo.

Seu Júlio, que hoje é lavador de automóveis (e entre os automóveis que lava, lava o meu), já foi cego por necessidade. Começou sua carreira na porta da Igreja de Nosso Senhor do Bonfim (agora Matriz de Nossa Senhora de Copacabana). Seu Júlio, artista consciencioso, era um cego perfeito e ganhava esmola às pampas.

— E o senhor sempre trabalhou como cego, seu Júlio?

— Não senhor. Eu comecei perneta, sim senhor.

— Perneta?

— Usava perna de pau. Quem me ensinou foi um cigano meu amigo. A gente botando uma calça larga o truque é fácil de fazer.

Mas, como perneta, seu Júlio um dia teve uma contrariedade. Apareceu pela aí um chefe de polícia com intenções de endireitar o Brasil e foi chato. Organizou uma campanha de perseguição à mendicância e seu Júlio entrou bem. Quando o carro da polícia, mais conhecido na linguagem policial como viatura, parou na porta da igreja, mendigo que podia se pirou, mas seu Júlio não pôde correr de calça larga e perna de pau, que a tanta perfeição não chegaram os engodos do cigano. Seu Júlio foi em cana.

— E quando saiu das grades?

— Virei cego por necessidade. Treinei uns dois meses em casa, passando dia e noite com uma venda nos olhos. Fiquei bárbaro em trejeito de cego. A pessoa podia fazer o maior barulho do meu lado, que eu nem me virava pra ver o que tinha acontecido. Fiquei um cego tão legal que um dia houve um desastre bem em frente à igreja. Um carro bateu num caminhão da cervejaria Brahma e caiu garrafa pra todo lado. Foi um barulho infernal. Pois eu fiquei impávido. Nem me mexi.

Quando seu Júlio me contou esta passagem, notei o orgulho estampado em seu semblante. Era como um velho ator a contar, numa entrevista, a noite em que a plateia interrompeu seu trabalho com aplausos consagradores em cena aberta. Era como um veterano craque de futebol a descrever para os netos o gol espetacular que fizera e que deu às suas cores o campeonato daquele ano.

— Como cego o senhor nunca foi em cana, seu Júlio?

— Nunquinha. Sabe como é… Cego vê longe. Mal surgia um polícia suspeito eu me mandava a cento e vinte.

— E por que abandonou a carreira de cego?

— Concorrência desleal.

E explica que, no tempo dele, não havia essa coisa de alugar criança subnutrida para pedir esmola. Depois que apareceram as mães de araque, o cego tornou-se quase obsoleto no setor da mendicância. A polícia também, hoje em dia, é praticamente omissa.

— E sendo a polícia omissa, dá muito mais mendigo à saída da missa — diz seu Júlio, sem evitar o encabulamento pelo trocadilho infame.

Toda essa desorganização administrativa levou-o a abandonar a carreira de cego por necessidade.

Nos países subdesenvolvidos a mendicância é uma miséria. Seu Júlio que o diga. Era um cego dos melhores, mas largou a carreira na certeza de que, mais dia menos dia, vai ter muito mais gente pedindo do que dando esmola.

Oh, os poéticos endereços!

Lá está a administração pública às voltas com os nomes das ruas outra vez. De vez em quando acontece isso. As inúmeras injustiças com homens ilustres, cujos nomes figuram nas placas de ruelas tristes do subúrbio, em contraste com nomes de cocorocas famosos, em placas de vistosas avenidas, dão remorso nos administradores e eles tentam endireitar a coisa, remendando uma injustiça aqui, remediando outra injustiça acolá, mas sem nunca safar-a-onça em definitivo.

Segundo minha Tia Zulmira, senhora de vasta experiência e comprovado saber, quem estraga nome de rua é puxa-saco. Se deixarem a cargo dos "puxas" a nomenclatura das ruas, dá em besteira. Começam a surgir as "avenida Marechal Fulano", "rua Almirante Beltrano", "travessa Dr. Secretário de Segurança", "praça Presidente da República" e até "ladeira Ministro da Saúde". Se deixarem por conta dos bajuladores, acaba acontecendo como naquela peça de Millôr Fernandes, na qual a personagem principal morava na "rua Almirante General Brigadeiro".

Noutro dia, o coleguinha cronista Manuel Bandeira abordou o assunto, mas com a delicadeza dos poetas, dizendo que era uma autêntica baianada deixarem o nome de Castro Alves figurar numa ruazinha esburacada da zona rural, enquanto nomes inexpressivos figuravam em ruas importantes. Manuel Bandeira não disse, mas exemplo é que não falta. Está aí mesmo a avenida Ataulfo de Paiva, que é a principal artéria do Leblon, quando, em vida, Ataulfo de Paiva nunca foi principal em coisa nenhuma.

Há também o caso, citado pelo governador, da tradicional rua das Marrecas (nome bacaninha este, não? Rua das Marrecas), que foi substituído por rua Juan Pablo Duarte, para puxar saco do generalíssimo Trujillo, cuja filha casara-se (temporariamente — diga-se a bem da verdade) com um brasileiro. *El señor Duarte* foi o proclamador da independência de São Domingos, independência esta que o próprio Trujillo depois esbodegou.

O papai aqui não é governador, mas pode citar outros casos lamentáveis, como o daquela avenida que circunda as praias de Ipanema e Leblon. Por que muda ela de nome no meio, deixando de ser Delfim Moreira para ser Vieira Souto (ou vice-versa)? Afinal, Delfim Moreira foi um dos nomes mais respeitáveis da República, o que não lhe bastou para merecer a glória de uma avenida inteira. Teve de rachá-la com Vieira Souto, enquanto calhordas dos mais variados matizes são nome de mais de um logradouro, para atrapalhar o nosso já atrapalhado Correio na entrega de correspondência.

Uma das propostas da administração para acabar com isso tudo — para o que já há uma comissão de estudos — é fazer voltar às ruas seus nomes antigos, sempre mais bonitos: "rua Caminho do Mar", "rua das Belas Noites", "rua das Laranjeiras", "rua Fonte da Saudade" (esta última, por sinal, um dia foi vítima dos puxa-sacos e rebatizaram-na com o nome de rua General Álcio Souto. Houve reclamação de todo lado e consta que foi o próprio general-rua que pediu à prefeitura para que o livrasse da honra, pois viviam telefonando para sua casa, chateando-o com essa história, como se fosse ele o culpado pela mancada municipal).

Voltando à minha já citada Tia Zulmira, ela acha que a proposta do governador para retomarem os nomes antigos é bastante razoável, assim como o empenho em desfazer certas injustiças, pois nunca é tarde para essas coisas. Mas diz que a experiência ensinou que não adianta. Mais tarde aparecerão novos puxa-sacos, para bagunçar o coreto outra vez.

A veneranda senhora — sempre romântica, e sempre muito prática também — acredita que o ideal seria desmanchar tudo e começar outra vez. Já que o Rio de Janeiro virou cidade balneária, embelezemos tudo, riscando definitivamente essa história das ruas terem nomes de bacano. Que as ruas do Rio passem a ter só nome de flor e de passarinho.

Grande ideia, hein, irmãos? Grande ideia. Só nome de passarinho e de flores, os mais delicados passarinhos e as mais belas e perfumadas flores. Que beleza que ficava, um camarada encontrando com outro e dizendo:

— Vai lá em casa um dia destes. É na avenida das Rosas, esquina de rua Beija-Flor!

Medidas, no espaço e no tempo

A medida, no espaço e no tempo, varia de acordo com as circunstâncias. E nisso vai o temperamento de cada um, o ofício, o ambiente em que vive. Os ambiciosos, de longa data, vêm medindo tudo na base do dinheiro, pouco se importando com a existência do relógio, do sistema métrico e do calendário. Mas não é precisamente a esses que quero me referir, mas aos outros, que medem de maneira mais prática e mais de acordo com os seus interesses, usando como padrão de medida as mais variadas coisas.

Nossa falecida avó media na base do novelo. Pobre que era,

aceitava encomendas de crochê e disso tirava o seu sustento. Muitas vezes ouvimo-la dizer:

— Hoje estou um pouco cansada. Só vou trabalhar três novelos.

Nós todos sabíamos que ela levava uma média de duas horas para tecer cada um dos rolos de lã. Por isso, ninguém estranhava quando dizia que queria jantar dali a meio novelo. Era só fazer a conversão em horas e botar a comida na mesa sessenta minutos depois.

Também os poetas têm se servido dessas estranhas medidas para as suas imagens e eu já li, certa vez, não me lembro quando nem em que poema, uma referência aos lenços que certa moça teria chorado pelo mais puro dos sentimentos — a saudade.

"Fulana chorou muitos lenços" — dizia o verso, e eu achei isso muito lindo. Muito mais lindo, por exemplo, do que fulana "debulhada em lágrimas", expressão vulgar, autêntico lugar--comum das imagens literárias.

Os índios, por sua vez, marcavam o tempo pela lua. Isso é ponto pacífico, embora, há alguns anos, por distração, eu tenha assistido a um desses terríveis filmes de Carnaval do Oscarito, em que apareciam diversos índios, alguns dos quais com relógio de pulso. Isso aconteceu porque eram índios de fita brasileira. O cinema americano seria incapaz de dar uma mancada dessas. Lá, eles são muito organizados nessa coisa de "cor local". Fazem questão de dar um máximo de autenticidade às suas histórias. Por isso, pegam um camarada qualquer, despem-no e pintam com iodo. Depois botam uma peninha na sua cabeça e fazem o "artista" ir para a frente da câmara e dizer:

— Nós daqui duas luas atacar caravana homens cara pálida.

E pronto, está feito mais um emocionante filme sobre a colonização dos Estados Unidos.

Sim, os índios medem o tempo pelas luas, os ricos medem

o valor dos semelhantes pelo dinheiro, vovó media as horas pelos seus novelos e todos nós, em maior ou menor escala, medimos distâncias e dias com aquilo que melhor nos convier.

Agora mesmo houve qualquer coisa com a Light e a luz faltou. Para a maioria, a escuridão durou duas horas; para Raul, não. Ele, que se prepara para um exame, tem que aproveitar todas as horas de folga para estudar. E acaba de vir lá de dentro, com os olhos vermelhos do esforço, a reclamar:

— Puxa! Estudei uma vela inteirinha.

E assim vamos todos nós. Tenho um irmão que passou uns tempos na Europa e de lá mandou uma carta onde informava: "Creio que passarei ainda uns vinte contos aqui".

Comigo mesmo aconteceu recorrer a tais medidas, que quase sempre medem melhor ou, pelo menos, dão uma ideia mais aproximada daquilo que queremos dizer. Foi noutro dia quando certa senhora, outrora tão linda e hoje tão gorda, me deu um prolongado olhar de convite ao pecado. Fingi não perceber, mas pensei:

"Há uns quinze quilos atrás, eu teria me perdido."

A ignorância ao alcance de todos

Todo dito popular funciona e ficaria o dito pelo não dito se os ditos ditos não funcionassem, dito o quê, acrescento que há um dito que não funciona ou, melhor dito, é um dito que funciona em parte, uma vez que, no setor da ignorância, o dito falha, talvez para confirmar outro velho dito: o do não-há-regra-sem--exceção. Digo melhor: o dito mal-de-muitos-consolo-é encerra muita verdade, mas falha quando notamos que ignorância é o que não falta pela aí e, no entanto, ninguém gosta de confessar sua ignorância. Logo, pelo menos aí, o dito dito falha.

Tenho experiência pessoal quanto à má vontade do próximo para com a própria ignorância, má vontade esta confirmada diversas vezes em poucos minutos, graças a uma historinha vivida ao lado do escritor Álvaro Moreyra, num dia em que fomos almoçar juntos, na cidade.

Já não me lembro qual o motivo do almoço. Lembro-me, isto sim, que íamos caminhando, quando Alvinho disse, em voz alta:

— Leônio Xanás.

— O quê? — perguntei, e Alvinho explicou que Leônio Xanás era o nome do pintor que estava pintando seu apartamento. Até me mostrou um cartãozinho, escrito "Leônio Xanás — Pinturas em geral — Peça orçamento".

— Hoje acordei com o nome dele na cabeça. A toda hora digo Leônio Xanás — contava o escritor. — Ainda agorinha, ao entrar no lotação, disse alto "Leônio Xanás" e levei um susto, quando o motorista respondeu: "Passa perto". Ele pensou que eu estava perguntando por determinada rua e foi logo dizendo que passa perto, sem, ao menos, saber que rua era.

Foi aí que nos nasceu a vontade de experimentar a sinceridade do próximo e nos nasceu a certeza de que ninguém gosta de confessar-se ignorante mesmo em relação às coisas mais corriqueiras. Entramos numa farmácia para comprar Alka Seltzer (pretendíamos tomar vinho no almoço) e Alvinho experimentou de novo, perguntando ao farmacêutico:

— Tem Leônio Xanás?

— Estamos em falta — foi a resposta.

Saímos da farmácia e fomos ao prédio onde tem escritório o editor do Alvinho. No elevador, nova experiência. Desta vez quem perguntou fui eu, dirigindo-me ao cabineiro do elevador:

— Em que andar é o consultório do dr. Leônio Xanás?

— Ele é médico de quê?

— Das vias urinárias — apressou-se a mentir o amigo, ante a minha titubeada.

— Então é no sexto andar — garantiu o cara do elevador, sem o menor remorso. E se não tivéssemos saltado no quinto andar por conta própria, teria nos deixado no sexto, a procurar um consultório que não existe.

E assim foi a coisa. Ninguém foi capaz de dizer que não conhecia nenhum Leônio Xanás ou que não sabia o que era Leônio Xanás. Nem mesmo a gerente de uma loja de roupas, que — geralmente — são senhoras de comprovada gentileza. Entramos num elegante magazine do centro da cidade para comprar um lenço de seda para presente. Vimos vários, todos bacanérrimos, mas — para continuar a pesquisa — indagamos da vendedora:

— Não tem nenhum da marca Leônio Xanás?

A mocinha pediu que esperássemos um momento, foi até lá dentro e voltou com a prestativa senhora-gerente. Esta sorriu e quis saber qual era mesmo a marca:

— Leônio Xanás — repeti, com esta impressionante cara de pau que Deus me deu.

Madame voltou a sorrir e respondeu:

— Tínhamos, sim senhor. Mas acabou. Estamos esperando nova remessa.

Foi uma pena não ter. Compramos de outra marca qualquer e fomos almoçar. Foi um almoço simpático com o velho amigo. Lembro-me que, na hora do vinho, quando o garçom trouxe a carta, Alvinho deu uma olhadela e disse, em tom resoluto:

— Queremos uma garrafa de Leônio Xanás tinto.

O garçom fez uma mesura:

— O senhor vai me perdoar, doutor. Mas eu não aconselho esse vinho.

Devia ser uma questão de safra, daí aconselhar outro:

— O Ferreirinha não serve?

Servia.

É, irmãos, mal de muitos consolo é, mas ignorante, que existe às pampas, ninguém quer ser.

Latricério
(Com o perdão da palavra)

Tinha um linguajar difícil, o Latricério. Já de nome era ruinzinho, que Latricério não é lá nomenclatura muito desejada. E era aí que começavam os seus erros.

Foi porteiro lá do prédio durante muito tempo. Era prestativo e bom sujeito, mas sempre com o grave defeito de pensar que sabia e entendia de tudo. Aliás, acabou despedido por isso mesmo. Um dia enguiçou a descarga do vaso sanitário de um apartamento e ele achou que sabia endireitar. O síndico do prédio já ia chamar um bombeiro, quando Latricério apareceu dizendo que deixassem por sua conta. Dizem que o dono do banheiro protestou, na lembrança talvez de outros malfadados consertos feitos pelo serviçal porteiro. Mas o síndico acalmou-o com esta desculpa excelente:

— Deixe ele consertar, afinal são quase xarás e lá se entendem.

Dono da permissão, o nosso amigo — até hoje ninguém sabe explicar por quê — fez um rápido exame no aparelho em pane e desceu aos fundos do edifício, avisando antes que o defeito era "nos cano de orige".

Lá embaixo, começou a mexer na caixa do gás e, às tantas,

quase provoca uma tremenda explosão. Passado o susto e a certeza de mais esse desserviço, a paciência do síndico atingiu o seu limite máximo e o porteiro foi despedido.

Latricério arrumou sua trouxa e partiu para nunca mais, deixando tristezas para duas pessoas: para a empregada do 801, que era sua namorada, e para mim, que via nele uma grande personagem.

Lembro-me que, mesmo tendo sido, por diversas vezes, vítima de suas habilidades, lamentei o ocorrido, dando todo o meu apoio ao Latricério e afirmando-lhe que fora precipitação do síndico. Na hora da despedida, passei-lhe às mãos uma estampa do American Bank Note no valor de quinhentos cruzeiros, oferecendo ainda, como prêmio de consolação, uma horrenda gravata, cheia de coqueiros dourados, virgem de uso, pois nela não tocara desde o meu aniversário, dia em que o Bill — o americano do 602 — a trouxera como lembrança da data.

Mas, como ficou dito acima, Latricério tinha um linguajar difícil, e é preciso explicar por quê. Falava tudo errado, misturando palavras, trocando-lhes o sentido e empregando os mais estranhos termos para definir as coisas mais elementares. Afora as expressões atribuídas a todos os "malfalantes", como "compromisso de cafiaspirina", "vento encarnado", "libras estrelinhas" etc., tinha erros só seus.

No dia em que estiveram lá no prédio, por exemplo, uns avaliadores da firma a quem o proprietário ia hipotecar o imóvel, o porteiro, depois de acompanhá-los na vistoria, veio contar a novidade:

— Magine doutor! Eles viero avaliá as impoteca!

É claro que, no princípio, não foi fácil compreender as coisas que ele dizia, mas, com o tempo, acabei me acostumando. Por isso não estranhei quando os ladrões entraram no apartamento de d. Vera, então sob sua guarda, e ele veio me dizer, intrigado:

— Não com prendo como eles entraro. Pois as portas tava tudo "aritmeticamente" fechadas.

Tentar emendar-lhe os erros era em pura perda. O melhor era deixar como estava. Com sua maneira de falar, afinal, conseguira tornar-se uma das figuras mais populares do quarteirão e eu, longe de corrigir-lhe as besteiras, às vezes falava como ele até, para melhor me fazer entender.

Foi assim no dia em que, com a devida licença do proprietário, mandei derrubar uma parede e inaugurei uma nova janela, com jardineira por fora, onde pretendia plantar uns gerânios. Estava eu a admirar a obra, quando surgiu o Latricério para louvá-la.

— Ainda não está completa — disse eu. — Falta colocar umas persianas pelo lado de fora.

Ele deu logo o seu palpite:

— Não adianta, doutor. Aí bate muito sol e vai morrê tudo.

Percebi que jamais soubera o que vinha a ser persiana e tratei de explicar à sua moda:

— Não diga tolice, persiana é um negócio parecido com venezuela.

— Ah, bem, venezuela — repetiu.

E acrescentou:

— Pensei que fosse "arguma pranta".

Cartãozinho de Natal

Até que eu não sou de reclamar, puxa! Taí, se há alguém que não é de reclamar, sou eu. Pago sempre e não bufo. Claro que procuro me defender da melhor maneira possível, isto é, chateando o patrão, cobrando cada vez mais, buscando o impossível — como diz Tia Zulmira —, ou seja, equilíbrio orçamentário. Se o Banco do Brasil não tem equilíbrio orçamentário, eu é que vou ter, é ou não é?

Mas a gente luta. Eu ganho cada vez mais e nem por isso deixo de terminar sempre o mês que nem time de Zezé Moreira: 0×0. Segundo cálculos da tia acima citada, que é bárbara para assuntos econômicos, eu sou um dos homens mais ricos do Brasil, pois consigo chegar ao fim do mês sem dever. Esta afirmativa não me agrada nada, mas dá uma pequena amostra de como vai mal a organização administrativa do nosso querido Brasil.

Aliás, minto... o cronista pede desculpas, mas estava mentindo. Eu vou no empate até dezembro, porque, quando chega o Natal, é fogo. Aí embaralha tudo. Não há tatu que resista os compromissos natalinos. São as Festas — dizem.

Os presentes das crianças, a ganância do comerciante, as gentilezas obrigatórias, os orçamentos inglórios, a luta do consumidor, a malandragem do fornecedor e olhe nós todos envolvidos nesse bumba meu boi dos presentinhos.

E que fossem só os presentinhos. A gente selecionava, largava uma lembrancinha nas mãos dos amigos com o clássico letreiro "você não repare, que é presente de pobre", e ia maneirando. Mas tem as listas, tem os cartõezinhos.

O que me chateia são as listas e os cartõezinhos. A gente passa o mês todo comprando coisas pros outros sem a menor esperança de que os outros estejam comprando coisas pra gente. De repente, quando o retrato do falecido almirante Pedro Álvares Cabral, que, no caminho para as Índias, ao evitar as calmarias etc. etc. já é mais raro no bolso dos coitados do que deputado em Brasília, vem um de lista.

O de lista é sempre meio encabulado. Empurra a lista assim na nossa frente e diz:

— O pessoal todo assinou. Fica chato se você não assinar.

Então a gente dá uma olhada. A lista abre com uma quantia

polpuda — quase sempre fictícia — que é pra animar o sangrado. E tem a lista dos contínuos, tem a lista dos porteiros, tem a lista dos faxineiros, tem a lista das telefonistas, tem a lista do raio que te parta.

A gente assina a lista meio humilhado, porque, no máximo, pode contribuir com duzentas pratas, onde está estampada a figura de Pedro I, que às margens do Ipiranga, desembainhando a espada etc. etc. e pensa que está livre, embora outras listas estejam de tocaia, esperando a gente.

Então tá. Há um momento em que os presentinhos já estão todos comprados, as listas já estão todas assinadas e você já está com mais ponto perdido na tabela do que o time do Taubaté. Deve pra cachorro, mas vai dever mais.

Vai dever mais porque faltam os cartõezinhos de apelação. A campainha toca, você abre para saber quem está batendo e é o lixeiro. Ele não diz nada. Entrega um envelopezinho, a gente abre e lá está o versinho: "Mil votos de Boas Festas/ Seja feliz o ano inteiro/ É o que ora lhe deseja/ O vosso humilde lixeiro".

E o vosso humilde lixeiro espalma sorridente a estira que a gente larga na mão dele. Meia hora depois a campainha toca. Desta vez — quem sabe? — é uma cesta de Natal que um bacano teve a boa ideia de enviar. Mas qual. É o carteiro, fardado e meio sem jeito, que passa outro cartãozinho de apelação. A gente abre o envelope e lá está: "Trazendo a correspondência/ Faça frio ou calor/ Vosso carteiro modesto/ Prossegue no seu labor/ Mas a cartinha que traz/ Nesta oportunidade/ É pra desejar Boas Festas/ E muita felicidade".

Mas este ano eu aprendi, irmãos! Em 1963 vou comprar diversas folhas de papel (tamanho ofício) e organizar várias listas para as criancinhas pobres aqui de casa. Quando o cara vier com a dele, eu neutralizo a jogada com a minha. O máximo que pode acontecer é ele assinar quinhentos na minha e eu assinar quinhentos na dele... ficando a terceira da melhor de três para disputar mais tarde.

Também vou mandar prensar uns cartõezinhos. Quando o vosso humilde lixeiro ou o vosso carteiro modesto entregar o envelopinho, eu entrego outro a ele, para que leia: "No Inferno das notícias/ Mas com expressão seráfica/ Eu batuco o ano inteiro/ A máquina datilográfica/ Pro ano que vai entrar/ Não me sinto otimista/ Mesmo assim, felicidades/ Lhe deseja este cronista".

Conforme diz Tia Zulmira: "Malandro prevenido dorme de botina".

Atendendo a pedidos

Deitado numa cadeira dessas de espichar preguiça, com um radiozinho, desses que a plebe ignara chama "rabo quente", de um lado, e um copo de uísque nacional do outro lado, o cronista — em Petrópolis — descansa um pouco das badalações cosmopolitas. Não pensem que o detalhe do uísque nacional é economia. Não: trata-se apenas de coerência. Grande parte do uísque que vendem pela aí como escocês é mesmo engarrafada em Nova Iguaçu, cidade que não fica na Escócia, mas na fronteira do estado do Rio com o estado da Guanabara, este último, por motivos óbvios, também conhecido como estado de Coisas.

E aqui estou eu, bebericando o meu "scotch-brás", e ouvindo uma estação de rádio local, dessas que ainda apresentam programas de discos atendendo a pedidos de ouvintes, na base do alguém-que-oferece-a-alguém. Agora mesmo o locutor acabou de anunciar:

— E em seguida, atendendo a pedidos de Júlia e Carmem

que oferecem à sua mãezinha que hoje aniversaria, vamos ouvir Núbia Lafayette no tango-canção de Adelino Moreira, "Veneno".

Não é mesmo lamentável que duas jovens ofereçam "Veneno" à própria mãe, justamente no dia em que a pobre senhora cumpre o doloroso dever de embagulhar mais um ano? Pois estas coisas ainda acontecem em centenas de estações de rádio do interior, e só não acontecem mais nas emissoras do Rio porque a crítica malha, pois não faltam produtores radiofônicos cocorocas doidos para voltar aos programas de trinta anos atrás, para contemporizar sua comprovada incapacidade criadora.

Dona Núbia acabou de destilar (aos berros, sem a menor discrição) o "Veneno" do sr. Adelino Moreira, e o locutor — implacável — anuncia outra bomba:

— Em seguida, atendendo a pedidos de Alceu que oferece a Marina, Lídia que oferece a Armando, e Augusto que oferece à sua noivinha Laura, por motivo de sua diplomação no Curso Sete de Setembro — o locutor não explica que curso a noivinha fez —, vamos ouvir Paulo Marquez cantando, de Billy Blanco, "Vaca de presépio".

Senhoras e senhores, eu conheço bem o cantor Paulo Marquez. É um excelente rapaz, assim como sou um dedicado amigo do compositor Billy Blanco. Posso garantir aos senhores que, quando o segundo compôs e o primeiro gravou o samba "Vaca de presépio", jamais imaginaram que a vaca fosse servir de homenagem à noiva do Augusto, quando se diplomasse. Estou certo, senhoras e senhores, que nenhum dos dois teria cometido essa temeridade, caso avaliasse as consequências.

Mas o que se vai fazer? O rádio no interior é assim mesmo e tem até finalidades sociais. Foi um desses programas alguém-que-oferece-a-alguém que casou o Santoro. Desde já acrescentando que Santoro foi um cavalheiro de cabeça irremediavelmente nordestina que, durante algum tempo, me vendeu fumo para cachimbo, água-de-colônia Bond Street e outros artigos devidamente contrabandeados.

Contou-me Santoro que morava numa cidadezinha perto de Campina Grande, onde funciona a Rádio Caturité, estação que mantinha um serviço de alto-falantes nas indefectíveis pracinhas públicas dos lugarejos circunvizinhos. Na cidadezinha do Santoro, esse serviço era requintado, porque, quando a Rádio Caturité não estava no ar, os alto-falantes irradiavam uma programação de discos diretamente do sobrado em frente à pracinha, onde um cronista mundano local atendia a pedidos, espiando da janela do sobrado os pares e grupos que passeavam e fofocavam na praça.

Santoro — na pia batismal Santoro Cavalcanti — era um frequentador assíduo da praça, na esperança de que um dia seus lânguidos olhares para Firmina — a virgem de seus sonhos — fossem notados por ela. Santoro era encabulado às pampas, e nem sequer falava com a moça.

Um dia tomou coragem e, na hora do "a pedidos", subiu ao sobradinho e segredou qualquer coisa ao ouvido do cronista mundano. Este concordou e, pouco depois, já com Santoro sentado num banco, vestido no seu melhor terno, o azul, ouviram-se os alto-falantes anunciarem:

— Em seguida, atendendo a pedidos de alguém que está sentado no banco, de azul-marinho e pernas cruzadas, e que oferece a alguém que está de vestido verde, passeando na praça João Pessoa em companhia da prendada Malvina Pereira e mais a filha mais nova de seu José da Farmácia, vamos ouvir a "Valsa dos namorados", por Francisco Alves.

Contou-me ainda o Santoro que, mal a voz do cronista calou e começaram os primeiros acordes da valsa, todos os olhares convergiram sobre sua modesta pessoa. Ele ficou vermelho, sentiu aquele calorão na cara, mas tudo foi compensado com a aproximação de Firmina, que, ainda na companhia da prendada Malvina Pereira e mais a filha mais nova de seu José da Farmácia, ao passar pelo banco onde ele se encontrava, mais duro que perna de bailarina, virou-se para trás e pronunciou um tímido "obrigada".

Daí pra frente foi mole. Tanto foi mole que Santoro casou com Firmina e têm filhos aos potes. O primogênito, aliás, num reconhecimento que muito dignifica o casal, chama-se Caturité Cavalcanti.

El sombrero

Cena: região inóspita e de vegetação raquítica, com um vento leve a suspender a poeira, enfim, uma paisagem de região subdesenvolvida. Ao fundo uma igreja tosca de onde vem o murmúrio dos fiéis rezando. Nisso surge um mexicano daqueles, de bigode escorrido, sombrero enterrado até as sobrancelhas e olhar preguiçoso, de olhos semicerrados. Debaixo do braço um violão e no andar a displicência de todos os mexicanos.

Para à porta da igreja, olha lá pra dentro e resolve entrar, sem se dignar a tirar o sombrero. Desrespeitosamente, entra com ele enterrado na cabeça, sempre abraçado ao violão. Uma senhora de preto e ar compungido que está no último banco olha-o e chama a sua atenção:

— Señor: el sombrero!

O mexicano parece não a ter ouvido e continua a caminhar devagar pelo corredor entre os bancos. Logo uma outra senhora, alertada pelo protesto da primeira, interrompe suas orações e sussurra ao seu ouvido:

— El sombrero, señor!

Mas o mexicano não dá importância e continua sua caminhada:

— El sombrero — reclama um velho exaltado, de dedo no nariz do mexicano, que passa por ele sem o menor sinal de atenção.

Pouco a pouco todos os presentes estão a exigir que tire o chapéu, e os gritos de "el sombrero" partem praticamente de todas as bocas:

— El sombrero, el sombrero, el sombrero.

O mexicano impávido. Até parece que não é com ele. É quando o sacristão resolve tomar uma atitude e, já no fim do corredor, agarra-o pelo braço e diz:

— El sombrero, por favor!

Então o mexicano para, olha em volta com seu olhar preguiçoso e, empunhando o violão, diz:

— Ya que ustedes insisten… De Pérez y Giménez, cantaré "El sombrero".

DE *GAROTO LINHA-DURA*

(1964)

Garoto linha-dura

Deu-se que o Pedrinho estava jogando bola no jardim e, ao emendar a bola de bico por cima do travessão, a dita foi de contra uma vidraça e despedaçou tudo. Pedrinho botou a bola debaixo do braço e sumiu até a hora do jantar, com medo de ser espinafrado pelo pai.

Quando o pai chegou, perguntou à mulher quem quebrara o vidro e a mulher disse que foi o Pedrinho, mas que o menino estava com medo de ser castigado, razão pela qual ela temia que a criança não confessasse o seu crime.

O pai chamou Pedrinho e perguntou:

— Quem quebrou o vidro, meu filho?

Pedrinho balançou a cabeça e respondeu que não tinha a mínima ideia. O pai achou que o menino estava ainda sob o impacto do nervosismo e resolveu deixar para depois.

Na hora em que o jantar ia para a mesa, o pai tentou de novo:

— Pedrinho, quem foi que quebrou a vidraça, meu filho? — e, ante a negativa reiterada do filho, apelou: — Meu filhinho, pode dizer quem foi que eu prometo não castigar você.

Diante disso, Pedrinho, com a maior cara de pau, pigarreou e lascou:

— Quem quebrou foi o garoto do vizinho.

— Você tem certeza?

— Juro.

Aí o pai se queimou e disse que, acabado o jantar, os dois iriam ao vizinho esclarecer tudo. Pedrinho concordou que era a melhor solução e jantou sem dar a menor mostra de remorso. Apenas — quando o pai fez a ameaça — Pedrinho pensou um pouquinho e depois concordou.

Terminado o jantar o pai pegou o filho pela mão e, já chateadíssimo, rumou para a casa do vizinho. Foi aí que Pedrinho provou que tinha ideias revolucionárias. Virou-se para o pai e aconselhou:

— Papai, esse menino do vizinho é um subversivo desgraçado. Não pergunte nada a ele, não. Quando ele vier atender a porta, o senhor vai logo tacando a mão nele.

Meu Rio carioca

Eu nasci no Rio de Janeiro, hoje apelidado estado da Guanabara, embora seja uma cidade; por sinal uma cidade que ainda não ficou pronta. Estão fazendo o Rio há quase quatrocentos anos, mas ainda não aprontaram, não sei por quê. Atualmente faz-se muita publicidade das obras aceleradas que eles estão realizando para ver se acabam logo de uma vez a cidade. Mas pelo jeito vai demorar muito ainda. Tem buraco às pampas, falta botar muito cano, falta luz, falta açúcar, falta vergonha e até espaço para a gente trafegar. Aliás, eu acho que isso é uma besteira muito grande. Onde já se viu, ora… a cidade ainda nem está pronta e já não tá cabendo direito a gente dentro dela.

Eu nasci no Rio de Janeiro — repito — e não é pra me gambá não, porém já estive em outras cidades. Cidades que ficaram prontas há muito tempo. Estive em Londres, por exemplo, onde tem muito mais coletivo do que aqui. Mas muito mais mesmo. Pois vocês sabiam que em Londres um coletivo só pode ultrapassar o outro se o outro estiver parado? Palavra de honra. Não tô inventando, não. Em Nova York, onde eu também estive, embora não esteja lembrando isto por modéstia à parte (como diria o Falcão), a cidade custou um pouco a ficar pronta, mas lá… só vendo pra acreditar… depois que a cidade ficou pronta, o cara abre uma bica e sai água. É impressionante: eu mesmo fiz o teste: a pessoa pode escolher qualquer bica. Abriu… pimba, sai água. E olha, não tem placa nas ruas anunciando de quem é a obra, não.

E Roma? Ah, Roma… Roma também não foi feita num dia, não, como não se cansava de dizer o mais antigo dos lacerdistas, um tal de Conselheiro Acácio. Mas Roma tem árvore, viu? Você anda assim um pouco, encontra logo um parque, uma praça, um jardinzinho com árvore. E árvores grandes, bonitas, copadas, não é esse capim daqui não.

Deixa eu ver um outro lugar onde eu estive. Amsterdã… Amsterdã, que um acordo ortográfico meio rebarbativo apelidou de Amsterdão, é uma cidade prontinha. Como, minha senhora, se lá também constroem edifícios de apartamentos? Constroem, sim senhora… mas *aqui!* ó… que eles deixam construir essas cabeças de porco que se constroem aqui. Lá é tudo examinado direitinho, os prédios têm gabarito e duvido que um holandês jamais pensasse na vida em fazer uma negociata para transformar o parque Lage numa favela de cimento armado. Lá eles têm vergonha... Cidades assim como Paris, onde eu também já dei minhas voltinhas, têm carro nas ruas que só vendo, mas eu não sei por quê, por mais que eles se esforcem, não conseguem fazer aquele Carnaval bacana do asfalto carioca. Eu estou desconfiado que francês não sabe dirigir que nem a gente. Ou então é o Departamento de Trânsito de lá que não é tão competente quanto o nosso para engarrafamento.

E a polícia da Suécia??? Puxa vida, é impressionante, pessoal. Lá eles são tão bobos que não batem em coitado por não estar com documento na rua. Aliás, a polícia sueca não bate em ninguém. Juro por Deus! E criminoso lá — vocês não espalhem isto porque podem passar por malucos — mas criminoso lá é preso. Outra coisa interessantíssima que eu vi. E isto foi em quase todas as cidades: Buenos Aires, Hamburgo ou Santiago. Imaginem vocês que eles organizaram com muito jeito um negócio chamado esgoto. É um troço, sabiam? Taí uma coisa que eles podiam experimentar fazer no Rio de Janeiro, quando acabassem as obras, naturalmente, e o Rio ficasse pronto: botar esgoto nas ruas. Como, minha senhora? Pra que qui serve? Pasme, dona: serve para escoar a água da chuva. Imagine que lá chove, chove, chove e não enche. Esse tal de esgoto é uma coisa tão admirável, que pode chover às pampas, que as ruas não enchem. Mas deixa eu parar de contar essas coisas... vocês não vão acreditar mesmo!!!

Sonho de Natal

Sonhou que era um desses papais noéis pendurados entre os edifícios cariocas, à guisa de decoração natalina. Ficara dias e dias naquela posição incômoda, meio ao estilo jaca madura, balançando lá em cima.

Já não se lembra mais quanto tempo ficou balançando entre dois prédios, mas se lembra nitidamente que, no sonho, passados os dias das Festas, apareceu um caminhão e — finalmente — recolheram-no num desses carros da limpeza urbana e levaram para um depósito, onde outros papais noéis, iguais a ele, já estavam amontoados pelos cantos.

Atiraram-no também a um canto e ele lá ficou triste no seu infortúnio. Foi quando um outro papai noel ao seu lado deu um suspiro e falou:

— Que papelão a gente fez, hein, irmão?

— Não diga — respondeu ele. — Que coisa! Dois meses pendurados, que nem Judas em Sábado de Aleluia.

— É... mas o Judas fica um dia só. Depois malham o coitado e o suplício acabou.

Tal tinha sido o vexame, que os outros papais noéis do seu sonho, que eram muitos, espalhados no depósito, concordaram unanimemente que sua sorte foi a pior. Cada um lembrava certo detalhe da experiência que acabavam de sofrer. Foi quando ele falou:

— No lugar onde estava pendurado tinha um garoto chato que passava o dia me atirando caroços de feijão pela janela.

— Devia ser um filho de rico, para ter feijão para atirar assim.

Os papais noéis todos sorriram. Só um manteve-se sério e cabisbaixo, vítima de evidentes frustrações. Só falou quando todos já não tinham mais nada a dizer. Pigarreou e lascou:

— Azar maior dei eu, companheiros. Fiquei pendurado em frente à janela de uma pequena que vou te contar. Como era boa! Toda noite ela tirava a roupa com a janela aberta.

— Então não era tão chato o seu lugar — ponderou um dos papais noéis.

— É o que você pensa — atalhou o que contava sua história. — Eu dava um azar desgraçado. Toda noite ela se despia com a janela aberta, mas na hora em que ia ficar pelada, o vento me virava de costas.

Zulmira e o poeta

A velha ermitã está danada com a bisbilhotice minha, que aliás foi motivada por bisbilhotice maior, do coleguinha Paulo Mendes Campos. Deu-se que eu estava aqui posto em sossego, com a minha possante Telefunken ligada, a ouvir a "Sonata para violino em sol menor", de Claude Debussy, na execução de Arthur Grumiaux, acompanhado ao piano por Istvan Hajdu, quando, ainda no primeiro movimento, isto é, o *allegro vivo*, tocou o telefone. Era o Paulinho Mendes Campos, que, logo de saída, veio com uma estranha pergunta:

— Onde estava sua Tia Zulmira em 1911?

Fiz um esforço de memória e respondi:

— Estava na Europa, ministrando um curso de francês na Sorbonne e era a vedete do Folies-Bergère.

Foi então que o Paulinho, do outro lado do fio, permitiu-se uma exclamação de regozijo e me perguntou se eu não achava muito estranha a coincidência, pois mais de uma vez, em seus poemas, o parnasiano Raimundo cita o nome de Zulmira. Aliás, devo explicar aos caros leitores que era uma velha cisma nossa — minha e do Mendes Campos — achar que a sábia senhora foi cacho do poeta das pombas.

Claro que Tia Zulmira sempre negou o fato, quando cuidadosamente inquirida pelo sobrinho dileto, mas nem por isso nossa cisma diminuiu. É só dar uma passada na obra de Raimundo Correia para reparar que há versos e mais versos que só podiam ser inspirados pela ermitã boca-do-matense. Senão, vejamos: em "Sonho turco", o poeta mete lá:

Mulheres e cavalos com fartura,
Bons cavalos e esplêndidas mulheres.

Isso só pode ser coisa da velha, que nunca escondeu amar nos homens os exageros amorosos. No mesmo poema, inclusive, há outro verso que cheira a coisa de titia:

Como polígamo e amoroso galo
A asa arrastando a inúmeras esposas
Nem sabe qual prefira.

É verdade que, na biografia de Zulmira, Raimundo Correia não aparece como um dos seus maridos legais (legais no sentido jurídico da palavra, pois de vários Tia Zulmira tem queixas quanto ao principal), mas já não parece haver dúvida quanto a um caso havido entre os dois, provavelmente num recanto qualquer da Europa: na alegre Paris, na austera Londres, ou na sossegada Amsterdão.

Vejam esta passagem:

Que, das três coisas, uma só nos basta:
— Tocar viola, fumar cachimbo ou dormir.

E aquele, ainda: "São fidalgos que voltam da caçada" (verso que Zulmira costuma evocar, quando vê os grã-finos bêbados, voltando do Sacha's). Ou este outro: "Que o amor não é completamente cego". Ainda mais este: "Que aos tristes o menor prazer assusta".

Todo esse material foi colhido pelo Paulinho para me convencer que Tia Zulmira realmente influenciou Raimundo Correia. Mas agora vinha com a prova definitiva. Pigarreou no telefone e falou:

— Vou te recitar um soneto de Raimundo Correia que acabo de descobrir num livro dele. Tua cara vai cair, companheiro. E lascou esta preciosidade:

Quando Zulmira se casou... Zulmira
Era o mimo, a frescura, a mocidade;
— Lânguido gesto, estranha suavidade
Na voz — soluço de inefável lira;

Um candor, que não há quem não prefira
A tudo, e esse ar de angélica bondade,
Que embelece a mulher, mesmo na idade
Em que, esquiva, a beleza se retira...

Não sei por que chorando toda a gente,
Quando Zulmira se casou, estava:
Belo era o noivo... que razões havia?

A mãe e a irmã choravam tristemente;
Só o pai de Zulmira não chorava...
E era o pai, afinal, quem mais sofria!

Ora, isto é mais definitivo ainda quando se sabe que o pai de titia tinha nela a filha favorita e também quando se sabe que Yayá (irmã de Zulmira) e Vovó Eponina (sua mãe) eram duas manteigas derretidas. Agradeci ao Paulinho a descoberta do soneto. Desliguei o telefone e liguei para Tia Zulmira, recitando-o para ela. Titia ficou muda do lado de lá e se traiu para sempre quando, a uma insinuação minha de que tivera um troço com o "poeta das pombas", exclamou irritada:

— Ele não era tão das pombas assim como se propala.

Prova falsa

— Quem teve a ideia foi o padrinho da caçula — ele me conta. Trouxe o cachorro de presente e logo a família inteira se apaixonou pelo bicho. Ele até que não é contra isso de se ter um animalzinho em casa, desde que seja obediente e com um mínimo de educação.

— Mas o cachorro era um chato — desabafou.

Desses cachorrinhos de caça, cheios de nhe-nhe-nhem, que comem comidinha especial, precisam de muitos cuidados, enfim, um chato de galocha. E, como se isto não bastasse, implicava com o dono da casa.

— Vivia de rabo abanando para todo mundo, mas quando eu entrava em casa vinha logo com aquele latido fininho e antipático, de cachorro de francesa.

Ainda por cima era puxa-saco. Lembrava certos políticos da oposição, que espinafram o ministro, mas quando estão com o ministro ficam mais por baixo que tapete de porão. Quando cruzavam num corredor ou qualquer outra dependência da casa, o desgraçado rosnava ameaçador, mas quando a patroa estava perto abanava o rabinho, fingindo-se seu amigo.

— Quando eu reclamava, dizendo que o cachorro era um cínico, minha mulher brigava comigo, dizendo que nunca houve cachorro fingido e eu é que implicava com o "pobrezinho".

Num rápido balanço poderia assinalar: o cachorro comeu oito meias suas, roeu a manga de um paletó de casimira inglesa, rasgara diversos livros, não podia ver um pé de sapato que arrastava para locais incríveis. A vida lá em sua casa estava se tornando insuportável. Estava vendo a hora em que se desquitava por causa daquele bicho cretino. Tentou mandá-lo embora umas vinte vezes e era uma choradeira das crianças e uma espinafração da mulher.

— Você é um desalmado — disse ela, uma vez.

Venceu a guerra fria com o cachorro graças à má educação do adversário. O cãozinho começou a fazer pipi onde não devia. Várias vezes exemplado, prosseguiu no feio vício. Fez diversas vezes no tapete da sala. Fez duas na boneca da filha maior. Quatro ou cinco vezes fez nos brinquedos da caçula. E tudo culminou com o pipi que fez em cima do vestido novo de sua mulher.

— Aí mandaram o cachorro embora? — perguntei.

— Mandaram. Mas eu fiz questão de dá-lo de presente a um amigo que adora cachorros. Ele está levando um vidão em sua nova residência.

— Ué... mas você não o detestava? Como é que ainda arranjou essa sopa pra ele?

— Problema de consciência — explicou. — O pipi não era dele.

E suspirou cheio de remorso.

O hábito faz o amante

Ele trabalhava num horário meio esquisito. Entrava na redação do jornal às seis da tarde e largava aí por volta das dez da noite. Mas, por causa da outra, dizia à esposa que ficava lá embaixo, nas oficinas, fazendo revisão da matéria até as quatro da madrugada. Assim, quando eram mais ou menos onze horas, estava chegando à casa da outra, onde fazia uma refeição ligeira e ficava até umas quatro ou quatro e meia da manhã.

O perigo era dormir demais. Esta possibilidade o trazia sempre apavorado. Sente o drama, vá! Se dormisse direto acordaria já de dia e não teria explicação nenhuma para dar à esposa, que já implicava às pampas com seu horário de trabalho. Depois, sabem como é, caranguejo velho não sai da toca com maré baixa. Se desse margem para a esposa ficar mais descontente ainda, acabava tendo que largar a boca rica.

E era aquele drama de sempre. Chegava na casa da outra, aquele papinho e coisa e tal, um drinquezinho de vez em quando e o resto da noite era de sobressaltos, com o medo de dormir e perder a hora.

Até que, naquela noite, não foi. Deu-se que a outra ia ser operada. Coisa sem importância. Um quistozinho, mas que precisava ser extirpado. A outra dormiria de véspera no hospital, acompanhada de uma irmã. E ele, quando acabou o serviço na redação, resolveu ir para casa direto. Diria à esposa que sentira uma tonteira e pedira para sair mais cedo.

Foi o que fez. Chegou, beijou, desculpou-se e foi dormir. Até houve o detalhe: antes de adormecer pensou que, afinal, ia poder dormir bastante. Mas o homem põe e Deus dispõe. Dormiu direto mas, aí pelas oito da manhã, o sol começou a bater no seu rosto. Foi esquentando, esquentando e... de repente, ele acordou estremunhado, olhou para a janela, viu aquela bruta luz e levantou-se de um salto. Na sua mente só passava a ideia de que perdera a hora de voltar para casa. Estava enfiando as calças, quando a esposa acordou também e perguntou:

— Mas o que é isso???

Só então caiu em si. Mas já era tarde. Não havia explicação cabível. Disse apenas que precisava fazer um negócio qualquer na cidade e foi se sentar num banco da praça, para fazer hora.

Testemunha tranquila

O camarada chegou assim com ar suspeito, olhou pros lados e — como não parecia ter ninguém por perto — forçou a porta do apartamento e entrou. Eu estava parado olhando, para ver no que ia dar aquilo. Na verdade eu estava vendo nitidamente toda a cena e senti que o camarada era um mau-caráter.

E foi batata. Entrou no apartamento e olhou em volta. Penumbra total. Caminhou até o telefone e desligou com cuidado, na certa para que o aparelho não tocasse enquanto ele estivesse ali. "Isto", pensei, "é porque ele não quer que ninguém note a sua presença: logo, só pode ser um ladrão, ou coisa assim."

Mas não era. Se fosse ladrão estaria revistando as gavetas, mexendo em tudo, procurando coisas para levar. O cara — ao contrário — parecia morar perfeitamente no ambiente, pois mesmo na penumbra se orientou muito bem e andou desembaraçado até uma poltrona, onde sentou e ficou quieto.

"Pior que ladrão. Esse cara deve ser um assassino e está esperando alguém chegar para matar", tornei eu a pensar, e me lembro (inclusive) que cheguei a suspirar aliviado por não conhecer o homem e — portanto — ser difícil que ele estivesse esperando por mim. Pensamento bobo, de resto, pois eu não tinha nada a ver com aquilo.

De repente ele se retesou na cadeira. Passos no corredor. Os passos, ou melhor, a pessoa que dava os passos parou em frente à porta do apartamento. O detalhe era visível pela réstia de luz, que vinha por baixo da porta.

Som de chave na fechadura e a porta se abriu lentamente e logo a silhueta de uma mulher se desenhou contra a luz. "Bonita ou feia?", pensei eu. Pois era uma graça, meus caros. Quando ela acendeu a luz da sala é que eu pude ver. Era boa às pampas.

Quando viu o cara na poltrona ainda tentou recuar, mas ele avançou e fechou a porta com um pontapé... e eu ali olhando. Fechou a porta, caminhou em direção à bonitinha e pataco!... tacou-lhe a primeira bolacha. Ela estremeceu nos alicerces e pimpa!... tacou outra.

Os caros leitores perguntarão:

— E você? Assistindo àquilo tudo sem tomar uma atitude? — A pergunta é razoável. Eu tomei uma atitude, realmente. Desliguei a televisão, a imagem dos dois desapareceu e eu fui dormir.

Quem não tem cão...

Alegria, o comediante, mora num desses edifícios de duzentos apartamentos por andar, alguns dos quais sublocados. Alegria mora no 904 e não leva mais de dez segundos para descrever sua residência:

— Tem um banheiro onde eu tomo banho (e faço o resto, naturalmente), mas que não dá para eu me enxugar, por falta de espaço. A outra peça é um quarto pequenino com uma bruta janela para o abismo. Enfim, apartamento ótimo para suicídio.

Noutro dia estava o Alegria deitado na sua cama-sofá, mais sofá do que cama, pois ele tem pouco tempo para dormir, olhando pela janela o céu lá fora, onde um urubu fazia evoluções, como a zombar da altura dos prédios modernos e do espaço que seus construtores reservam para quem os financia, e Alegria estava a invejar o urubu, quando a campainha tocou. Alegria levantou-se, entrou de perfil no corredor (porque de frente não dá para trafegar no dito) e foi abrir a porta. Era um português.

Infelizmente o português não estava sozinho: vinha em companhia de um caixão de defunto. E explicou que estava ali a encomenda. Que encomenda?

— O caixão que encomendaram aqui neste endereço. — E mostrou o papelzinho, onde se podia ler o endereço do Alegria.

— Eu não encomendei ainda o meu caixão — explicou o comediante. — Deve ser engano.

— Cavalheiro — começou o português. — Ninguém encomenda o próprio caixão. O senhor deve tê-lo encomendado para outra pessoa. A sua mãezinha, talvez — experimentou, tentando avivar a memória do Alegria.

— Minha mãe vai bem obrigado e eu moro sozinho, logo eu não encomendei caixão nenhum. O senhor já verificou noutros apartamentos?

— Cavalheiro — tornou a se explicar o portuga —, este prédio tem mais cômodos que o Palácio de Versalhes — o português era versado em história universal — e eu não posso estar de porta em porta, com um caixão de defunto debaixo do braço. O endereço que está aqui é seu, o caixão já está pago. Com licença... — e já ia se mandando.

— Um momento. O senhor não vai deixar isso aí na minha porta.

— Se o senhor quiser eu ajudo a botar aí dentro.

— Mas aqui não cabe mais nem minha saudade — confessou Alegria.

— Que tal no banheiro? — propôs o lusitano, querendo ajudar.

— Meu amigo, você não conhece o meu banheiro. Eu escovo os dentes com as axilas apertadas, para não dar com o cotovelo na parede.

— "Antão" o jeito é deitarmos o caixão aí no seu corredorzito.

E foi o jeito. Agora, além da cama-sofá, Alegria possui mais um móvel em sua residência: um caixão-bar, onde guarda algumas garrafas de vinho Precioso, que lhe deram no Natal e ele ainda não teve ocasião de beber, por falta do que comemorar.

Escritor realista

O escritor novo, moderninho, todo bossa-nova, em busca de uma nova maneira de enviar sua mensagem ao leitor, o escritor cheio daquela doença atual de querer complicar o óbvio, sentou à frente de sua máquina de escrever disposto a iniciar um romance que iria revolucionar a técnica literária e o estilo do romance no Brasil.

Colocou um papel branquinho na máquina e respirou profundamente. Sentia-se que o escritor novo estava às margens da criação genial. Sentia-se que aquele era um momento decisivo da história da literatura ocidental, como mais tarde julgaria Otto Maria Carpeaux.

O escritor novo que buscava a suprema originalidade olhou com ar superior para o papel branco à sua frente e começou a escrever: "João atravessou o relvado em direção a Maria, que corria para ele, de braços abertos. Enlaçou-a e disse...".

Aí o escritor novo parou um instante para pensar. Não lhe vinha de imediato a frase certa, definida, escorreita, que botaria na boca de seu personagem João. Acendeu um cigarro e ficou pensando um pouquinho.

Resolveu não forçar a barra. A inspiração teria que vir espontânea. Levantou-se, foi até a janela, espiou lá embaixo a plebe ignara que passava inocente, sem perceber que ali estava a espiá-la um grande escritor. Ficou ainda um pouquinho a respirar o ar fresco da tarde. Depois voltou à máquina, releu o que escrevera mas não sentiu — mais uma vez — as palavras brotarem em sua mente para chegar ao papel.

O escritor foi até o banheiro, molhou um pouco a fronte com água fria e voltou para sua cadeira. Releu o que escrevera: "João atravessou o relvado em direção a Maria, que corria para ele, de braços abertos. Enlaçou-a e disse…".

Aí o escritor parara, sem achar a expressão certa, mas naquele momento ela lhe aflorava no cérebro, felizmente. E o escritor novo, moderninho e preocupado em ser diferente sorriu, para depois escrever:

"Eu te amo."

Flagrante nº 2

Mais um flagrantezinho carioca, desta vez colhido pelo ator Milton Moraes, que comprou cigarro num botequim da rua Alcindo Guanabara, e ficou espiando um gari que, de imensas luvas e não menos avantajada vassoura, varria sumariamente a calçada. O que chamou a atenção de Milton foi o estado deplorável do gari: estava impressionantemente empoeirado e parecia que um monte de carvão se abatera sobre sua cabeça.

Apesar disso, assoviava um sambinha, prazenteiramente, e mexia com as mocinhas que transitavam pelo local. Veio uma moreninha mais ou menos e ele, parando de assoviar, falou:

— Como é, bonitinha… vamos a um cinema aí?

A moça nem olhou e foi em frente. O gari não se deu por achado, voltou a assoviar e a varrer. Foi quando apareceu uma lourinha das mais apetecíveis. Veio vindo e passou pertinho do gari, que parou de varrer, pigarreou e falou:

— Era uma coisa assim que minha mãe gostaria de ter como nora!

Aí Milton Moraes se chateou com a presunção do gari e chamou-lhe a atenção, perguntando se ele pensava mesmo que uma daquelas mulheres ia querer alguma coisa, encontrando-se ele naquele estado de sujeira. Resposta do gari:

— Vai ser difícil, doutor. Mas "as veis" uma delas pode ser tarada.

P.F.R.

Lá vinha eu ladeira abaixo, comendo minhas goiabinhas, quando ele se chegou com a mão estendida e um tom suplicante na voz. Não chega a ser um mendigo, mas anda desempregado e vivendo de pequenas facadas nos amigos:

— Seu Tanislau — ele me chama de Tanislau —, será que o senhor não podia me arrumar um dinheirinho para eu poder comprar um bolo?

— Mas bolo por quê? Não pode ser pão?

Poder, podia, mas é que era o aniversário dele. Rachei as goiabinhas que me sobravam com o infeliz amigo e resolvi levá--lo para almoçar ali por perto mesmo. Ele me disse que havia P.F.R. (prato feito reforçado) bastante razoável na outra esquina. Fomos. Chegamos à porta, pedimos licença às moscas que, muito gentis, abriram caminho para nos deixar entrar, e sentamos.

— Traz o prato do dia — pediu ele ao garçom. Este sorriu e explicou que àquela hora não tinha mais disso. O prato do dia só durava meia hora no menu. Vinha faminto de todo lado, para comer.

— Então traz o macarrão — tornou a pedir o meu amigo.

E enquanto o garçom foi buscar, ele começou a conversar sobre comida. Primeiro me explicou que, do jeito que a coisa vai, pobre tende a desaparecer. Para comer comida de pobre, hoje em dia, o sujeito tem de ser rico. Aquele prato do dia, por exemplo, era uma pedida razoável, mas acabava logo e não dava pra todos, o que se justificava pelo preço barato e pela quantidade de galinha que vinha, misturada no arroz.

— Ué, mas vem tanta galinha assim? — estranhei, pois galinha anda mais cara que mulher.

Ele fez sinal com a cabeça que sim. Vinha bastante galinha, mas era muito perigoso comê-la, pois o dono do restaurante era pródigo em galináceo no arroz porque comprava a penosa muito mais barato, na feira.

— E compra mais barato por quê?

— Porque ele só compra as que estão mortas dentro do engradado dos feirantes.

Roeu um pedaço do pão e pôs-se a desenhar os horrores da crise. Noutro dia resolvera tomar uma sopa muito boa, que tinha ali num frege de Botafogo. Foi a pé, gastando o resto do salto da derradeira botina, e antes não tivesse ido.

— Por quê? A sopa não é mais a mesma?

— É nada. Tinha uma alface boiando, eu ainda passei a colher por baixo, para ver se o entulho estava por baixo da folha, mas que nada. A folha boiava que só vendo.

Nessa altura o garçom trouxe o prato de macarrão. Era um prato mixuruca às pampas e estava longe dos transbordantes pratos de macarronada da belle époque culinária. Ele, para dar um exemplo definitivo de que a crise é tártara, apontou para o prato e falou:

— Tá vendo só??? Pois este prato antigamente custava cinquenta pratas e vinha mais cheio que trem de subúrbio. Agora custa duzentos cruzeiros e o macarrão vem contado e curtinho.

Tão curtinho que já não dá mais pé pra gente churupitar o bruto, como eu gostava tanto de fazer.

E, ante meu espanto, provou:

— Vou contar e você vai ver que tem cinquenta fios de macarrão aqui dentro.

Contou e — realmente — tinha cinquenta. Aí ele suspirou e murmurou, num sussurro:

— Quando eles começam a contar fio de macarrão é porque a crise está brava.

Ladrões estilistas

São tantas as queixas dos gerentes de lojas contra roubos em suas vitrinas e balcões, que a polícia já conhece as diversas modalidades de pilhagem. Além dos cleptomaníacos, que roubam pela aventura de roubar, pela sensação de estar passando os outros para trás, o que Freud explica na página 4 do seu substancioso manual, há o ladrão mesmo, o profissional do roubo, que se especializa num estilo de roubo e vai de loja em loja, fazendo a féria. No Rio de Janeiro, ultimamente, a incidência da pilhagem em lojas elegantes e grandes magazines cresceu, razão pela qual os repórteres se apresentaram naquela loja para fazer uma reportagem sobre o assunto.

Era uma loja que já tinha sido vítima de diversos roubos e o gerente estava mesmo disposto a contratar um detetive particular, para apanhar o ladrão em ação. Era — aliás — sobre esta disposição que o gerente falava com o repórter, enquanto o fotógrafo batia uma ou outra chapa da mercadoria exposta na loja. O gerente — como a polícia — sabia direitinho como os ratos de loja funcionam. E se orgulhava de sua erudição a respeito.

— Você compreende — dizia ele ao repórter —, a minha experiência levou-me a ser mais sabido do que a polícia nesta questão — e fez um ar superior.

— Interessante — disse o repórter.

Sentindo-se com plateia, o gerente prosseguiu. Há o assalto boçal, do oportunista, que fica de olho, quando um caminhão da firma está descarregando mercadoria. Ao menor descuido, apanha um objeto qualquer e sai correndo. Mas este é o ladrão barato, sem estilo, e sem classe. A loja era a vítima mais contumaz dos estilistas.

— Mas cada ladrão tem seu estilo? — estranhou o repórter.

— Claro — exclamou o gerente, tomando ares de professor.

Há o suposto freguês que entra, apanha uma mercadoria qualquer, como se fosse comprá-la, e leva-a a um dos caixeiros distraídos. Explica que comprara aquilo na véspera, mas que não ficara a seu gosto e desejava trocar. O caixeiro, ingenuamente, recebe a mercadoria e entrega ao ladrão, de mão beijada, uma outra.

Há o que se aproveita dos momentos em que a loja está semivazia. Se o caixeiro está só, ele entra, escolhe o que vai comprar e que — de antemão — já sabe que está lá dentro. E quando o empregado vai lá dentro buscar o que o "freguês" deseja, este se aproveita e foge com outra mercadoria debaixo do braço.

O repórter anotou mais esta e o gerente contou outra. Para o roubo de objetos pequenos, que se costuma expor sobre os balcões, os ladrões preferem agir com valise de fundo falso.

— Como é isso? — quis saber o repórter, depois de pedir ao fotógrafo que batesse uma foto do gerente. Este posou napoleonicamente e explicou:

— A valise de fundo falso é simples. Não tem fundo. O ladrão entra, coloca a valise sobre o objeto que deseja roubar. Quando levanta a valise o fundo falso já correu e deixou o objeto lá dentro, e ele o carrega consigo sem ser molestado.

Este processo, aliás, lembra um outro, o dos que usam paletó frouxo, ou capa de chuva. Entram na loja e ficam examinando os mostruários. Quando notam que a oportunidade é boa, enfiam alguma coisa por dentro do paletó ou da capa. É um movimento rápido, difícil de ser pressentido pelos empregados.

— Puxa — admirou-se o repórter —, mas existe uma infinidade de golpes, hein?

— E estes são os golpes dos ladrões que agem sozinhos. Há os ladrões que agem em grupo ou mesmo em dupla. Vem um, apanha uma porção de coisas como se fosse comprar e passa para o companheiro, que desaparece sem ser incomodado. Quando os empregados reparam que as mercadorias sumiram, o cínico limita-se a ordenar que o revistem.

— Impressionante — lascou o repórter, tomando os últimos apontamentos. E depois pediu: — Posso dar um telefonemazinho?

— Pois não — concordou o gerente. E mostrou onde era.

— Vem comigo, Raimundo — pediu o repórter ao fotógrafo e este, carregando as maletas das máquinas fotográficas, seguiu-o.

Passavam-se vários minutos e nem fotógrafo nem repórter voltavam lá de dentro. O gerente foi espiar e encontrou um bilhetinho perto do telefone, que dizia: "Meu compadre: e o golpe de um fingir que é repórter enquanto o outro, fingindo que é fotógrafo, vai enchendo a mala com mercadorias à mão, o senhor conhecia?".

Celinha convite

A mocinha, muito da gostosinha, estava jogando frescobol na beira da praia, sob os olhares cobiçosos da plebe ignara (ala masculina). Ela era dessas de fazer motorista de coletivo respeitar sinal e muito desinibida nem dava bola para o êxito que seu corpo moreno e quase pelado, apenas coberto por precário biquíni (desses que parecem feitos com o pano aproveitado de duas gravatas-borboletas), fazia junto à moçada.

Foi quando um dos frequentadores do local explicou para os outros:

— Essa daí é a Celinha Convite.

— Convite??? — estranhou o filho de d. Dulce, que também olhava para a anatomia da moça, embora com aquela discrição que é faceta marcante em minha exuberante personalidade.

O informante esclareceu:

— Sim, Celinha Convite.

— E Convite é nome de família?

Não, não era. Celinha ficou sendo Celinha Convite depois do último Carnaval. Antes era Celinha Pereira. Mas acontece que na época do Carnaval, Celinha destacou uma jogada que ficou célebre. E contou a história.

— Nos dias que antecederam o baile do Copacabana Palace, cujo convite custava uma nota alta, Celinha, talvez com esse mesmo biquíni que a despe agora, foi para a piscina do hotel e ficou por ali, onde havia mais paulista rico do que cará no brejo. De vez em quando um paulista se aproximava e puxava conversa com Celinha. Como era tempo de Carnaval, a conversa acabava invariavelmente com este assunto. Era a ocasião em que Celinha dizia que adoraria ir ao baile do Copacabana, mas que o convite era tão caro!!! E deixava umas reticências no ar. Ora, paulista, você sabe como é bonzinho, em época de Carnaval. O grã-fino providenciava logo um convite para Celinha, ali mesmo na piscina, cheio de esperanças de apanhar Celinha no baile. Para encurtar conversa: Celinha conseguiu bem uns vinte a trinta convites que depois, mesmo vendidos por preço especial aos seus conhecidos, renderam-lhe mais de duzentos contos.

— Interessante. E Celinha Convite foi ao baile com qual dos grã-finos?

— Com nenhum. Foi de máscara, com o namorado dela.

— Paulista?

— Não. Baiano.

Carta de broto

Querida Meg:

Ontem completei dezoito anos e foi bárbaro. Pena que você não estivesse aqui. Tinha rapazes ótimos e veio até o Billy, aquele que tem cabelo de bombril escorregando pela nuca e que você acha o fino.

Houve vários pifas com o uísque do velho, mas a culpa foi dele. Eu ia servir cuba-libre, mas o velho disse que era bebida subversiva; daí eu roubei algumas garrafas do uísque dele e os rapazes ficaram num fogo legal.

Sábado, no Black, o pessoal já tinha me homenageado e eu tive que dançar pachanga com o Ricardinho em cima da mesa. Quando acabei a turma fez uma aposta para saber de que cor era minha calcinha. Ganhou o Bob, mas também pudera! enquanto eu dancei ele ficou sentado no chão!

Você viu aí o filme de Paul Newman? Nojento de bom, não é? O Lilico é um pouco parecido com ele e eu... depois eu conto, quando você voltar. Outro filme que eu vi foi *Lawrence da Arábia*, com o Otávio, mas ele se empolgou pelo filme e ficou assistindo até o fim. É um bobo, sabe, Meg? Imagine que depois ele me trouxe de presente o livro de onde eles tiraram o argumento. Eu doida para ganhar o disco com a trilha sonora (minha nova vitrola estéreo é tártara) e ele me dá o livro de presente. Pra que é que eu quero um livro?

Quem anda podre de besta é Tininha, só porque está de caso com o cretino do Mauro. Este é outro podrérrimo, porque o pai é importante e tem uma CPI investigando ele.

O velho me deu o Karmanguia (será que se escreve assim?) e fiquei acesa pois o Volks já estava um lixo. Já imaginou a mamãezinha chegando no Castelinho de Karmanghia (talvez se escreva assim) vermelho com o Sandy do lado? Lembra-se do Sandy, o meu poodle? Está enorme e eu vou cruzá-lo com a Betiná, que também é pura e pertence àquele senhor gordo que mora aqui no prédio, no oitavo andar.

Aquele que nos deu carona até o Iate daquela vez, está lembrada? Ele agora anda ótimo e parou de dar em cima de mim.

Ah, sim, eu ia esquecendo. Vovó morreu quinta-feira passada. Estou tristíssima. Volte logo. Milhões de *kisses*. — Regininha.

A estranha passageira

— O senhor sabe? É a primeira vez que eu viajo de avião. Estou com zero hora de voo — e riu nervosinha, coitada.

Depois pediu que eu me sentasse ao seu lado, pois me achava muito calmo e isto iria fazer-lhe bem. Lá se ia a oportunidade de ler o romance policial que eu comprara no aeroporto, para me distrair na viagem. Suspirei e fiz o bacano respondendo que estava às suas ordens.

Madama entrou no avião sobraçando um monte de embrulhos, que segurava desajeitadamente. Gorda como era, custou a se encaixar na poltrona e arrumar todos aqueles pacotes. Depois não sabia como amarrar o cinto e eu tive que realizar essa operação em sua farta cintura.

Afinal estava ali pronta para viajar. Os outros passageiros estavam já se divertindo às minhas custas, a zombar do meu embaraço ante as perguntas que aquela senhora me fazia aos berros, como se estivesse em sua casa, entre pessoas íntimas. A coisa foi ficando ridícula:

— Para que esse saquinho aí? — foi a pergunta que fez, num tom de voz que parecia que ela estava no Rio e eu em São Paulo.

— É para a senhora usar em caso de necessidade — respondi baixinho.

Tenho certeza de que ninguém ouviu minha resposta, mas todos adivinharam qual foi, porque ela arregalou os olhos e exclamou:

— Uai... as necessidades neste saquinho? No avião não tem banheiro?

Alguns passageiros riram, outros — por fineza — fingiram ignorar o lamentável equívoco da incômoda passageira de primeira viagem. Mas ela era um azougue (embora com tantas carnes parecesse mais um açougue) e não parava de badalar. Olhava para trás, olhava para cima, mexia na poltrona e quase levou um tombo, quando puxou a alavanca e empurrou o encosto com força, caindo para trás e esparramando embrulhos para todos os lados.

O comandante já esquentara os motores e a aeronave estava parada, esperando ordens para ganhar a pista de decolagem. Percebi que minha vizinha de banco apertava os olhos e lia qualquer coisa. Logo veio a pergunta:

— Quem é essa tal de emergência que tem uma porta só pra ela?

Expliquei que emergência não era ninguém, a porta é que era de emergência, isto é, em caso de necessidade, saía-se por ela.

Madama sossegou e os outros passageiros já estavam conformados com o término do show. Mesmo os que mais se divertiam com ele resolveram abrir jornais, revistas ou se acomodarem para tirar uma pestana durante a viagem.

Foi quando madama deu o último vexame. Olhou pela janela (ela pedira para ficar do lado da janela para ver a paisagem) e gritou:

— Puxa vida!!!

Todos olharam para ela, inclusive eu. Madama apontou para a janela e disse:

— Olha lá embaixo.

Eu olhei. E ela acrescentou:

— Como nós estamos voando alto, moço. Olha só... o pessoal lá embaixo até parece formiga.

Suspirei e lasquei:

— Minha senhora, aquilo são formigas mesmo. O avião ainda não levantou voo.

A barba do falecido

Aconteceu em Jundiaí. Orozimbo Nunes estava passando mal e foi internado pela família no Hospital São Vicente de Paula, para tratamento. Orozimbo tem muitos parentes, é muito querido e tem uma filha que cuida dele. Foi a filha, aliás, que internou Orozimbo.

Anteontem telefonaram para a filha de Orozimbo Nunes. Era do hospital e a notícia dada foi lamentável. Orozimbo tinha abotoado o paletó — como dizem os irreverentes. Isto é, tinha posto o bloco na rua, como dizem os superirreverentes, comparando enterro a bloco carnavalesco. Enfim, Orozimbo tinha morrido. A filha de Orozimbo que fizesse o favor de aguardar, porque lá do hospital iam fazer o carreto, ou seja, iam mandar o defunto a domicílio.

A filha do extinto caiu em prantos e convocou os parentes. Conforme ficou dito acima, Orozimbo era muito querido. Veio parente da capital, veio parente de Minas, parente do Rio, enfim, Jundiaí ficou assim de parente de Orozimbo. As providências para o velório foram logo tomadas, gastou-se dinheiro, compraram-se flores. Estava um velório legal se não faltasse um detalhe: não havia defunto.

O corpo de Orozimbo não tinha chegado. A família ligou para o hospital e reclamou. Tinha saído no expresso-rabecão das seis — informaram. E, de fato, pouco depois Orozimbo (à sua revelia) chegava. Puseram o embrulho lá dentro, houve aquela choradeira regulamentar e, na hora de desembrulhar para preparar o cadáver, alguém notou que a barba de Orozimbo crescera.

— Ele estava tão doente que nem podia fazer a barba — comentou um dos que ajudavam, com a filha de Orozimbo, que esperava lá fora.

A filha estranhou a coisa. Entregara Orozimbo doente, é verdade, mas Orozimbo chegara ao hospital perfeitamente escanhoado e não dava tempo de a barba ter crescido assim tão depressa.

— A barba tá muito grande? — perguntou a filha de Orozimbo.

Estava. Estava que parecia barba de músico da Bossa Nova. Aí a moça desconfiou e foi conferir. Simplesmente não era Orozimbo. Tinham trocado as encomendas, e talvez naquele momento, outra família, noutro local, estivesse chorando o Orozimbo errado. Mais que depressa ligaram para o Hospital São Vicente de Paula e reclamaram contra a ineficácia do serviço de entregas rápidas.

Nova verificação, para se saber qual era o embaraço, e a

direção do eficiente nosocômio descobriu que Orozimbo nem sequer morrera. Não houvera uma troca de cadáveres, mas uma troca de fichas. O que morrera não era Orozimbo, era um barbadinho anônimo. Orozimbo estava lá, vivinho e, por sinal, passando muito melhor. Podia até ter alta, assim que desejasse.

Claro, parou a bronca, e a raiva contra o desleixo transformou-se em pungente alegria. A família foi buscar Orozimbo (depois de devolver o barbicha, naturalmente) e o contentamento foi geral, em receber de volta aquele que já fora pranteado por antecipação e para o qual já tinham feito aquela vasta despesa para o enterro. Não sei se é verdade, mas dizem que a família, em sinal de regozijo pela volta de Orozimbo e também para aproveitar o que sobrara das despesas, ofereceu aos amigos um velório dançante.

Testemunha ocular

Ele estava no aeroporto. Acabara de chegar e ia tomar o avião para o Rio. Sim, porque esta história aconteceu em São Paulo. Ele acabara de chegar no aeroporto, como ficou dito, quando viu um homem que se dirigia com passos largos, pisando duro, em direção à moça que estava ao seu lado, na fila para apanhar a confirmação de viagem. O sujeito chegou e não falou muito. Disse apenas:

— Sua ingrata. Não pense que vai fugir de mim assim, não — e no que disse isso, tacou a mão na mocinha. Essa não era tão mocinha assim, pois soltou um xingamento desses que não se leva para casa nem quando se mora em pensão. E lascou a bolsa na cara do homem. Os dois se atracaram no mais belo estilo vale-tudo e ele — que assistia de perto — tentou separar o belicoso casal. Houve o natural tumulto, veio gente, veio um guarda e a coisa acabou como acaba sempre: tudo no distrito.

Tudo no distrito, inclusive ele, que já ia tomar o avião, mas que teve de ir também, convocado pela autoridade na qualidade de testemunha ocular.

Em frente à mesa do comissário (um baixinho de bigode, doido para acabar com aquilo) o casal continuou discutindo e o homem mentiu, afirmando que fora agredido pela mulher. Ele — muito cônscio de sua condição de testemunha ocular — protestou:

— Não é verdade, seu comissário. Eu vi tudo. Foi ele que avançou para ela e deu um bofetão.

— CALE-SE!!! — berrou o comissário.

— Mas é que…

— CALE-SE!!! — tornou a berrar o distinto policial, com aquele tom educado das autoridades policiais.

Ele calou-se, já lamentando horrivelmente ter sido arrolado como testemunha ocular. Ficou calado, preferindo que todos se esquecessem de sua presença, e ia se dando muito bem com esta jogada até o momento em que a mulher que apanhara apontou para ele e disse para o comissário:

— Se esse cretino não se tivesse metido, não tinha acontecido nada disto.

— Eu??? — estranhou ele, apontando para o próprio peito.

— O senhor mesmo, seu intrometido.

— Mas foi ele quem a agrediu, minha senhora.

— Mentira — berrou o homem. — Eu apenas fui lá para impedir o embarque dela para a casa dos pais. Tivemos uma briguinha sem importância em casa e ela, coitadinha, que anda muito nervosa, quis voltar para a casa dos pais. — Dito isto, abraçou a mulher que pouco antes chamara de ingrata e premiara com uma bolacha. Ela se aconchegou no abraço, a sem-vergonha.

E ele ali, num misto de palhaço e testemunha ocular. Quis

apelar para o guarda que o trouxera, mas este já retornara ao posto. Estava a procurá-lo com um olhar circulante pela sala, quando ouviu o comissário mandando o casal embora.

— Tratem de fazer as pazes e não perturbar em público.

O casal agradeceu e saiu abraçado, tendo a mulher, ao virar-se, lhe lançado um olhar de profundo desprezo. E, quando os dois saíram, virou-se para o comissário e sorriu:

— Doutor, palavra de honra que eu...

Mas o comissário cortou-lhe a frase com um novo berro. Em seguida aconselhou-o a não se meter mais em encrencas por causa de briguinhas sem importância entre casais em lua de mel.

— Eu só vim aqui para ajudar — admitiu ele, com certa dignidade.

— CALE-SE!!! — berrou o comissário. — E some daqui antes que eu o prenda...

Não precisou ouvir segunda ordem. Apanhou a valise e saiu com ódio de si mesmo. "Bem feito", ia pensando, "que é que eu tinha que entrar nessa encrenca?" Entrou em casa chateado, ainda mais porque perdera o avião e a hora em que tinha de estar no Rio para assinar as escrituras com o corretor. Tratou de afrouxar o laço da gravata e pedir uma ligação interurbana, a fim de dar uma explicação ao patrão.

Somente no dia seguinte retornou ao aeroporto para fazer a viagem. Saiu de casa cedo e foi para a esquina apanhar um táxi. Foi quando houve o assalto. Ia passando por um café quando três sujeitos saíram lá de dentro, atirando a esmo, para abrir caminho. Ele — coitado — ficou entre os três, com a mão na cabeça sem saber se corria ou se encolhia. Os assaltantes entraram num carro que já os aguardava de motor ligado e sumiram no fim da rua. Logo acorreram pessoas de todos os lados, na base do que foi, do que não foi. Um guarda tentava saber o que acontecera, quando um senhor gordo, que parecia ser o dono do bar assaltado, apontou para ele e disse:

— Seu guarda, esse homem viu tudo. Os assaltantes passaram por ele.

O guarda se encaminhou para ele e perguntou:

— O senhor viu quando eles deram os tiros?

E ele, com a cara mais cínica do mundo:

— Tiros? Que tiros???

O boateiro

Esta historinha — evidentemente fictícia — corre em Recife, onde o número de boateiros, desde o movimento militar de 1º de abril, cresceu assustadoramente, embora Recife já fosse a cidade onde há mais boateiro em todo o Brasil, segundo o testemunho de vários pernambucanos hoje em badalações cariocas.

Diz que era um sujeito tão boateiro, que chegava a arrepiar. Onde houvesse um grupinho conversando, ele entrava na conversa e, em pouco tempo, estava informando: "já prenderam o novo presidente"; "na Bahia os comunistas estão incendiando as igrejas"; "mataram agorinha o cardeal", enfim, essas bossas. O boateiro encheu tanto, que um coronel resolveu dar-lhe uma lição. Mandou prender o sujeito e, no quartel, levou-o até um paredão, colocou um pelotão de fuzilamento na frente, vendou-lhe os olhos e berrou:

— Fogoooo!!! — Ouviu-se aquele barulho de tiros e o boateiro caiu desmaiado.

Sim, caiu desmaiado porque o coronel queria apenas dar-lhe um susto. Quando o boateiro acordou, na enfermaria do quartel, o coronel falou pra ele:

— Olhe, seu pilantra. Isto foi apenas para lhe dar uma lição. Fica espalhando mais boato idiota por aí, que eu lhe mando prender outra vez e aí não vou fuzilar com bala de festim, não.

Vai daí soltou o cara, que saiu meio escaldado pela rua e logo na primeira esquina encontrou uns conhecidos:

— Quais são as novidades? — perguntaram os conhecidos.

O boateiro olhou pros lados, tomou um ar de cumplicidade e disse baixinho:

— O nosso Exército está completamente sem munição.

Menino precoce

Diz que era um menino de uma precocidade extraordinária e vai daí a gente percebe logo que o menino era um chato, pois não existe nada mais chato que menino precoce e velho assanhado. Todos devemos viver as épocas condizentes com as nossas idades; do contrário, enchemos o próximo.

Mas deixemos de filosofias sutis e narremos: diz que o menino era tão precoce que nasceu falando. Quando o pai soube disso não acreditou. O pai não tinha ido à maternidade, no dia em que o filho nasceu, não só porque não precisava, como também porque tinha que apanhar uma erva com o Zé Luís de Magalhães Lins, para pagar a délivrance, que era quase o preço de um duplex, pois a mulher cismou de ir para a casa de saúde do Guilherme Romano.

Mas isto também não vem ao caso. O que importa é que o menino já nasceu falando. Quando o pai soube da novidade, correu à maternidade para ouvir o que tinha o menino a dizer. Chegou perto da incubadeira e o garoto logo se identificou com um "oba". O cara ficou assombrado e mais assombrado ficou quando o nenenzinho disse:

— Papai vai morrer às duas horas! — dito o quê, passou a chupar o bico da mamadeira e mais não disse nem lhe foi perguntado.

O cara voltou para casa inteiramente abilolado. Sem conter o nervosismo, não contou pra ninguém a previsão do menininho precoce, mas ficou remoendo aquilo. Dez e meia, onze, meio-dia... e o cara começou a suar frio. Uma da tarde, o cara já estava suando mais que o marcador de Pelé. Quando deu duas horas ele estava praticamente arrasado e quando passou da hora prevista um minuto ele começou a se sentir mais aliviado. E estava dando o seu primeiro suspiro, quando ouviu um barulho na casa do vizinho. Uma gritaria, uma choradeira. Correu para ver o que era: o dono da casa tinha acabado de falecer.

Cotado e boicotado

— Pode me dizer como está o dólar? — a pergunta me é feita várias vezes por dia. Às vezes ficam vários dias sem perguntar, talvez porque o serviço telefônico carioca, milagrosamente, pois é uma droga, esteja funcionando melhor. Mas, passados esses dias de folga, começa de novo:

— Por favor... o dólar como está?

Eu não tenho culpa se o número do meu telefone seja parecido com o da filial da casa de câmbio Bordallo Brenha, de Copacabana. Eu não tenho a culpa mas tenho as consequências. Como tem gente querendo saber como está o dólar, meus camaradinhas!

E não adianta explicar que o telefone não é este, porque a

pessoa que quer saber o preço do dólar é sempre uma pessoa aflita, que desliga de mau humor, ou é uma pessoa estrangeira, que eu não sei se está de bom ou mau humor, mas que eu sei que não entende direito a minha explicação e insiste:

— Senhórr... eu apenas querrer saber qual a preço da dólar...

Quase sempre o perguntador ou perguntadora é judeu. A estatística não é minha. É do comediante Groucho Marx, que também é judeu, e foi quem sentenciou: "Em cada dez pessoas que querem saber o câmbio de moedas, nove são judias". Vocês não imaginam como Groucho Marx tem razão. Virou mexeu, o telefone toca e uma voz, cheia de erres e de erros, pergunta:

— Fávor senhórr... a dólar, por fávor.

O jeito é partir para a galhofa e não deixar que eles me roubem a paciência. Ao contrário, eu é que começo a me divertir com os ávidos do câmbio. Agora mesmo foi uma brasileira (coisa rara):

— Como é que está o dólar, por favor?

— Está passando melhor, minha senhora. Durante a noite a dor aumentou, mas já tomou um comprimido e está mais calmo.

Madama solta um palavrão e desliga. Pouco me importa. Eu é que não vou ficar doido por causa do dólar. Isto é problema que ameaça o ministro da Fazenda.

Tocou de novo:

— Alô. O dólar, por favor.

— Saiu, meu bem. Foi ao dentista.

Não sei se você se lembra

Então, não sei se você se lembra, nos veio aquela vontade súbita de comer siris. Havia anos que nós não comíamos siris e a vontade surgiu de uma conversa sobre os almoços de antigamente. Lembro-me bem — e não sei se você se lembra — de que o primeiro a ter vontade de comer siris fui eu, mas que você aderiu logo a ela, com aquele entusiasmo que lhe é peculiar, sempre que se trata de comida ou de mulher.

Então, não sei se você se lembra, começamos a rememorar os lugares onde se poderia encontrar uma boa batelada de siris, para se comprar, cozinhar num panelão e ficar comendo de mãos meladas, chão cheio de cascas do delicioso crustáceo e mais uma cervejinha para rebater de vez em quando. E só de pensar nisso a gente deixou pra lá a vontade pura e simples e passou a ter necessidade premente de comer siris.

Então, não sei se você se lembra, telefonamos para o Raimundo, que era o campeão brasileiro de siris e, noutros tempos, dava famosos festivais do apetitoso bicho em sua casa. Ele disse que, aos domingos, perto do Maracanã, havia um botequim que servia siris maravilhosos, ao cair da tarde. Não sei se você se lembra que ele frisou serem aqueles os melhores siris do Rio, como também os únicos em disponibilidade, numa época em que o siri anda vasqueiro e só é vendido naquelas insípidas casquinhas.

Ah… foi uma alegria saber que era domingo e havia siris comíveis e, então, nós dois — não sei se você se lembra — apesar da fome que o uisquinho estava nos dando — resolvemos não almoçar para ficar com mais vontade ainda de comer siris. Passamos incólumes pela refeição, enquanto o resto do pessoal entrava firme num feijão que cheirava a coisa divina do céu dos glutões. O pessoal — aliás — achava que era um exagero nosso, guardar boca para um siri que só comeríamos à tarde, porque podíamos perfeitamente ter preparo estomacal para eles, após o almoço.

Mas — não sei se você se lembra — fomos de uma fidelidade espartana aos siris. Saímos para o futebol com uma fome impressionante e passamos o jogo todo a pensar nos siris que comeríamos ao sair do Maracanã.

Então — não sei se você se lembra — saímos dali como dois monges tibetanos a caminho da redenção e chegamos no tal botequim. Então — não sei se você se lembra — a gente chegou e o homem do botequim disse que o siri já tinha acabado.

Choro, vela e cachaça

Enterro de pobre tem sempre cachaça. É para ajudar a velar pelo falecido. Sabem como é: pobre só tem amigo pobre e, portanto, é preciso haver um incentivo qualquer para a turma subnutrida poder aguentar a noite inteira com o ar compungido que o extinto merece.

Enfim, a cachacinha é inevitável, seja numa favela carioca, seja num bairro pobre da cidade do interior. Agora mesmo, em Minas, me contaram, morreu um tio de um tal de Belarmino. Houve velório com a melhor cachaça daquelas bandas, uma chamada Suor de Virgem. Quando um desgraçado que não tinha sido convidado pro velório do tio de Belarmino soube que fora servida a cachaça Suor de Virgem, saiu em procura do sobrinho do extinto e, ao encontrá-lo, lascou a ameaça:

— Belarmino, eu soube que tinha Suor de Virgem no velório de seu tio e você não me convidou. Mas num há de ser nada. Faço fé em Deus que inda morra alguém na minha família, que é pra eu gastar um desperdício de Suor de Virgem e num convidar safado nenhum da sua.

São fatos como os citados que provam a importância da cachaça nas exéquias de quem morre teso, embora — às vezes — a cachaça, ao invés de ajudar, atrapalhe.

222

Foi o que aconteceu agora em Ubá, MG, terra do grande Ary Barroso. Morreu lá um tal de Sô Nicolino, numa indigência que eu vou te contar. Segundo o telegrama vindo de Ubá, alguns amigos de Sô Nicolino compraram um caixão e algumas garrafas de canjebrina, levando tudo para o velório. Passaram a noite velando o morto e entornando a cachaça. De manhã, na hora do enterro, fecharam o caixão e foram para o cemitério, num cortejo meio ziguezagueado e num compasso mais de rancho que de féretro. Mas — bem ou mal — lá chegaram, lá abriram a cova e lá enterraram o caixão.

Depois voltaram até a casa do morto, na esperança de ter sobrado alguma cachacinha no fundo da garrafa. Levaram, então, a maior espinafração da vizinha do pranteado Sô Nicolino. É que os bêbados fecharam o caixão, foram lá enterrar, mas esqueceram o falecido em cima da mesa.

Militarização

Sonhou a noite inteira. Pesadelos tremendos, pesadelo com dragão, caída em abismos profundos, estas bossas. Bem que a mulher avisou que não devia comer salsicha no jantar. Se havia duas coisas que não combinavam era salsicha e seu estômago.

Quando comia salsicha no almoço, sentia que a distinta passava o dia inteiro no estômago, agora vocês façam uma ideia do que acontecia quando comia salsicha e ia dormir. Os pesadelos vinham um atrás do outro. Acordava suado, a tremer de medo. Era obrigado a levantar-se várias vezes durante a noite, tomar antiácidos.

Desta vez a salsicha levou-o a um estranho sonho. Talvez ande muito preocupado com a revolução, não sei. O fato é que, depois de uma das muitas vezes em que se levantou agitado, tornou a deitar e dormiu para sonhar que não havia mais emprego civil no país. Eram todos militares: os chefes de serviços nas repartições, os presidentes de autarquia, os ocupantes de cargos públicos. Mas isto era o de menos; em seu pesadelo percebia que todos eram militares: a orquestra da boate era uma banda militar, o porteiro do restaurante era um general, o homem do elevador era um capitão e assim por diante.

De repente, mesmo dormindo, deu uma gargalhada. A mulher sacudiu-o para acordar, pensando que ele tinha ficado maluco. Acordou e contou o estranho sonho à mulher:

— Todo mundo era militar — explicou ele, ainda estremunhado.

— Mas você riu de quê? — quis saber a mulher.

— É que, no sonho, eu passei em frente de uma boate e tinha um cartaz na porta escrito: HOJE SENSACIONAL STRIPTEASE, COM O MAJOR PEREIRA.

DE *FEBEAPÁ 1*
(1966)

Por trás do biombo

O homem é atropelado na rua ou cai fulminado por um ataque cardíaco. Pode morrer de indigestão ou pode morrer de fome, não importa. Depois da morte todos são iguais e lá fica aquele corpo estirado no asfalto, logo cercado por duas velas acesas, que mãos piedosas e incógnitas providenciam com impressionante presteza.

O homem está morto e os curiosos o rodeiam, dividindo-se entre retardatários curiosos e prestativos informantes.

— Como é que foi, hem?

— Ele sentiu-se mal, coitado. Nós sentamos ele no meio-fio, mas ele acabou morrendo.

— Pobrezinho!

A nossa imperturbável e deficiente polícia se incumbe de amainar o espírito do próximo; o seu sentimento de solidariedade. O falecido pode morrer à hora que for que ficará estirado na calçada, exposto à curiosidade pública, porque as autoridades policiais só vão aparecer depois que o caso já caminhou para o perigoso terreno da galhofa e o falecido já goza da intimidade dos que passam. Já não há mais aquele amontoado de gente à sua volta; apenas um ou outro curioso se detém por um instante, espia e parte. Já queimaram as velas que iluminaram sua alma na subida aos céus; enfim, o defunto virou vaca. Um cara que tinha ido pra lá, pouco depois do momento fatal, e que estava voltando pra cá algumas horas mais tarde, vê o corpo espichado no chão e berra:

— Puxa… Ainda não fizeram o carreto desse boneco!

Os que ouvem acham graça. A presença da morte já é da intimidade de todos e todos aceitam o desrespeito com o sorriso desanuviador. No dia seguinte os jornais comentam o fato e terminam a notícia com as palavras de sempre: "O corpo do extinto ficou durante horas exposto à curiosidade pública, porque a perícia demorou a chegar".

Agora aparece o projeto do deputado Fioravante Fraga. Vejam que beleza! O projeto obriga as delegacias distritais a contarem permanentemente com um biombo, para esconder os que morrem nas vias públicas. Como se isso adiantasse. Se a polícia é que chega atrasada, tá na cara que se ela trouxer o biombo, este também chega atrasado, pombas! De qualquer maneira, o noticiário policial vai variar o final da notícia: "O corpo do extinto ficou durante horas exposto à curiosidade pública, porque a polícia demorou a chegar com o biombo".

"O general taí"

Genésio, quando houve aquela marcha de senhoras ricas com Deus pela família e etc., ficou a favor, principalmente do etc. Mesmo tendo recebido algumas benesses do governo que entrava pelo cano, Genésio aderiu à "redentora", mais por vocação do que por convicção (ele tinha — e ainda tem — um caráter muito adesivo). Porém, com tanto cocoroca aderindo, Genésio percebeu que estavam querendo salvar o Brasil depressa demais. Mesmo assim foi na onda.

Adaptou-se à nova ordem com impressionante facilidade e chegou a ser um dos mais positivos *dedos-duros* no ministério. Tudo que era colega que ele não gostava, ele apontou aos superiores como suspeitos. Naquele tempo — não sei se vocês se lembram — não era preciso nem dizer "de quê". Bastava apontar o cara como suspeito e pronto... tava feita a caveira do infeliz.

Com isso, Genésio conseguiu certo prestígio junto à administração e pegou umas estias, ganhando um dinheirinho extra. Quando veio a tal política financeira do dr. Campos,* foi dos primeiros a aplaudir a medida. Num desses coquetéis de gente bem, onde foi representando o diretor do departamento, aproveitou um hiato na conversa, para falar bem alto, a fim de ser ouvido pelo maior número possível de testemunhas:

— A política de contenção do dr. Roberto é simplesmente gloriosa! Breve até as classes menos favorecidas estarão aplaudindo a medida.

Todos ouviram e, como tava todo mundo com o traseiro encostado na cerca, naqueles dias (e muitos estão até hoje), ninguém contestou. Houve até um certo ambiente de admiração pelo Genésio, que nenhum dos grã-finos presentes sabia quem era, mas que, nem por isso, foi esnobado, pois podia ser algum coronel, enfim, essas bossas!

O que eu sei é que o Genésio deu o grande durante uns qua-

---

* Roberto Campos (1917-2001), ministro do Planejamento do governo Castello Branco.

tro ou cinco meses. Depois, como era um filho de jacaré com cobra-d'água, caiu de novo no seu chatíssimo cotidiano e só ficou elogiando a "redentora" por vício ou talvez por causa de uma leve esperança de se arrumar ainda.

Mas teso é teso, é ou não é? O tempo foi passando e o boi sumiu; o leite é isso que se vê aí; o feijão anda tão caro que, noutro dia, num clube da ZN, promoveram um jogo de víspora marcando as pedras com caroço de feijão e foi aquela vergonha... alguém roubou os caroços todos para garantir o almoço do dia seguinte. Genésio começou a desconfiar que tinha entrado numa fria. Aquilo não era revolução pra quem vive de ordenado. Em casa, a mulher dava broncas ciclópicas, porque o ordenado mensal dele estava acabando mais depressa do que a semana.

Houve um dia em que botou sua bronca:

— Você é que não sabe fazer economia — disse para a mulher. — Pode deixar que eu vou fazer a feira.

Ah, rapaziada, pra quê! Genésio foi à feira e só via gente balançando a cabeça; todo mundo resmungando, dizendo coisas tais como "assim não é possível", "desse jeito é fogo", "como está não pode ser". Em menos de cinco minutos do tempo regulamentar, ele também estava praguejando mais que trocador de ônibus.

Voltou pra casa, arrasado. Daí por diante entrou pro time dos descontentes de souza. Só abria a boca para dizer que é um absurdo, onde é que nós vamos parar, o Brasil está à beira do abismo etc. Mesmo na repartição, onde era visto com suspeita pelos colegas, rasgou o jogo. No dia em que leu aquela entrevista do Borghoff,[*] dizendo que o povo devia comer galinha, porque boi é luxo, fez um verdadeiro comício, na porta do mictório do ministério, onde a cambada se reúne sempre para matar o trabalho.

---

[*] Guilherme Borghoff, secretário de Economia do governo Carlos Lacerda.

Foi aí que aconteceu: Estava em casa, deitado, lendo um X-9, quando a empregada chegou na porta. A empregada era dessas burríssimas, mas falou claro:

— Seu Genésio, tem um general aí querendo falar com o senhor!

Ficou mais branco que bunda de escandinavo! Meu Deus, iria em cana. Não pensou duas vezes. Arrumou uma valise, meteu dentro alguns objetos, uma calça velha e — felizmente morava no térreo — pulou pela janela e está até agora escondido no sítio do sogro, em Jacarepaguá.

O vendedor é que não entendeu nada. Tinha ido ali fazer uma demonstração do novo aspirador General Electric, falou com a empregada, ficou esperando na sala e — quando viu — o dono da casa estava pulando a janela, apavorado.

O paquera

Conheci o Batalha quando ele ainda era garoto. Aliás, todos os que foram meninos aqui no bairro conheceram o Batalha. Naquele tempo o bairro era calmo, os garotos unidos, havia espaço, era ótimo. O Batalha era um garoto legal, e só depois que foi crescendo é que foi ficando feio. Ao atingir a puberdade, o Batalha já era tão feio que — francamente — eu estava vendo a hora que ele ia acabar presidente da República.

Talvez tenha sido a feiura dele que o levou ao vício de espiar mulher de longe. Namorava à distância, sem que a moça soubesse de nada, para não estragar o namoro. Uma de suas primeiras experiências amorosas ensinou-lhe esse truque. Laurinha, que era muito bonitinha e muito senhora de sua beleza, que a secura da rapaziada exaltava às pampas, era, por isso mesmo, perversa como só ela. O Batalha namorou-a durante dois anos e, quando ela soube, desfez. Foi até tragicômico: alguém foi dizer pra ela que o Batalha falava pra todo mundo que namorava ela. Laurinha não conversou: telefonou pro Batalha e, no que ele disse "alô", ela lascou:

— Escuta aqui, seu nojento, se eu te pegar de novo me olhando com esse teu olhar de garoupa congelada, eu cuspo, tá bem? — e desligou o telefone e as esperanças do rapaz.

Talvez tenha sido desde aí que o Batalha aprendeu a apreciar mulher de longe. Depois de homem-feito e feio — definitivamente feio — já o bairro estava todo edificado na base de altos edifícios. Batalha especializou-se em espiar mulher da janela.

Foi quando se deu a história triste que ele me contou como, de resto, me contou esta última, pois sabe que eu não vou sair pela aí esparramando, como fizeram quando ele era paquera oficial da Laurinha. Deu-se, eu dizia, que o Batalha ficou tempos de olho numa mocinha que morava no prédio em frente. Um dia ele pegou e contou pra mim que ela não só já notara o interesse dele como também aderira. Ficava do lado de lá, muitas vezes, debruçada na janela, de olhar na sua direção. Ele achou, inclusive, que a mãe dela não fazia gosto porque, em dado momento, chegava para a mocinha, segurava-a pelo braço e levava lá pra dentro, estragando tudo. A mocinha era muito dócil, e ia.

Eu nem devia ter contado esse episódio, pois é muito triste, mas serve para ilustrar muito bem o caiporismo do Batalha. Na verdade, a mocinha não era dócil. Era cega, isto sim. E o Batalha só descobriu muito tempo depois, quando teve oportunidade de vê-la de perto, na rua. Ficou sentidíssimo; afinal, a primeira que olhou fixo para ele só o fazia porque não o enxergava. É duro.

Mas não é à toa que ele se chama Batalha. Há coisa de uns meses, mudou-se para o Leme e andava entusiasmado com uma dona do edifício que dava fundos para a sua rua. É que ela tomava banho de sol no terraço com um biquíni um bocado minibiquíni.

Isso foi no começo. Com o correr do tempo ele foi me contando mais coisas. Por exemplo: estava certo de que a moça percebera sua paquera, embora a paquera fosse de uma distância considerável. Ela olhava em direção à sua janela e sorria.

— Ontem ela tomou banho de sol só com a parte de baixo do biquíni — me falou certa vez, com a voz embargada de emoção. E, num recente encontro, dei com o Batalha sobraçando enorme pacotão. Disse-me que a dona do Leme estava se despindo totalmente para ele.

— De manhã, quando eu vou espiar, ela já tá lá, nuinha no terraço. E fica horas, na mesma posição. Peladinha — garantiu. E ratificou: — Peladinha.

— E esse pacotão aí? — perguntei.

— É uma luneta. Ela merece. Meu binóculo nunca foi grande coisa. Ela merece uma luneta. Gastei uma nota para comprar esta luneta, mas ela merece. Vou estrear amanhã, se fizer sol.

E lá se foi o Batalha e seu pacotão. Eu não o vi mais, até esta semana. Vinha cabisbaixo e meditabundo — adjetivos que sempre se juntam para definir o cara que entra numa fria.

— Como é, Batalha? E a dona do Leme?

— Nem me fale — suspirou.

— Já sei. Mudou-se.

— Pior. Ela tava me gozando… Você não se lembra que eu falei que ela ficava horas nuinha, na mesma posição?

Fiz que sim com um movimento de cabeça.

— Pois é… Comprei a luneta, e só aí eu reparei. Ela sabia que eu olhava e fez aquilo…

— Mas fez o quê?

— Armou no telhado um manequim velho. Botava a peruca dela no manequim e deixava lá, para me enganar.

233

— Puxa vida... tem certeza?

— Absoluta... eu vi pela luneta, na coxa dela tava escrito *Made in USA*.

Eram parecidíssimas

Peixoto entrou no escurinho do bar e ficou meio sobre o peru de roda, indeciso entre sentar-se na primeira mesa vaga ou caminhar mais para dentro e escolher um lugar no fundo. Mas sua indecisão durou pouco. Logo ouviu a voz de Leleco, a chamá-lo:

— Ei, Peixoto, venha para cá!

Estremeceu ao dar com o outro acenando, mas estufou o peito e aceitou o convite com ar muito digno, encaminhando-se para a mesa de Leleco.

— Senta aí, rapaz — disse Leleco, ajeitando a cadeira ao lado: — Você por aqui é novidade.

— De fato — concordou Peixoto, evasivo.

Leleco era todo gentilezas:

— Que é que vais tomar? Toma um Vat, o uísque daqui é ótimo. Você sabe, eu venho a este bar quase todas as tardes. É um hábito bom, este uisquinho antes de ir para casa.

— É. Eu sei que você costuma vir aqui de tarde.

Peixoto aceitou o uísque sugerido, o garçom afastou-se e Leleco não perdeu o impulso. Continuou falando:

— Engraçado você ter aparecido aqui, Peixoto.

— Engraçado por quê? — a pergunta foi feita num tom ansioso, mas o outro não pareceu notar.

— É que, ultimamente, eu toda hora estou me lembrando de você.

Peixoto fez-se sério como um ministro de Estado quando vai

à televisão embromar o eleitorado. Apanhou o copo que o garçom colocara em sua frente, deu um gole minúsculo e pediu:

— Explique-se, por favor.

Leleco sorriu:

— O motivo é fútil e eu espero que me perdoe. Mas é engraçado. De uns tempos para cá eu me meti com uma pequena de São Paulo. Moça rica, com facilidade de aparecer aqui no Rio de vez em quando. Sabe como é. A gente vai levando. No princípio eu não notei a semelhança. Mais tarde ela mesma é que me chamou a atenção. Num dos nossos encontros ela me perguntou se eu te conhecia.

— A mim?

— Sim, a você. Ela, aliás, não te conhece. Vai escutando só... Ela perguntou e eu — é lógico — disse que sim. Ela então quis saber se de fato era parecida com sua mulher.

— Alice?

— Isto, a Alice, sua esposa. Disse que pessoas aqui do Rio, que conhecem vocês (ela não me contou quem foi), haviam afirmado que ela se parecia muito com sua mulher. Só então eu notei que, de fato, as duas se parecem bastante, apenas num ou noutro detalhe são diferentes. Por exemplo: a Laís é loura.

— O nome dela é Laís?

— É Laís. Ela é loura e sua esposa, se não me engano, tem os cabelos pretos, não?

— Pretos, não digo. São castanho-escuros.

— Eu não vejo a Alice há algum tempo. Mas que são parecidas, não há dúvida. Lógico, a Laís... eu posso dizer porque é uma simples aventura, entende? ... a Laís é meio boboquinha, grã-finoide. Não tem a classe, assim... como direi, a postura da Alice.

Nesta altura Peixoto deu uma gargalhada, deixando o Lele-

235

co meio sobre o aparvalhado. Ia perguntar o porquê da risada, mas Peixoto ria e fazia-lhe um sinal com a mão de que ia explicar:

— Leleco, esta é ótima. Você não sabe por que qui eu vim aqui.

— Tomar um uísque, não foi?

— Bem, o uísque era pretexto. Eu vim aqui justamente porque recebi um telefonema anônimo, de alguém que jura que viu minha mulher entrando no seu apartamento.

— O quê??? — Leleco ficou meio embaraçado: — Pelo amor de Deus, você não contou isto à sua esposa, não cometeu esta injustiça por minha causa.

— Claro que não — mentiu Peixoto, que ficou sem graça por um instante, mas o bastante para que qualquer um percebesse que tivera a maior bronca com a mulher e saíra da discussão sem estar convencido de sua inocência.

Mas repetiu:

— Claro que não. Eu vim encontrar você aqui para conversar sobre o assunto. Eu não dei maior importância ao telefonema, mas queria que você tomasse conhecimento dele. Alguém que não gosta de você está querendo metê-lo numa fria.

— Pelo visto não é bem assim.

— Claro — apressou-se Peixoto em dizer: — Quem telefonou tinha uma certa razão — e virando-se para o garçom: — Mais dois aqui — ajeitou-se e com visível satisfação: — Vamos tomar mais um que eu tenho que sair.

Meia hora depois Peixoto saía do bar, rumo ao lar. Ia lépido, fagueiro, como alguém que se livra de um problema chato. Ia pensando em como é bom o sujeito ser calmo e precavido antes de tomar uma atitude.

Quanto a Leleco, assim que Peixoto saiu, foi para o telefone do bar, ligou para Alice e quando ela atendeu, falou:

— Neguinha? Quebrei o galho. A história colou — e, com

certa apreensão na voz: — Mas, por favor, joga fora essa peruca loura antes que ele chegue aí.

Aos tímidos o que é dos tímidos

Tímido que ele era. Um desses sujeitos assim cujo complexo de inferioridade é tamanho que, ao se olhar no espelho, sente-se mal ao deparar sua própria imagem, por considerá-la superior ao original. Tem uns caras que, francamente: eu — por exemplo — conheci um que o pessoal chegou a apelidar de Zé Complexo. Um dia ele me confessou que, muitas vezes, quando saía de casa, tinha ímpetos de deixar o elevador pra lá e descer pela lixeira. Acabou morrendo por timidez, numa véspera de Natal.

Foi assim: a família tinha engordado um peru para a ceia natalina, e ele ficou encarregado de matar o peru. Na véspera da coisa, e dia do peru, levou-o lá pros fundos e começou a dar cachaça para o condenado, e foi lhe dando aquela tristeza e, então, pra ver se levantava o moral, começou a beber junto com o peru, e foi bebendo e foi piorando, e piorando, baixou nele uma neura bárbara, até que considerou as circunstâncias, olhou para o peru mais uma vez, o peru olhou pra ele com aquele olhar de peru encachaçado, que é pior que olhar de deputado nordestino. Enfim, para encurtar o caso: acabou considerando que o peru merecia mais que ele e se suicidou, deixando o peru sozinho lá no quintal no maior pileque.

Mas não era desse cara que eu queria falar não. Esse morreu, deixa pra lá. O tímido desta história tinha as suas mumunhas, tanto assim que chegou a arrumar uma namorada. Não era nenhum estouro de mulher, mas também não era como aquela que o gato cheirou e cobriu de areia. Na verdade a namorada deste tímido que eu estava falando, e depois passei pro outro que morreu, levava um certo jeito. Pernudinha, nem baixa nem alta, nem magra nem gorda. Engraçadinha, sabe como é?

Pois não é que apareceu um desses bacanos de cabelão, pele tostada no moderno estilo "Castelinho", folgado às pampas, e cismou com a pequena do tímido?

Como, minha senhora? A pequena do tímido é que deu bola pro bonitão?

Nada disso, madama, nada disso. Embora eu não ponha a mão no fogo por mulher, porque eu não quero ficar com o apelido de maneta, posso garantir à senhora que a pequena do tímido tinha fama de batata. Tanto isto é verdade que foi ela quem inventou o plano.

Quando o namorado descobriu que havia cabrito na sua horta, ficou numa fossa tártara. Dava até pena ver: perto da dele a fossa de qualquer um parecia apartamento de cobertura. Ainda bem não tinha morado no assunto, ficou logo achando que perderia a parada, porque o outro era mais forte, mais frequentador do Le Bateau, sabia dançar *surf* muito bem, e mais diversas outras papagaiadas que hoje em dia as mulheres consideram predicados masculinos.

Aí a pequena dele ficou tão chateada que lhe deu uma bronca:

— Toma uma atitude, Lelé! (O nome dele era Leovigildo, mas ela chamava de Lelé.) Contrata aí um desses latagões a serviço da bolacha e manda dar uma surra nesse atrevido!

Tá certo, a pequena era um pouco chave de cadeia, mas essa atitude dela provava que, entre o bacanão e o Lelé, ela era mais o Lelé. Foi, aliás, o que o Lelé deduziu, dedução esta que o levou a procurar Primo Altamirando. Ora, o Mirinho vocês conhecem e, se não conhecem, perguntem na polícia, que lá eles sabem. Procurou Mirinho e propôs o negócio: dez "cabrais" ou dois "tiradentes"* — a escolher — para dar um corretivo no cara.

Mirinho achou o negócio legal e saiu em campo. Não demorou muito, encontrou o perseguido badalando num balcão de sorveteria, fazendo presepada no meio das menininhas. Chamou-o num canto, como quem vai pro banheiro, e, agarrando o braço dele, colocou-o a par da conjuntura. O cara foi ficando branco que nem parecia freguês de sol do Castelinho, começou a gaguejar, e o primo viu logo que aquela transação podia render mais. Soltou o braço do cara e meteu a proposta:

— Faz o seguinte. Manda vinte mil aí que eu transfiro o negócio pra outra firma.

O bonitão nem quis ouvir mais nada. Filho de pai rico e coisa e tal meteu a mão no bolso e pagou à vista. Com trinta mil em caixa, o abominável parente resolveu tirar licença-prêmio e foi gastar o lucro.

Deu-se que, ontem, estava ele parado numa esquina, paquerando o ambiente, quando o tímido apareceu de braço com a pequena. Ao passar por ele, fez um gesto largo, sorriu, piscou um olho e berrou:

— Olha! Aquele nosso negócio; perfeito, velhinho! A firma concorrente entrou pelo cano.

Mirinho olhou pra ele, lembrou-se dos vinte mil que o outro lhe confiara e suspendeu a licença. Caminhou em sua direção e tacou-lhe um bofetão em si bemol que o coitado saiu catando cavaco e foi cair sentado no meio-fio.

Tá certo! O fim desta história é meio chato. Mas, é como me explicou Mirinho: onde já se viu tímido bancar o expansivo só porque tá com mulher?

---

* As cédulas de um cruzeiro (Pedro Álvares Cabral) e cinco cruzeiros (Tiradentes).

O filho do camelô

Passava gente pra lá e passava gente pra cá como, de resto, acontece em qualquer calçada. Mas quando o camelô chegou e armou ali a sua quitanda, muitos que iam pra lá e muitos que vinham pra cá pararam para ouvir o distinto. Camelô, no Rio de Janeiro, onde há um monte de gente que acorda mais cedo para ficar mais tempo sem fazer nada, tem sempre uma audiência de deixar muito conferencista com complexo de inferioridade.

Mas — eu dizia — o camelô chegou, olhou pros lados, observando o movimento e, certo de que não havia guarda nenhum para atrasar seu lado, foi armando a sua mesinha tosca, uma tábua de caixote com quatro pés mambembes, onde colocou a sua muamba. Eram uns potes pequenos, misteriosos, que foi ajeitando em fila indiana. Aqui o filho de d. Dulce, que estava tomando o pior café do mundo (que é o café que se vende em balcão de boteco do Rio), continuou bicando a xicrinha, pra ver o bicho que ia dar.

Era bem em frente ao boteco o "escritório" do camelô. Armada a traquitanda, ele olhou outra vez para a direita, para a subversiva, para a frente, para trás e, ratificada a ausência da lei, apanhou um dos potes e abriu.

Até aquele momento, seu único espectador (afora eu, um admirador à distância) era um menino magrela, meio esmolambado que, pelo jeito, devia ser o seu auxiliar. Ou seria seu filho? Sinceramente, naquele momento eu não podia dizer. Era um menino plantado ao lado do camelô — eis a verdade.

O camelô abriu o jogo:

— Senhoras, senhores... ao me verem aqui pensarão que sou um mágico arruinado, que a crise nos circos jogou na rua. Não é nada disso, meus senhores.

240

Parou um gordo, com uma pasta preta debaixo do braço, que vinha de lá. Quase que ao mesmo tempo, parou também uma mulatinha feiosa, de carapinha assanhada, que vinha em companhia de uma branquela sem dentes na frente.

— Eu represento uma firma que não visa lucros — prosseguiu o camelô —, visa apenas o bem da humanidade. Estão vendo esta pomada?

O camelô exibiu a pomada, e pararam mais uns três ou quatro, entre os quais uma mocinha bem jeitosinha, a ponto de o gordo com a pasta abrir caminho para ela ficar na sua frente. Mas ela não quis. Olhou pro gordo, notou que ele estava com ideia de jerico e nem agradeceu a gentileza. Ficou parada onde estava, olhando a pomada dentro do pote que o vendedor apregoava.

— Esta pomada, meus amigos, é verdadeiramente miraculosa e fará com que todos sorriam com confiança.

"Que diabo de pomada era aquela?" — pensei eu. E comigo pensaram outras pessoas, que se aproximaram também, curiosas. Uma velha abriu caminho e ficou bem do lado da mesinha, entre o camelô e o menino.

— É isto mesmo, senhores… ela representa um sorriso de confiança, porque é o maior fixador de dentaduras que a ciência já produziu. Experimentem e verão. A cremilda ficará presa o dia inteiro, se a senhora passar um pouco desta pomada no céu da boca — e apontou para a velhinha ao lado. Todos riram, inclusive a branquela desdentada.

— Uma pomada que livrará qualquer um de um possível vexame, numa churrascaria, num banquete de cerimônia. Mesmo que sua dentadura seja uma incorrigível bailarina, a pomada dará a fixação desejada, como já ficou provado nas bocas mais desanimadoras.

Um cara de óculos venceu a inibição e perguntou quanto era:

— Um pote apenas o senhor levará por cem cruzeiros. Dois

potes cento e setenta e mais um pente inquebrável, oferta da firma que represento. Um para o senhor, dois ali para o cavalheiro. Madame vai querer quantos?

E a venda tinha começado animada, quando parou a viatura policial sem que ninguém percebesse sua aproximação. Os guardas pularam na calçada com aquela delicadeza peculiar ao policial. O guarda que vinha na frente deu um chute no tabuleiro da pomada miraculosa que foi pote pra todo lado. Dois outros agarraram o camelô, e o da direita lascou-lhe um cascudo.

Aí o povo começou a vaiar. Um senhor, cujos cabelos grisalhos impunham o devido respeito, gritou:

— Apreendam a mercadoria mas não batam no rapaz, que é um trabalhador!

— Isto mesmo — berrou uma senhora possante como o próprio Brucutu.

O vozerio foi aumentando e os guardas começaram a medrar.

— Além disso o coitado tem um filho — disse a velha.

E, ao lembrar-se do filho, o camelô abraçou-se ao garoto, que ficou encolhido entre seus braços. Leva não leva. Um sujeito folgadão deu um murro na viatura que, em sendo policial, era velha como a necessidade, e quase desmontou. Os guardas se entreolharam. Eram quatro só, contra a turba ignara, sedenta de justiça.

— Deixe o homem, que ele tem filho! — era a velha de novo.

Os guardas limitaram-se a botar a muamba toda na viatura e deram no pé, sob uma bonita salva de vaia. O camelô, de cabeça baixa, foi andando com o garoto a caminhar ao seu lado, e o bolo se desfez. Era outra vez uma calçada comum, onde passava gente pra lá e passava gente pra cá.

Eu fui andando pra lá e dobrei na esquina. Não tinha dado nem três passos e vi o camelô de novo, conversando com o garoto.

— Que onda é essa de dizer que eu sou seu filho, meu chapa? Eu nem te conheço! — perguntava o menino, para o camelô.

— Cala a boca, rapaz. Toma duzentas pratas, tá bem?

Eu parei junto a um carro, fingindo que ia abri-lo, só para ouvir o final da conversa.

— Eu tenho mais potes naquele café lá embaixo — disse o homem: — Queres ficar de meu filho na Cinelândia, eu vou pra lá vender. Quer?

— Vou por trezentos, tá?

O camelô pensou um pouco e topou. E lá foram "pai" e "filho" para a Cinelândia, vender a pomada "que dá confiança ao sorriso".

O diário de Muzema

Muzema é um bairrozinho pequeno e pacato, ali pelas bandas da Barra da Tijuca. Pertence à jurisdição da 32ª Delegacia Distrital e nunca dá bronca. Ou melhor, minto... não dava bronca porque esta que deu agora foi fogo. Diz que o delegado da 32ª estava em sua mesa de soneca tirando uma pestana, feliz com o sossego, quando um bando de perto de duzentas pessoas invadiu a delegacia, carregando no ar um coitado, baixote e magrinho, com a cara mais amassada que para-choque de ônibus de subúrbio. E a turba fazia um barulho de acordar prontidão.

O delegado, que era o Levi, deu um pulo da cadeira e berrou:

— Chamem a polícia!!! — mas aí percebeu que ele mesmo é que era a polícia e perguntou que diabo era aquilo. Logo todo mundo começou a berrar ao mesmo tempo, o que obrigou o dr. Levi a berrar mais alto ainda, ordenando:

— Um de cada vez, pombas!

Aí um dos que carregavam o pequenino, ordenou que os

companheiros pusessem "aquele rato" no chão (a expressão é lá do cara) e começou a explicar:

— Nós somos moradores do bairro de Muzema, doutor delegado.

— Sim. E esse pequenino aí?

— Pois é, doutor. Nós somos todos de lá e esse cretino aí também é. Imagine o senhor que ele tem um caderno grosso, que ele chama de "Meu diário", onde escreve as maiores sujeiras sobre a gente.

— Como é que é? — estranhou o delegado.

Começou todo mundo a berrar outra vez e, enquanto um guarda dava um copo de água para o diarista arrebentado, o delegado viu-se outra vez a berrar mais alto:

— Calem-se! Um só de cada vez!

Foi aí que deram a palavra pro dono do caderno:

— É o seguinte, doutor: eu tenho um diário. Ando muito lá pela Muzema e ninguém nunca repara em mim. Assim eu posso ver o que os outros fazem sem ser importunado. Mas acontece que eu não sou fofoqueiro. Eu vejo cada coisa de arrepiar. Ainda ontem eu vi a mulher daquele ali (e apontou para um sujeito do grupo) num escurinho da praça, abraçada com aquele lá (e apontou um outro sujeito no canto da delegacia, que, ao ser apontado, encolheu-se todo).

Esta informação bastou para que o assinalado marido partisse pra cima do encolhido e o tumulto se generalizasse. Coitado do delegado, já estava quase rouco, quando conseguiu reimplantar a ordem na 32ª DD.

— Prossiga! — disse pro pequenino.

O pequenino pigarreou e prosseguiu:

— Como eu dizia, eu tenho o meu diário e anoto nele tudo que vejo. Não faço fofoca com ninguém. Tudo o que está escrito aqui é verídico.

— Como é o seu nome? Onde você mora?

— Edson Soares. Moro lá mesmo na Muzema. Lote A, casa 18.

O delegado Levi pediu o diário e folheou algumas páginas. Havia coisas mais ou menos assim, escritas nele: "D. Jurema, do lote B, casa 75, estava saindo de madrugada da casa 67 do mesmo lote, onde mora o Sebastião, que tem um cacho com ela há muito tempo". Ou então: "Lilico continua fingindo que é noivo da filha de d. Júlia, mas se aquilo é noivado eu sou girafa. Como eles mandam brasa, atrás do muro da casa dela".

O delegado Levi tossiu, embaraçado, e quis saber como é que os personagens daquele diário tinham descoberto o que estava escrito ali. O pequenino foi sincero:

— Eu dei azar, doutor. Eu esqueci o diário num banco da pracinha e fui jantar. Quando eu voltei estava todo mundo em volta desse garoto aí — e apontou um garoto sorridente, que se divertia com o bafafá —, e o miserável do garoto lendo em voz alta: "...o seu Osooo... Osorío não: Osório. O seu Osório quando sai pra o tral... tralba... para o trabalho, devia levar a muuu... a mulher dele. Ela é muito assada... assada não... muito assanhada".

— Eu achei o diário dele — falou o garoto, mas calou-se logo ao levar um cascudo de um gordão que devia ser, na certa, o seu Osório.

Já ia saindo onda outra vez. O pessoal do bairro pacato estava mesmo disposto a beber o sangue de Edson Soares, o historiador da localidade. Sanada, todavia, mais esta tentativa, o delegado Levi perguntou ao dono do diário:

— O senhor também é poeta?

— Mais ou menos, né?

— Eu pergunto — esclareceu o delegado — porque este versinho aqui está interessante, e leu no diário: "Para o José Azevedo/ O futebol não cola/ Pois se for cabecear/ Na certa ele fura a bola".

Pimba... mais uma bolacha premiou a cara do poeta. Ninguém conseguia segurar José Azevedo, residente na Muzema, lote J, casa 77. O pau roncou solto e só quando chegou reforço é que o delegado conseguiu botar em cana uns quatro ou cinco, inclusive o biógrafo muzemense. O resto mandou embora, aconselhando:

— Vocês vejam se não dão margem ao artista de se expandir tanto, em seu futuro diário, tá?

O pessoal prometeu.

Um cara legal

O Carlão era um cara meio trapalhão, desses que cruzam cabra com periscópio pra ver se arrumam um bode espiatório. Vivia confortavelmente instalado num apartamento pequeno, porém indecente, e tinha dinheiro para gastar com o chamado supérfluo. De vez em quando dava umas festinhas em casa e convidava um monte da vida-torta e umas garotinhas dessas que mastigam chiclete de bola com a alegria de retirante quando pega um punhado de farinha. Dessas mocinhas assim no estilo "noiva de Drácula", isto é, que usam batom branco e estão sempre com uma alegre coloração de defunto.

Aquele dia, era um dia especial, pois o Carlão fazia anos e ia ter festinha de arromba. As armas do crime já estavam todas na geladeira: coca-cola, guaraná, rum, vodca, cervejinha — tudo para tomar com bolinhas fabricadas pelos mais categorizados laboratórios bromatológicos do Brasil. Tinha até uns cigarrinhos diferentes, com cheiro de pano queimado.

Os distintos convidados eram o fino. Pelos apelidos a gente via que a turma era pinta-brava: Bomba-d'Água, Puxa Firme, Sutileza, Julinha Toda Hora, Dedão, Mariazinha Vapor, Odete Prize, Creuza Deixa Pra Mais Tarde etc. etc. O grupo foi chegando e já estava a vitrolinha esquentando, a tocar "Gasparzinho", "Olha o Brucutu", "Help" e outras partituras do mesmo valor musical. Na salinha apertada os pares escorregavam o maior *surf* em trejeitos que só ultimamente são usados na vertical.

A festa já ia pelo meio, quando tocaram a campainha. Era a primeira coisa que se tocava ali que cantor nenhum da Jovem Guarda tinha gravado. Carlão abriu a porta, saiu aquele bafo de fumaça que mais parecia aviso de índio, e quando a fumaça se esvaiu, surgiu por trás dela um velhinho que morava no mesmo andar e que vinha reclamar o barulho. O Carlão mandou o velhinho entrar e a turma envolveu o recém-chegado, que foi logo cumprimentando todos e engrenou um papo-furado muito interessante. Meia hora depois o velhinho estava tão à vontade que rebolava frente a frente com Creuza Deixa Pra Mais Tarde um *surf* legalérrimo, aos gritos incentivadores de "boa, velhinho", "dá-lhe, coroa", "sacode, vovô" e outros que tais.

Nisso a campainha tocou outra vez.

"Diabo de campainha que tá tocando mais que disco de Roberto Carlos", pensou o Carlão. E foi abrir. Agora não era um velhinho. Era uma velhinha. Uma velhinha que também morava no mesmo andar, por sinal que no apartamento do velhinho, em suma, pra que fazer suspense, não é mesmo? A velhinha era casada com o velhinho desde o tempo em que Papai Noel tinha barba preta. Foi o Carlão abrir a porta e ela espiar lá pra dentro e ver o folgado ancião badalando firme com a pistoleira acima citada.

Meus irmãos, o pau comeu! A velha até parecia porta-estandarte do Bloco Unidos do Cassetete, conhecida agremiação carnavalesca que, todo ano, desfila junto com as escolas de samba, usando uniforme da polícia e baixando o cacete em jornalista. Entre uma pernada e outra a velhinha abusava do baixo calão com vibrante personalidade. A falecida mãe do velhinho nunca foi tão premiada com xingação.

Foi quando apareceu o síndico do edifício. A coisa já tinha entrado na faixa do escândalo. Gente no corredor, vizinhos nas janelas em frente. Com a sua autoridade no prédio, o síndico agarrou a velha pela saia e separou a briga. Ela protestou:

— Ele é meu marido. Vive dizendo que essas dancinhas modernas deviam ser proibidas e olha só o sem-vergonha. Me larga que eu ensino a ele.

Um dos presentes tratou de esclarecer tudo:

— Espera aí, vovó. A senhora está estragando a festa. Afinal de contas foi aí o velho que nos convidou.

E a velha engoliu em seco, virou-se para o Carlão e quis saber:

— Verdade, Carlinhos?

Era. Mesmo com o olhar súplice do velho, Carlão dedurou o vizinho. Quem tinha planejado tudo fora o velhinho. Carlão dava a festa, ele chegava mais tarde, fingindo que ia reclamar e ficava no pagode. Só não contaram foi com a insônia da velha que, geralmente, dormia como uma pedra.

O Carlão ainda mora no local do crime. Os velhinhos eu ouvi dizer que se mudaram.

Barba, cabelo e bigode

A barbearia era na esquina da pracinha, ali naquele bairro pacato. Um recanto onde nunca havia bronca e o panorama era mais monótono que itinerário de elevador. Criancinhas brincando, babás namorando garbosos soldados do fogo em dia que o fogo dava folga, um sorveteiro que, de tão conhecido na zona, vendia pelo credi-picolé, e o português que viera do seu longínquo Alentejo para ser gigolô de bode: alugava dois carrinhos puxados por bodes magros, para as criancinhas darem a volta na pracinha.

Quem estava na barbearia esperando a vez para a barba, o cabelo ou o bigode, só tinha mesmo aquela paisagem para ver. E ficava vendo, porque seu Luís, o barbeiro, tinha uma freguesia grande e gostava muito de conversar com cada freguês que servia. O cara sentava e seu Luís, enquanto botava o babador no distinto e ia lhe ensaboando a cara, metia o assunto:

— E o nosso Botafogo, hem? Vendeu o Bianchini.

O freguês só gemia, porque freguês de barbeiro não é besta de mexer a boca enquanto o outro fica com a maior navalha esfregando seu rosto. Assim, o diálogo de seu Luís era um estranho diálogo. Trocava o freguês e lá ia ele:

— Como é? Ainda acompanhando aquela novela?

— Hum-hum!

— É uma boa novela. Movimentada, não é?

— Hum-hum!

— Aliás, a história eu já conheço. Fizeram até um filme parecido.

— Hum-hum!

Mesmo conversando muito (mais consigo mesmo do que com os outros), mesmo demorando mais do que o normal para atender a freguesia, seu Luís tinha sempre a barbearia cheia.

Todos esperavam a vez, com paciência e resignação, menos o Armandinho, um vida-mansa que eu vou te contar! Até para fazer a barba tinha preguiça e saía de casa à tardinha, na hora em que a barbearia estava mais cheia, para se barbear. Mas não gostava de esperar — o Armandinho. Vinha, parava na porta e perguntava:

— Quantos tem?

Seu Luís dava uma conferida com o olhar e respondia:

249

— Tem oito!

Armandinho fazia uma cara contrariada e ia em frente. Se tinha gente esperando, ele não entrava. Voltava mais tarde. Isto era o que pensava seu Luís, até o dia em que o folgado parou na porta e perguntou, como sempre:

— Quantos tem?

Chovia um pouco naquela tarde e a barbearia estava com um movimento fracote. Seu Luís nem precisou conferir, para responder:

— Só tem um!

O Armandinho fez a mesma cara de contrariedade, aliás, fez uma cara mais contrariada do que o normal e, ao invés de ir em frente, como fazia sempre, deu uma marcha a ré que deixou o barbeiro intrigado. Passou o resto do dia pensando naquilo e grande parte da noite também. A mulher dele, que era uma redondinha de olhos verdes, até perguntou:

— Que é que tu tens, Lulu? — mas seu Luís não respondeu.

No dia seguinte, lá estava a pracinha pacata, as criancinhas, babás, sorveteiro, português cafiola de caprino. Tudo igualzinho. A barbearia com seu movimento normal quando passou o Armandinho:

— Quantos tem? — perguntou.

Seu Luís respondeu que tinha doze e o Armandinho foi em frente. O barbeiro terminou a barba do freguês que estava na cadeira e explicou para os que esperavam:

— Vocês vão me dar licença um instantinho. Eu vou até em casa.

Todos sabiam que seu Luís morava logo ali, dobrando a esquina a terceira casa e ninguém disse nada. Seu Luís saiu, entrou em casa devagarinho e puxa vida… que flagra! Felizmente ele não tinha levado a navalha, senão o Armandinho, nos trajes em que se encontrava, tinha perdido até o umbigo. Ou mais. Saiu pela janela como um raio, tropeçando pelas galinhas, no quintal. A mulher de seu Luís berrou e apanhou que não foi vida. Até hoje não se pode dizer de sã consciência o que foi que ela fez mais: se foi apanhar ou gritar.

O que eu sei é que foi um escândalo desgraçado. Acorreram os vizinhos, veio radiopatrulha e até um padre apareceu no local, porque ouviu dizer que alguém precisava de extrema-unção quando, na verdade, o que disseram ao padre foi que seu Luís dera uma estremeção na mulher. O padre era meio surdo.

Agora — passado um tempo — o Armandinho mudou-se, seu Luís continua barbeiro, mas a mulher dele é manicura no mesmo salão, que é pra não haver repeteco.

Diálogo de Réveillon

Madame também estava com a moringa cheia, mas — em comparação com o sujeito que a cumprimentou, podia até ser classificada de dama sóbria em festa de pileque. Quando ela passou, o cara levantou a cabeça e falou assim:

— Olá.

A dona não devia ser mulher de olá, porque olhou-o com certo desprezo e não respondeu. Já ia seguindo para atender ao chamado de um outro pilantra que lhe fez sinal, mas o que dissera olá continuou falando e ela escutou:

— Feliz 66 pra você, tá?

A dona aceitou:

— Para você também.

O cara deu um risinho de quem não está acreditando muito em 66. Depois pegou uma taça, botou champanhe dentro e ofereceu:

— Vira esta aí, em homenagem ao cabrito que morreu.

— Você já não bebeu demais? — ela quis saber.

— Que pergunta besta, minha senhora. Isso é pergunta de mulher casada.

— Mas eu sou casada.

— Não me diga! Eu também sou. Eu sou casado às pampas — deu um soluço de bêbado e ficou balançando a cabeça, a considerar o quanto ele era casado. Em seguida esclareceu:

— Eu sou casado desde 1950, tá bem?

— Eu também — a dona disse.

— Que coincidência desgraçada, né? Ambos somos casados desde 1950. Você também casou naquele igrejão enorme que tem lá na cidade e que eles já tão achando pequena e estão construindo outra?

— A que estão construindo agora é a nova catedral, a que eu me casei chama-se Candelária.

— Isto mesmo: Candelária. Foi lá que eu me casei.

— Eu também.

— Também??? Puxa. Casada como eu, em 1950 como eu, na Candelária como eu. Não vai me dizer que a sua lua de mel foi na Europa também.

— Muita gente passa lua de mel na Europa — a dona ponderou.

— É isso mesmo — o cara concordou: — Lua de mel na Europa. Até parece que isso adianta alguma coisa.

— A lua de mel não depende do lugar para ser melhor ou pior. Depende do casal.

O cara deu uma risadinha e explicou:

— Minha mulher sempre diz isso que você está dizendo — e tratou de encher novamente a taça. Mas aí a dona mudou o tom da conversa:

— Escuta, Eduardo, você já bebeu demais. Vamos embora. E agarrando o marido cambaleante, levou-o para casa.

O analfabeto e a professora

Foi quando abriram a escolinha para alfabetização de adultos, ali no Catumbi, que a Ioná resolveu colaborar. Essas coisas funcionam muito na base da boa vontade, porque alfabetizar adultos nunca preocupou muito o governo. No Brasil, geralmente, quando o camarada chega a um posto governamental, acha logo que todos os problemas estão resolvidos, sem perceber que — ao ocupar o posto — os problemas que ele resolveu foram os dele e não os do país. Mas isto deixa pra lá.

Eu falava no caso da Ioná. Quando inauguraram o curso de alfabetização de adultos no Catumbi, os beneméritos fundadores andaram catando gente para ensinar, e entre os catados estava um padre, que era muito bonzinho e muito amigo da família da Ioná. O piedoso sacerdote sabia que ela tinha um curso de professora tirado na PUC, e só não professorava porque tinha ficado noiva. Mas depois — isto eu estou contando pra vocês porque todo mundo sabe, portanto não é fofoca não — a Ioná desmanchou o noivado. Ela era uma moça moderna e viu que o casamento não ia dar certo; o noivo era muito quadrado, embora para certas coisas fosse redondíssimo.

Enfim, a Ioná tinha o curso mas não usava pra nada, e aí o padre perguntou se ela não queria ser também professora do Curso de Alfabetização de Adultos do Catumbi. Ela topou a coisa, e as aulas começaram.

No início eram poucos alunos, mas depois houve muito analfabeto interessado, e o curso se tornou bem mais animado. Uns dizem que esse aumento de interesse foi por causa da administração bem-feita, outros — mais realistas, talvez — acharam que o aumento de interesse foi por causa da Ioná, que também era muito bem-feita.

Professora certinha tava ali. Tamanho universal, sempre risonha, corpinho firme, muito afável, e um palmo de rosto que a gente olhando de repente lembrava muito a Claudia Cardinale. Além disso, ela ensinava mesmo. Seus alunos, para impressioná-la, caprichavam nos estudos, e sua turma tornou-se em pouco tempo a mais adiantada de todas.

Só um aluno era o fim da picada. Sujeito burro e duro de cabeça. Era um rapaz até muito bem-apessoado, alto, louro, que trabalhava numa fábrica de tecidos. Chamava-se Rogério, era esforçado, educado, mas não conseguia ler a letra "o" escrita num papel. A turma se adiantando e ele ficando para trás. Ioná tinha pena dele, mas não sabia mais o que fazer, até que uma noite (os cursos eram noturnos) ela fez ver ao Rogério que assim não podia ser, e ele ficou tão triste que a Ioná sentiu pena e perguntou se ele não queria que ela lhe desse umas aulas particulares.

— Seria bom, sim — ele falou. E, então, sempre que terminavam as aulas, aluno e professora seguiam para a casa desta, para repassarem os estudos da noite. Era um caso curioso o desse aluno, que se mostrava tão esperto, tão comunicativo, mas que não conseguia vencer as lições da cartilha. O livro aberto na frente dele e ele sem saber se foi Eva que viu a uva ou se foi vovô que viu o ovo.

Mas, justiça se faça, com as aulas particulares Rogério melhorou um pouquinho. Não o suficiente para acompanhar o adiantamento da turma, mas — pelo menos — já soletrava mais ou menos.

Nesta altura o Caac — Curso de Alfabetização de Adultos do Catumbi — já progredira a ponto de se tornar uma escola oficializada, e a Ioná estava tão interessada no Rogério que tinha noite até que ele ficava pra dormir.

Quando chegou o dia das provas e iam lá o inspetor de ensino e outras autoridades pedagógicas, Ioná foi informada do evento e ficou nervosíssima. Disse para o seu aluno favorito que era preciso dar um jeito, que ele ia ser a vergonha da turma etc. Ele pegou e falou pra ela que pra decorar era bonzinho e, se ela fosse lendo para ele, decoraria tudo.

Claro que a Ioná não levou muita fé no arranjo, mas como era o único, aceitou. Na noite das provas o Rogério esteve brilhante e parecia mesmo que decorara aquilo tudo. Ela ficou orgulhosíssima e, mais tarde, já em casa, enquanto desabotoava o vestido, perguntou:

— Puxa, como é que você conseguiu decorar aquilo tudo, querido, tendo trabalhado na fábrica o dia inteiro?

— Eu não trabalhei não. Eu telefonei para o meu pai e disse que não ia.

— O quê??? Seu pai é o presidente da fábrica?

— E eu sou o vice.

Ela ficou besta:

— Quer dizer que você já sabia ler... escrever...

— Desde os cinco anos, neguinha!

Urubus e outros bichos

O primeiro urubu de exportação negociado pelo Brasil foi para a Holanda. Não sei para que é que os súditos da rainha Juliana queriam um urubu, se o país lá deles é de uma impressionante limpeza. Em todo o caso, como o urubu foi exportado para Amsterdam, limitei-me a dar a notícia. Depois, outros urubus foram exportados para outras tantas capitais europeias. Isto sem contar certos urubus do Itamaraty que — verdade seja dita — não foram exportados propriamente. Atravessaram a fronteira "a serviço", para serem recambiados mais tarde.

Mas deixa isso pra lá. Se volto ao assunto é porque leio aqui um telegrama vindo de São Paulo no qual se conta que há representantes de jardins zoológicos da Alemanha, da Holanda e da Itália nas cidades de Santos, São Paulo e Manaus preparando a compra de diversos urubus.

O fato de haver um representante da Holanda entre os compradores de urubu deixou Bonifácio Ponte Preta (o Patriota) regurgitando de alegria cívica, uma vez que — como ficou dito acima — a Holanda foi a primeira nação a adotar urubu brasileiro. O detalhe deixou o Boni tão excitado que chegou a recitar de orelhada um poema de Fagundes Varela que começa assim: "Pátria querida, pátria gloriosa!/ Continua fitando os horizontes...".
E depois, olhos marejados de patriotismo, acrescentou:

— Se a Holanda quer mais urubu é porque o nosso urubu está agradando na Europa.

Só não disse que a Europa curvou-se mais uma vez ante o Brasil, porque Bonifácio não é acaciano. É patriota.

Entretanto, se esse detalhe do telegrama impressionou o Boni, a mim o detalhe do mesmo telegrama que mais impressionou foi o final, onde se lê: "Os europeus querem também comprar animais embalsamados".

Acho que este negócio também é interessante para nós, mas os europeus vão desculpar: terão que esperar um pouco para adquirir animais embalsamados. Por um dever democrático é preciso que antes eles cumpram os seus respectivos mandatos no Senado.

Futebol com maconha

Tem cara que é tricolor, tem cara que é vascaíno; uns torcem pelo Flamengo, outros pelo Botafogo. Mas Primo Altamirando tinha que ser diferente: o miserável me confessou noutro dia que é torcedor do Puxa Firme F. C., Sociedade Recreativa do Morro do Queimado. Aliás, essa história foi ele que me contou.

Diz que dos vinte e dois jogadores, mais técnico, massagista, enfermeiro do Puxa Firme, não tem um que não seja apreciador da erva maldita. O preparo físico do time se resume numa rápida concentração, para puxar maconha. Em véspera de jogo a janela da sede, que fica no sobrado de um botequim, parece até incêndio: como sai fumaça! No sábado passado, o técnico do time — um tremendo crioulo que atende pelo vulgo de Macarrão — deu o grito:

— Olha, cambada, amanhã nós tem que jogar comportado. Nós vai enfrentar o time do padre Evaldo e é em benefício da Igreja.

Como Macarrão é muito respeitado, ninguém chiou, e no dia seguinte, no telheiro do campo, que a turma apelidou de vestiário, o time uniformizado contava com: Dentinho; Macaxeira, Bom Cabelo, Pau Preto e Lamparina; Melodia e Fubecada; Chaminé, Praga de Mãe, Porém e Parecido (tudo apelido, inclusive Parecido, porque fazia um sorriso igual ao do sr. Juraci Magalhães sempre que acertava um). Macarrão deu as instruções e perguntou:

— Argum poblema?

Lamparina levantou o dedo e perguntou:

— Que tipo de marcação que a gente vai usar?

Macarrão pegou um papel de embrulho e deu uma de técnico formado. Traçou uns riscos e disse:

— Marquemo por zona. É mais melhor.

O time saiu pro campo e com cinco minutos a turma do padre já tava dando de goleada. Macarrão berrava as instruções cheio de ódio: "Não intrapaia os beques, crioulo nojento". "Oia a marcação, desinfeliz." "Para de fumar, Dentinho." E o time do padre fazendo gol.

Quando já tava uns cinco a zero, Porém fingiu que mancava, chegou perto do telheiro e quis saber de Macarrão se podia apelar.

— Apela pra sua mãe, sem-vergonho. Tá levando come aí pra todo lado. Arrespeita o time do padre, que é tudo gente dereita.

Diz Primo Altamirando que o Puxa Firme F. C. quando joga respeitando o adversário perde metade de sua estrutura técnica. O jogo acabou oito a zero e o piedoso sacerdote estava todo satisfeito, tendo mesmo se dado ao trabalho de ir cumprimentar o crioulo Macarrão, pela lisura com que seus atletas se comportaram durante a refrega.

— Parabéns, sr. Macarrão — disse o padre. — Certas derrotas têm o gosto da vitória. Seu time jogou com muita esportividade. Só não entendi por que jogaram com dez.

— Com dez??? — estranhou Macarrão. — Como é que eu não arreparei?

Foi aí que Melodia, que era o capitão do time, esclareceu:

— Pois é, o Lamparina não jogou. O senhor foi falar aí em marcação por zona. Sabe como é o Lampa. Não pode ouvir falar em zona que ele vai pra lá.

O cafezinho do canibal

Deixa eu ver se dá pra resumir. Foi o seguinte: o avião ia indo fagueiro por sobre a densa selva africana. Dentro dele vários passageiros, inclusive, e muito principalmente, uma lourinha dessas carnudinhas, mas nem por isso menos enxutas, uma dessas assim que puxa vida... Foi aí que o avião deu um estalo, começou a sair aquela fumaça preta e pronto: num instante estava o avião todo arrebentado no chão, com os passageiros todos mortos.

258

Aliás, minto... todos não; a lourinha era a única sobrevivente do desastre. Tanto assim que os canibais, quando chegaram ao local do acidente, só encontraram ela, que foi logo aprisionada para o menu do chefe da tribo. Canibal é canibal, mas a loura era tão espetacular que a turma viu logo que ela era coisa muito fina e digna apenas do paladar do maioral.

Levaram a loura para a maloca deles e entregaram na cozinha, onde um ajudante de cozinheiro já ia prepará-la para o jantar, quando chegou o cozinheiro-chefe e examinou a loura. Ela era muito da bonitinha, tudo certinho, tudo tamanho universal, aquelas pernas muito bem-feitinhas, aquilo tudo assim do melhor.

Então o experimentado cozinheiro disse para o ajudante:

— Não sirva isto no jantar do chefe não. Deixa pro café da manhã porque o chefe gosta de tomar café na cama.

A bolsa ou o elefante

Começou a história com a senhora prometendo ao filhinho que o levava para ver o elefante. Prometido é devido, a senhora foi para o jardim zoológico da Quinta da Boa Vista e parou diante do elefante. O garotinho achou o máximo e não resta dúvida que, pelo menos dessa vez, o explorado adjetivo estava bem empregado. Mas sabem como é criança, nem com o máximo se conforma:

— Mãe, eu quero ver o elefante de cima.

Taí um troço difícil: ver um elefante de cima. Mas se criança é criança, mãe é mãe. A senhora levantou o filho nos braços, na esperança de que ele se contentasse. Foi quando se deu o fato principal da história. A bolsa da senhora caiu perto da grade e o elefante, com a calma paquidérmica que deu cartaz ao Feola, botou a tromba pra fora da jaula, apanhou a bolsa e comeu.

E agora? Tava tudo dentro da bolsa: chave do carro, dinheiro, carteira de identidade, maquilagem, enfim, essas coisas que as senhoras levam na bolsa. A senhora ficou muito chateada, principalmente porque não podia ficar ali assim... como direi?... ficar esperando que o elefante devolvesse por outras vias a bolsa que engolira.

Era uma senhora ponderada, do contrário, na sua raiva, teria gritado:

— Prendam este elefante!

Pedido, de resto, inútil, porque o elefante já estava preso. Mas, isso tudo ocorreu numa segunda-feira. Dias depois ela telefonou para o diretor do jardim zoológico, na esperança de que o elefante já tivesse completado o chamado ciclo alimentar.

Não tinha. Pelo menos em relação à bolsa, não tinha. O diretor é que estava com a bronca armada:

— O que é que a senhora tinha na bolsa? O elefante está passando mal — disse o diretor.

E a senhora começou a imaginar uma dor de barriga de elefante. É fogo... lá deviam estar diversos faxineiros de plantão.

— Se o elefante morrer teremos grande prejuízo — garantia o diretor — não só com a morte do animal como também com o féretro. A senhora já imaginou o quanto está custando enterro de elefante?

A senhora imaginou, porque tinha contribuído para o enterramento de uma tia velha, dias antes. E a tia até que era mirradinha.

Deu-se então o inverso. Já não era ela que reclamava a bolsa, era o diretor que reclamava pela temeridade da refeição improvisada. Para que ele ficasse mais calmo, a dona da bolsa falou:

— Olha, na bolsa tinha um tubo de Librium, que é um tranquilizante.

Até agora o diretor não sabe (pois ela desligou) se a senhora falou no tranquilizante para explicar que não era preciso temer pela saúde do elefante, ou se era para ele tomar, quando a bolsa reaparecesse.

Suplício chinês

Era um hotelzinho pacato e que só recebia hóspedes durante o verão. Clima de montanha, boa comida e muito sossego. Enfim, essas bossas.

Durante a maior parte do ano os cozinheiros ficavam dando peitada um no outro. Não tinham mesmo nada pra fazer!!! Cidade pequena, sabe como é? Igual a Cachoeirinha, onde nasceu Primo Altamirando. Diz ele que a população da cidade não aumenta porque sempre que nasce um filho... foge um pai.

Mas voltando ao hotelzinho: o velho escrivão do cartório local, um cara solteiro e doido por mulher, morava lá e sua constante reclamação era justamente a falta de hospedagem feminina, para que ele pudesse praticar o salutar esporte da paquera.

Por longo tempo foi assim. O escrivão, sendo o morador mais antigo e fiel, ocupava o melhor quarto (o quarto nupcial, que hotelzinho mixa também tem dessas besteiras) e era tratado como um Pelé em Santos. Até que — um dia — um coronel político foi ao hotel e pediu um quarto para a filha. A mocinha — que era o que havia de mais redondinho e cor-de-rosa na região — ia casar e passaria a lua de mel ali.

Então foi feita a troca. O dono do hotel conseguiu convencer o escrivão de mudar de quarto e o pilantra topou logo, desde que ficasse num quarto ao lado. Lua de mel era o que mais incomodava o serventuário da justiça, porque ele ficava olhando o casalzinho na hora do jantar e, de noite, não tinha jeito de dormir: ficava acordado, imaginando coisas.

No dia do casamento o escrivão fechou o cartório mais cedo, mandou a justiça para o inferno e chegou no hotel antes da hora. Não quis conversa com ninguém e, quando não viu o casal na sala de jantar, achou que os dois tinham comido no quarto. Alvoroçado que só bode no cercado das cabritas, subiu para seus aposentos provisórios e só reapareceu no saguão no dia seguinte, mais pálido que o conde Drácula.

— Mas o senhor não dormiu bem no outro quarto? O vizinho fez muito barulho? — perguntou o solícito gerente.

— Pois é... sabe como são essas coisas. Casal em lua de mel no quarto ao lado sempre incomoda, né? A gente fica pensando besteira — insinuou o escrivão.

— Mas... — o gerente estava boquiaberto: — O casal não veio. O quarto estava vazio. Apareceu aqui um chinês com dor de dente. Eu botei o chinês lá. — E acrescentou: — Coitado do chinês, gemeu a noite toda.

O homem das nádegas frias

A historinha que vai contada abaixo, naquele estilo literário que fez de Stanislaw Ponte Preta um escritor de importância transcendental, é absolutamente verdadeira e — a par de ser jocosa — serve para provar que na época hodierna a mulher está tão desacostumada ao cavalheirismo, que engrossa a toda hora, por falta de treino.

A pessoa que foi testemunha do episódio merece todo crédito e garante que aconteceu no interior de um desses ônibus elétricos que a irreverência popular apelidou de chifrudo. O ônibus vinha lotado e, como acontece com tanta frequência, com vários passageiros em pé. Antigamente, quando havia passageiro em pé, era tudo homem, porque a delicadeza mandava que os cavalheiros cedessem seus lugares às damas. Hoje, porém, é na base do chega pra lá.

Vai daí, havia um senhor que estava sentado distraidamente lendo o seu jornal e nem percebeu que havia em pé, ao seu lado, uma jovem senhora dessas que não são nem de capelão largar batina, nem de mandar dizer que não está. Em suma: uma mulher bastante razoável.

O senhor acabou de ler o seu jornal, dobrou-o e deu aquela espiada em volta, ocasião em que percebeu a distinta viajando em pé, ao seu lado. Devia ser um cavalheiro de conservar hábitos d'antanho porque, imediatamente, levantou-se e disse pra dona:

— Faça o obséquio de sentar-se, minha senhora.

Seu ato não parecia esconder segundas intenções, tão espontâneo ele foi. Mas, se o cavalheiro era antigão, a madama era moderninha. Achou logo que o senhor estava querendo fazer hora com ela e, desacostumada ao gesto delicado, torceu o nariz e falou:

— Muito obrigada, mas eu não sento em lugar quente.

Houve risinho esparso pelo ônibus e comentários velados, o que deixaria o senhor com cara de tacho, não fosse ele — conforme ficou provado — pessoa de muita presença de espírito.

Notando que todos o olhavam como se ele fosse um palhaço, o gentil passageiro voltou a sentar-se e disse, no mesmo tom de voz da grosseira passageira, isto é, naquele tom de voz que despertara a atenção geral:

— Sinto muito que o lugar esteja quente, minha senhora. Mas não existe nenhum processo que nos permita carregar uma geladeira no rabo.

Aliás, ele não disse rabo. Ele disse mesmo foi bunda.

Mirinho e o disco

Fomos juntando os telegramas sobre novos aparecimentos de discos voadores. Aqui está um de Lima, Peru: "Um disco voador e seu tripulante, um anão de cor esverdeada, pele enrugada e noventa centímetros de altura, foram vistos, ontem à noite, no terraço de uma casa pelo estudante Alberto San Roman Nuñez". Este outro de Assunção, Paraguai: "Diversas pessoas tiveram oportunidade de ver nos céus desta capital um estranho objeto voador, que durante vinte minutos evoluiu sobre suas cabeças, desaparecendo depois em grande velocidade". Já de Santiago, Chile, o telegrama conta diferente:

> Novas notícias de aparecimento de objetos voadores não identificados nos céus reacenderam controvérsias desencadeadas com visões nas bases científicas da Antártida, no mês passado. Na Vila de Beluco, pequena localidade chilena, os habitantes viram um disco pousar durante cinco minutos e logo levantar voo para desaparecer no horizonte.

Agora noutro continente: "Em Oklahoma City a polícia informou que, na base de Tinker, perto desta cidade, o radar registrou a presença de quatro objetos não identificados, que evoluíam a cerca de sete mil metros de altura". Na Europa e na Austrália também houve disco voador assombrando populações. De Portugal, por exemplo, chegou telegrama contando que foi visto objeto estranho "que parecia um esférico de plástico". E no Brasil, ainda no domingo passado, em Paquetá, uma porção de gente viu disco voador, o que prova que eles andam pela aí de novo.

Mas deixemos os discos voadores momentaneamente de lado e passemos a Primo Altamirando. No prédio onde Mirinho mora tem uma mocinha que eu vou te contar. Vai ser engraçadinha assim lá em casa! O primo vinha cantando a vizinha há bem uns seis meses, sem conseguir nem pegar na mão. Anteontem, porém, depois de muita insistência, ela amoleceu e andou dando sopa para o nefando parente: combinou com ele um encontro noturno no terraço do prédio. E, de fato, na hora marcada, apareceu assim meio medrosa. Mirinho começou a amaciar a bonitinha, fazendo festinha, dizendo pissilone no ouvido, dando mordidinha na ponta da orelha. E quando já tava quase, ela deu um grito:

— Que foi??? — assustou-se Mirinho.

— Olha lá no céu. Um disco voador — apontou ela, nervosa. Com medo de perder a oportunidade, Mirinho apertou-a contra si e lascou:

— Deixa pra lá. Finge que não vê. Finge que não vê!

DE *FEBEAPÁ* **2**
(1967)

Ode ao burro

O Carnaval acabou para uns, continuou para outros, mas fevereiro foi embora e março entrou firme. Em primeiro lugar, por motivos óbvios, transcrevemos a circular distribuída pela Câmara Municipal de Pindamonhangaba:

Parecer da Comissão de Finanças ao projeto de lei nº 4/67, do poder Executivo — Presidente-relator: vereador Aníbal Leite de Abreu — Com o projeto de lei em epígrafe, pretende o executivo municipal a venda de dois muares de propriedade da prefeitura e que contam mais de trinta anos de idade. Para muitos essa providência há de parecer normal ou corriqueira, sem que mereça maiores estudos ou ponderações. Não o pretendemos e não é do nosso propósito apenas lamentar a triste sorte desses muares e, muito menos este parecer tem sentido laudatício, a esses injustiçados animais que após vinte e cinco anos de exaustivos serviços prestados à limpeza pública, hoje, trôpegos e em pleno decréscimo de sua energia e força, serão vendidos por trinta dinheiros. Por certo viverão os seus últimos dias sob a rude chibata de alguns perversos tidos como racionais, soltando seus suspiros finais presos aos varais de pesados carroções, ou ainda poderão ter os seus corpos esquartejados em algum saladeiro, que fabrica salame de muares ou de equinos. Nesta época em que os animais, quer pela sua dedicação, amizade, trabalho ou humildade santificante, vêm granjeando merecidamente u'a maior consideração dos seus irmãos racionais, quando personagens representativas do mundo intelectual ou político da nossa turbulenta metrópole ensaiam levantar um monumento ao burro, este animal de multimilenar espécie, que cedeu a sua manjedoura para o leito do Mestre dos Mestres, conduzindo ainda no seu lombo aconchegante Maria e o Menino Jesus para o Egito, não é admissível que em Pindamonhangaba a sua prefeitura pratique tamanha injustiça contra esses esquecidos muares. Poderíamos lembrar aos nobres pares a participação eloquente do burro nos albores do Brasil Império, lutando heroicamente sob o peso de enormes jacás, descendo as serras no transporte do ouro, metais ou pedras preciosas e retornando serra acima com o bom vinho importado, ferramentas ou outras riquezas.

Nas bandeiras, nos movimentos de expansão ou nas investidas pelos sertões em busca de minas ou plantando cidades, o burro esteve sempre presente como condutor do progresso e da civilização.

Cada um de nós, na sua função pública, em muitas ocasiões deve raciocinar com o coração e ser mais humano o quanto possível. Não que queiramos com essa manifestação demonstrar uma excessiva bondade ou qualidade que muitas vezes não possuímos, mas não é de justiça que velhos e cansados muares da municipalidade paguem com o seu sofrimento e com a sua vida o preço do nosso desinteresse ou omissão. Por isso, manifestamo-nos contrariamente à aprovação do projeto de lei 4/67, recomendando ao sr. prefeito municipal, e se preciso elaboraremos um projeto de lei, determinando que todos os animais de propriedade da prefeitura, que pela sua idade se tornem inservíveis para o serviço, sejam soltos na fazenda da represa, que é um próprio da municipalidade onde eles passarão a viver os seus derradeiros dias. A renda que a prefeitura deixa de auferir com a venda desses animais é insignificante, mas o exemplo de justiça e de compreensão do nosso poder público há de dizer alto sobre as atitudes dos administradores municipais de hoje. Pindamonhangaba, 6 de março de 1967 — Aníbal Leite de Abreu — Presidente-relator da Comissão de Finanças.

Teresinha e os três

Teresinha, quando veio do interior para trabalhar como copeira e arrumadeira, no solar de Tia Zulmira, quase não cooperou nada porque — principalmente —, antes de querer ser arrumadeira, pensou em se arrumar. Era muito jeitosinha a mulata. Tinha um riso branco como os votos do atual eleitorado, tinha um andar de quadris febris, tinha uma saúde dessas pra nego nenhum botar defeito. Enfim, Teresinha era o fino!

Tia Zulmira, velha e experiente, achou logo que Teresinha não ia demorar muito no serviço doméstico, tanto assim que evitou o que pôde mandar a empregada na rua. Sempre que tinha uma compra qualquer para fazer, ela mandava a cozinheira, que já estava queimando óleo 40, sorria com todas as gengivas e claudicava da canhota. Mas teve um dia que a cozinheira acordou com defeito no carburador, e titia foi obrigada a ordenar à Teresinha:

— Vai ali na farmácia e compra este xarope que está aqui escrito!

Ah, Margarida... pra quê! Ela foi, voltou e, com cinco minutos do tempo regulamentar, já tinha juriti piando no galho. Tia Zulmira, num dos raros momentos em que chegou à janela (titia não gosta de mulher na janela, acha que é uma atitude muito colonial), viu um cara indo e vindo em frente ao portão, com aquele olhar perdido de quem está pensando besteira.

Bem, eu vou encurtar. Mesmo com os conselhos da patroa, Teresinha de Jesus da Silva de uma queda foi ao chão. Só que não acudiram três cavalheiros. Não! Os três cavalheiros vieram justamente antes da queda. Mas vamos por partes.

Logo depois daquela ida à farmácia, começaram as paqueras, os telefonemas na base da voz grossa pedindo "se não fosse incomodar, poderia por obséquio falar com a d. Teresa". O primeiro cavalheiro foi um garboso soldado do fogo. Um bombeiro cerimonioso, que sempre que vinha buscar Teresinha para sair, nas tardes de domingo, curvava-se, respeitoso, para Tia Zulmira.

O segundo não tinha garbo mas tinha mais juventude. Era aviador, e isto, dito assim, parece que o rapaz era da Aeronáutica. Mas não: ele era aviador de receitas. Trabalhava na farmácia onde Teresinha fora, na sua primeira ida lá fora, lembram-se? Pois é. O aviador, como a farmácia fazia plantão aos domingos, costumava rebocar Teresinha para a rua às noitinhas de segunda-feira.

O terceiro não tinha dia. Vinha de vez em quando e era vigia de uma obra, num prédio que estavam construindo na outra esquina, do lado de lá. Pelo que ficou se sabendo depois, era o menos abonado dos três, mas isto ainda não está na hora de contar.

Foi assim: não demorou muito, Teresinha começou a ter enjoo. Enjoava que só vendo, e Tia Zulmira, sempre muito romântica, mas nem por isso menos realista, viu logo que teria de pagar carreto à cegonha. Chamou Teresinha e perguntou quem foi. A mulatinha, cheia de pudores, chorou muito, mas não quis dizer, obrigando a velha a iniciar suas diligências.

Conversou com os três suspeitos, e ficou sabendo que o bombeiro, que vinha aos domingos, era tarado pelo Flamengo e, nas vezes que levou Teresinha com ele para passear, foram ao Maracanã. O aviador (de receitas) costumava levar Teresinha ao cinema.

— Cinema, no duro? — insistiu Zulmira, que nunca foi de chupar picolé pelo lado do pauzinho.

— Cinema, sim, senhora. A senhora compreende. Eu tenho folga às segundas, quando muda o programa dos cinemas. Me acostumei a ir aos cinemas nas segundas. Quando comecei com a Teresa, passei a ir com ela.

Tia Zulmira anotou, e passou para o terceiro. O tal vigia num prédio que estavam construindo na outra esquina, do lado de lá. Instado a responder se tinha levado Teresinha ao Maracanã, respondeu que não, que quem sou eu, nunca iria levar a menina, que via-se logo ser moça de respeito, num lugar onde só vai homem. Cinema também não, porque é muito caro para quem vive de salário mínimo. Na verdade, ele não levava Teresinha a lugar nenhum. Era um pobre coitado, compreende? Os dois, quando saíam juntos, ficavam batendo papo ali mesmo, na obra.

Tia Zulmira deu um jeito, conversou com a mulata direitinho, e o casamento com o vigia é sábado. Após a cerimônia, vatapá na Boca do Mato!

Ândrocles e a patroa

Morava bem em frente ao boteco, o Ândrocles! Todos os frequentadores do canavial o conheciam. Sim, porque era um autêntico canavial aquele botequim, onde a cana escorregava firme e toda noite fornecia à boêmia local um pelotão de caneados. Alguns iam curtir o porre em casa, outros continuavam a sofrer a influência da cana e acabavam encanados.

Ândrocles estava mais no primeiro do que no segundo caso. De resto, era um porrista ameno. Tomava umas duas ou três e ficava de pressão, muito falante, contando casos. Em dado momento, a mulher aparecia na janela, em frente, e chamava:

— Ândrocles, vem pra casa!

Ele respondia:

— Tô indo, nega! — olhava em volta e invariavelmente informava o que todos já sabiam: — É a minha patroa!

Uma chata, a patroa do Ândrocles. Dessas velhotas de bigode, verruga no rosto e gordona, que a gente tem a impressão de que não é bruxa porque excedeu em peso à categoria, e, se montasse numa vassoura, quebrava o cabo. Ainda por cima mandona, com mentalidade de sargento de cavalaria reformado. Diziam, inclusive, que, de vez em quando, quando o Ândrocles se rebelava pouquinha coisa, sarrafeava o coitado.

A turma do boteco gostava dele. Era um velhote culto; pelo menos para aquela turma, era um Rui Barbosa. Contava história, explicava coisas, tirava dúvidas, tudo com modéstia, sem botar a menor banca. Uma vez explicou para os amigos quem fora Ândrocles:

— É uma lenda — esclareceu, logo fez-se silêncio no boteco, para que prosseguisse. Ele tomou mais um gole da que matou o guarda e prosseguiu: — Ândrocles era um escravo e um dia fugiu, isto é, eu não me lembro bem se fugiu. O que eu sei é que teve que se esconder numa gruta, e lá dentro tinha um leão. Era um *big* leão, feroz às pampas, e o xará ficou besta por não ter sido atacado. Aí, quando seu olhar se acostumou à escuridão da gruta, reparou que o leão estava com o maior espinho atravessado numa das patas… — tomou mais um gole e pediu ao português do balcão que botasse mais uma.

Servido, bicou, lambeu os beiços e continuou:

— Ândrocles, de tanto sofrer, não podia ver ninguém sofrendo, nem mesmo um leão. Por isso se aproximou devagarinho e conseguiu arrancar o espinho da pata do leão, que desapareceu gruta afora, todo contente. Os tempos passaram e, um dia, Ândrocles, por ser cristão, foi aprisionado e jogado na arena para os leões comerem — aí parou de novo, para respeitar uma técnica de *suspense* muito comum em novela de televisão.

Os olhares dos companheiros de marafa estavam todos postados nele:

— Eu sou como o Ândrocles da lenda. Agora mesmo, vendo vocês tão interessados, já estou com pena de ter interrompido a história. Segundo eu sei, os algozes de Ândrocles vibraram, quando viram aquele leãozão caminhar urrando para ele. Mas aí foi aquele pasmo; o leão era o mesmo da gruta e, reconhecendo seu benfeitor, começou a lambê-lo e a fazer festinha, que nem cachorrinho de francesa.

— Quem lhe contou esta história? — perguntou um outro cachaça.

— Bernard Shaw — respondeu Ândrocles, sabendo que ali ninguém conhecia o dramaturgo irlandês.

Houve um silêncio comovido entre os bêbados. Um silêncio muito comum em comunidade de bêbados, que são pessoas que se comovem com muita facilidade. Um velhote de nariz vermelho, muito mais vermelho de conhaque do que de gripe, chegou a puxar um bruto lenço de quadrados para se assoar.

E o silêncio ainda permanecia, quando ouviu-se o grito medonho à porta:

— Ândrocles, seu capadócio… bebendo sem permissão!?!?

Todos se viravam a um tempo: era a patroa do Ândrocles.

— Querida! — ele disse, mas a velhota estava possessa e esbravejou:

— Aproveitando a minha ausência para vir beber sem ordem. Já para casa, rato imundo!

Ândrocles colocou o copo em cima do balcão e nem pensou em pagar a despesa; saiu passado, com a vergonha que a implacável "sargenta" aumentou ao dar um safanão em sua nuca, que o fez perder o equilíbrio e ajoelhar na calçada.

Ândrocles levantou-se e correu cambaleante para dentro de casa, com ela atrás e, na sua nobreza, os bêbados todos se voltaram para o balcão, para não verem mais nada daquele vexame. O velho de nariz vermelho murmurou constrangido:

— E pensar que ele fez tudo na vida por essa vaca!

Começaram a beber devagar, outra vez. Só quem estava de frente para os acontecimentos era o português do balcão. Esperou que a porta se fechasse atrás do casal, do lado de lá da rua, e falou com desprezo no sotaque:

— Até o leão foi mais humano que esta gaja!

Momento na delegacia

Foi na delegacia da Penha, onde fui parar acompanhando um amigo que tivera seu carro roubado e — posteriormente — encontrado pelos guardas da jurisdição da "padroeira". Antes de mais nada devo declarar que na delegacia da Penha acontecem coisas de que até Deus duvida. De dois em dois minutos, uma "ocorrência" para o comissário do dia registrar. O comissário, coitado, tem que quebrar mais galho do que um lenhador canadense.

Mal tinha resolvido o caso de uma gorda que fora mordida pelo cachorro da vizinha, ou foi a vizinha que mordeu o cachorro da gorda? Sei lá... já não me lembro mais. O que eu sei é que, mal tinha saído a gorda, e o pessoal em volta comentava a bagunça que a gorda tentou armar no distrito, e já começava o caso do crioulo de duas mulheres.

Para mim, sinceramente, "O Caso do Crioulo de Duas Mulheres" foi o mais bacaninha de todos. De repente entrou aquele bruto crioulo. Tinha quase dois metros de altura, era forte como um touro, e caminhava no mais autêntico estilo da malandragem carioca. Ladeado por duas mulheres imobilizadas por uma chave de braço cada uma, caminhou calmamente até o centro da sala, enquanto as duas faziam o maior banzé, sem que ele tomasse o menor conhecimento. A que ele trazia presa na canhota era meio puxada para o sarará e chamava-o, com notável regularidade, de "vagabundo", "crioulo ordinário", "hômi safado" e outros adjetivos da mesma qualidade. A que estava presa pelo lado direito, tinha a chave de braço mais apertada pouquinha coisa (devia ser mais presepeira) e, por isso, estava meio tombada pra frente. Dava as suas impressões sobre o crioulo com menos frequência, mas — em compensação — quando abria a boca, berrava mais alto que a sarará. Sua reivindicação era sempre a mesma: "Me larga, seu cachorro!". De tipo, era mulata e gordinha.

O bom crioulo nem parecia... Com a calma já assinalada, olhou em volta, bateu os olhos no comissário e adivinhou:

— Tô falando com o comissário?

O comissário respondeu que sim. A voz do crioulo era surpreendentemente fina para um sujeito de sua estatura. Isto dava um ar bem-humorado à cena, assistida pelos presentes: uns quinze ou vinte, se tanto. A gorduchinha tentou se desprender. Ele apertou mais a chave e disse, fininho:

— Quieta aí — e, virando-se para o comissário: — Boa tarde, doutor. Eu sou estivador e moro aqui pertinho, num barraco de minha propriedade, com estas duas.

— O senhor vive com as duas? — perguntou o comissário.

— Vivo, sim, senhô. Mas isto nunca foi pobrema. Urtimamente porém elas todavia dero pra brigá. Eu saio pro trabaio e quando vorto as duas tão cheia de cachaça e começa com ciumera.

— Que ciumera o quê? Eu lá tenho ciúme de você, seu ordinário? — disse a sarará.

O crioulo interrompeu sua explanação à autoridade e falou pra ela:

— Quieta aí, senão vai levá uma bolacha na frente do doutô.

A sarará não acreditou, cuspiu pro chão, em sinal de nojo e levou aquela tapona definitiva, franca, imaculada. Calou a boca e voltou para a chave de braço. O crioulo pigarreou e prosseguiu:

— Pois é como eu digo, doutô. Faz dois dia que num drumo, tá bem? Dois dia sem drumi. Vê se pode. Tudo por causa do bode que essas duas arma quando eu chego... — largou a sarará, colocou a mão sobre o peito, coberto pela camisa de seda amarela. Usava camisa de seda, uma calça de brim ordinário, mas com vinco perfeito e calçava um chinelo de couro cru, que deve ter custado uma besteira, mas na vitrina de qualquer butique da zona sul estaria com o preço marcado para cinquenta contos, no mínimo.

— E elas num têm razão — esclareceu: — Se há um sujeito que num tem preferença sou eu. Elas veve comigo há três ano e num pode ter queixa. É tudo onda delas, doutô. Hoje é minha forga no cais e eu preciso drumi. Eu trouxe elas aqui pro senhô prendê elas aí. Tá legal? O senhô faz isso pra mim? Amanhã quando eu acordá eu venho buscá.

O comissário coçou a cabeça, perguntou a um auxiliar se havia xadrez vago, o auxiliar disse que sim e ele perguntou, para que o crioulo ratificasse:

— Você amanhã passa aqui para apanhar as duas?

— Passo sim, doutô. É só esta noite pra eu podê drumi. Amanhã eu prometo ao senhô que, assim que eu acordá, faço o meu café, tomo um banho e venho aqui buscá elas.

O comissário concordou: dois guardas agarraram as mulheres, que foram lá pra dentro berrando e se debatendo. O crioulo agradeceu ao comissário, virou as costas e foi saindo. Lá dentro, as duas mulheres — longe dele — aumentaram o festival de palavrões em sua homenagem.

O crioulo parou perto de um guarda e perguntou:

— Tu que é o prontidão? — o guarda fez um movimento de cabeça, afirmativo: — Intão, tu me faz um favô. De vez em quando joga um balde d'água nelas, pra elas esfriar. Amanhã, quando eu vier reclamar a mercadoria, tu leva um "tiradente" pelos serviço prestado, tá?

— Tá! — concordou o prontidão, olhando logo prum canto para conferir a ferramenta de dar fria, ficando notoriamente tranquilo ao ver um balde velho e amassado, debaixo de um banco.

— Eu lhe agradeço — garantiu o crioulo, com uma pequena reverência. Depois retirou-se naquele mesmo passinho macio, chinelo de couro cru, camisa de seda amarela, frisada pela brisa da tarde. Ia dormir sossegado, no barraco de sua propriedade.

A vontade do falecido

Seu Irineu Boaventura não era tão bem-aventurado assim, pois sua saúde não era lá para que se diga. Pelo contrário, seu Irineu ultimamente já tava até curvando a espinha, tendo merecido, por parte de vizinhos mais irreverentes, o significativo apelido de "Pé na Cova". Se digo significativo é porque seu Irineu Boaventura realmente já dava a impressão de que, muito brevemente, iria comer capim pela raiz, isto é, iam plantar ele e botar um jardinzinho por cima.

Se havia expectativa em torno do passamento do seu Irineu? Havia sim. O velho tinha os seus guardados. Não eram bens imóveis, pois seu Irineu conhecia de sobra Altamirando, seu sobrinho, e sabia que se comprasse terreno, o nefando parente se instalaria nele sem a menor cerimônia. De mais a mais, o velho era antigão: não comprava o que não precisava e nem dava dinheiro por papel pintado. Dessa forma, não possuía bens imóveis, nem ações, debêntures e outras bossas. A erva dele era viva. Tudo guardado em pacotinhos, num cofrão verde que ele tinha no escritório.

Nessa erva é que a parentada botava olho-grande, com os mais afoitos entregando-se ao feio vício do puxa-saquismo, principalmente depois que o velho começou a ficar com aquela cor de uma bonita tonalidade cadavérica. O sobrinho, embora mais mau-caráter do que o resto da família, foi o que teve a atitude mais leal, porque, numa tarde em que seu Irineu tossia muito, perguntou assim de supetão:

— Titio, se o senhor puser o bloco na rua, pra quem é que fica o seu dinheiro, hem?

O velho, engasgado de ódio, chegou a perder a tonalidade cadavérica e ficar levemente ruborizado, respondendo com voz rouca:

— Na hora em que eu morrer, você vai ver, seu cretino.

Alguns dias depois, deu-se o evento. Seu Irineu pisou no prego e esvaziou. Apanhou um resfriado, do resfriado passou à pneumonia, da pneumonia passou ao estado de coma e do estado de coma não passou mais. Levou pau e foi reprovado. Um médico do Samdu,* muito a contragosto, compareceu ao local e deu o atestado de óbito.

---

* Serviço de Assistência Médica Domiciliar de Urgência.

— Bota titio na mesa da sala de visitas — aconselhou Altamirando; e começou o velório. Tudo que era parente com razoáveis esperanças de herança foi velar o morto. Mesmo parentes desesperançados compareceram ao ato fúnebre, porque estas coisas vocês sabem como são: velho rico, solteirão, rende sempre um dinheirão. Horas antes do enterro, abriram o cofrão verde onde havia sessenta milhões em cruzeiros, vinte em pacotinhos de "tiradentes" e quarenta em pacotinhos de "santos dumont":*

— O velho tinha menos dinheiro do que eu pensava — disse alto o sobrinho. E logo adiante acrescentava baixinho:

— Vai ver, gastava com mulher.

Se gastava ou não, nunca se soube. Tomou-se — isto sim — conhecimento de uma carta que estava cuidadosamente colocada dentro do cofre, sobre o dinheiro. E na carta o velho dizia: "Quero ser enterrado junto com a quantia existente nesse cofre, que é tudo o que eu possuo e que foi ganho com o suor do meu rosto, sem a ajuda de parente vagabundo nenhum". E, por baixo, a assinatura com firma reconhecida para não haver dúvida: Irineu de Carvalho Pinto Boaventura.

Pra quê! Nunca se chorou tanto num velório sem se ligar pro morto. A parentada chorava às pampas, mas não apareceu ninguém com peito para desrespeitar a vontade do falecido. Estava todo o mundo vigiando todo o mundo, e lá foram aquelas notas novinhas arrumadas ao lado do corpo, dentro do caixão.

Foi quase na hora do corpo sair. Desde o momento em que se tomou conhecimento do que a carta dizia, que Altamirando imaginava um jeito de passar o morto pra trás. Era muita sopa deixar aquele dinheiro ali pro velho gastar com minhoca. Pensou, pensou e, na hora que iam fechar o caixão, ele deu o grito de "pe-

---

* "Tiradentes" e "santos dumont": efígies nas cédulas de cinco e dez cruzeiros novos, respectivamente.

ra aí". Tirou os sessenta milhões de dentro do caixão, fez um cheque da mesma importância, jogou lá dentro e disse "fecha".

— Se ele precisar, mais tarde desconta o cheque no banco.

Não me tire a desculpa

Vocês se lembram daquele cara sobre o qual eu contei uma historinha; um cara que era tão mal-acabado que só não era mais feio por falta de espaço? Pois o cara desta historinha é pior. Se feiura fosse dinheiro, ele todo ano ia à Europa. Perto dele Frankenstein era Marta Rocha.

Mas, para vocês verem como são as coisas: embora fosse um tremendo filhote de Drácula, o cretino tirava sarro de conquistador. Andava bacaninha, com paletó lascado atrás, gravata italiana, abotoadura de ouro, calças dessas tão apertadinhas que pareciam ter sido costuradas com ele dentro.

E frequentador, também. Metia um jantar na Hípica, de vez em quando, e, embora não fosse sócio-atleta, comia salada de alfafa, para não engordar. E nisto talvez tivesse razão. Gordo seria pior. O magro horrendo pode ser mais fantasmagórico, mas o impacto de sua feiura é menor do que a do gordo horrendo.

O que não lhe ia bem era a pretensão. Entrava no bar e ficava encostado ao balcão, fazendo olhares para as mulheres. Bebia uísque com pose de quem está bebendo veneno por desprendimento e, quando acendia um cigarro, tirava aquela baforada farta, só para fazer olhar misterioso por trás da fumaça.

Um dia um amigo meu surpreendeu-o num restaurante, comendo "pão-sexy". Eu nem sabia que existia esta bossa. Mas o amigo me explicou. O "pão-sexy" é aquele truque que o conquistador, que costuma trabalhar na faixa do durão com mulher, gosta de empregar em lugar público onde tem a possibilidade de mastigar. O conquistador senta num canto e fica olhando fixo para uma dona dos seus desejos secretos. Quando o olhar começa a ficar insistente, segura um pedaço de pão e aguarda. Na hora em que a dona, disfarçadamente, vai conferir para ver se o chato ainda conserva o olhar insistente, ele dá o golpe do "pão-sexy"; isto é, morde o pão e arranca um pedaço com violência.

Ah, estraçalhador!!! Diz que tem mulher que vibra com esta besteira, sentindo-se mordida in loco pelo carrasco. Eu, por mim, acho que mulher que vibra com o golpe do "pão-sexy" só deve ter de Bangu pra cima, mas hoje em dia, com o lockout da finura, é bem possível que as grã-finas tenham aderido e se encontre uma ou outra que aprecie as manobras do "pão-sexy" até mesmo no bar do Iate. Ainda mais porque o cara de que eu estou falando vai muito lá.

Como todo conquistador que se preza, é também um difamador, o cara esse. Quando se fala em determinada mulher, perto dele, ele fica fazendo um olhar entre o displicente e o saudoso, até que a pessoa que fala da mulher não resiste e pergunta:

— Você conhece ela?

Ele conhece vagamente, mas dá a entender justamente o contrário, e deixa no ar aquele cheirinho de dúvida, ao responder:

— Deixa isso pra lá! Vamos falar de outra coisa! Águas passadas, águas passadas.

No entanto, ali não passa água nenhuma. Tal tipo de cretino não apanha nem goiaba no pomar. Os sujeitos que agem assim estão perfeitamente enquadrados no substancioso manual de Freud (página 4 na edição de bolso). É exatamente porque não apanha ninguém que o cara toma essas atitudes.

Talvez a vida trepidante da atualidade incentive esse tipo de gente. Hoje em dia não se tem tempo para reparar se a pose do próximo condiz com a realidade e, assim, vai-se aceitando o co-coroca como ele diz que é. E não como ele é realmente.

Todo mundo sabia — pois estava na cara — que o sujeito desta historinha era mais feio que a necessidade, mas ninguém tinha ainda reparado que ele não apanhava ninguém. Estava sempre se curando de um amor ou com um amor a brotar, mas as mulheres, mesmo, ninguém via com ele.

E este importante detalhe só veio à luz no dia em que um amigo rico disse a ele que tinha montado um apartamento lega-lérrimo. Tinha tudo. Vitrola, gravador, geladeira, uísque, luzes indiretas, ducha, ar-refrigerado, entrada independente. O fino do esconderijo.

Por ser — como ficou dito — um cavalheiro cheio da erva, ofereceu o imóvel suspeito ao "conquistador". Falou nas vantagens do dito e acrescentou:

— Você querendo usar de vez em quando, eu te dou o endereço e uma duplicata da chave.

Mas aí era duro demais para o cara sustentar sua atitude. Engoliu em seco e disse pro outro:

— Muito obrigado! Mas, por favor, não me diga onde é, nem me dê a chave. A única desculpa que eu terei, no dia em que desconfiarem do meu sucesso com mulher, é esta.

— Esta qual?

— Dizer que não tenho onde levar.

O major da cachaça

Havia no bairro um grupo de bebedores da melhor qualidade. A turma se reunia no fundo de um armazém de secos e molhados, onde existiam uma mesa ampla e algumas cadeiras. No começo eram uns poucos, mas depois o grupo recebeu algumas adesões, e os aderentes sentavam em caixotes vazios, que era o que mais tinha no fundo do armazém.

Está claro, sendo um grupo de bebedores, embora fosse o local uma firma — como ficou dito — de secos e molhados, nunca ninguém da turma se interessou pelos secos. Era tudo gente dos molhados. E de tal forma eram que acabaram inventando uma espécie de hierarquia de bebedores. Reparem que estou a chamá-los de bebedores e não de bêbados; isto é, a turma era consciente e não um vulgar amontoado de pés de cana.

Mas, eu dizia, resolveram inventar uma hierarquia baseada no maior ou menor rendimento de cada um, na admirável (pelo menos para eles) arte de curtir um pileque com dignidade. Assim, aqueles que fossem uns frouxos e não passassem de uns tantos cálices, seriam cabos ou sargentos; os que conseguiam aguentar dose maior, seriam tenentes, e acima os capitães, majores... enfim, a graduação subia na ordem direta da cachaça de cada um ou, como disse um deles, mais cínico pouquinha coisa, na capacidade de virar gargalo.

Um detalhe importante que, depois de inventado esse pequeno exército da pinga, todos passaram a respeitar foi a obediência ao posto. Um tenente nunca entrava em qualquer lugar público sem bater continência para um major, pedir licença para permanecer no recinto etc.

Foi quando Geraldina conheceu Adamastor, que era major já fazia mais de um ano. Saiu com ele uma noite, para jantar, e ficou muito impressionada. Estavam os dois esperando os pratos encomendados, quando aproximou-se um cavalheiro e, fazendo continência para Adamastor, falou:

— Dá licença, major?

— À vontade — respondeu Adamastor, meio cabreiro, por causa da presença dela.

Aquilo deu a Geraldina um certo orgulho. Afinal, aquele cavalheiro que a acompanhava não era um qualquer. Tinha a sua importância, recebia certas deferências. É verdade que Geraldina era nova no bairro e nunca suspeitaria em que exército Adamastor servia no posto de major.

E digo mais. Pouca gente sabia daquela brincadeira. Sim, porque quem não era da turma encarava a combinação do grupo como simples brincadeira, ainda que a seriedade com que eles se davam ao ritual da continência provasse que — pelo menos os do exército da cachaça — não tinham aquilo em conta de brinquedo.

Mas voltemos a Geraldina e ao major Adamastor. Continuaram a sair juntos, tornaram-se namorados e, mais do que isto, comprometidos. Adamastor já tinha levado Geraldina para conhecer sua família e vice-versa. À beira de um noivado, portanto.

Foi então que, um dia, conversando com uma tia fofoqueira de Adamastor, Geraldina disse:

— Uma das coisas que eu mais admiro no Adamastor é a importância dele, d. Babilônia (a tia chamava-se Babilônia, embora jamais pudesse ser incluída entre as sete maravilhas do mundo, muito pelo contrário — velha vesga estava ali). — Mal Geraldina fez aquela cândida confissão, d. Babilônia meteu lá um muxoxo e uma cara de nojo, para lascar:

— Que importância que nada, minha querida. O Adamastor é um beberrão. Sabe que título de major é esse? Pois é por causa de cachaça. Aqueles moleques que fazem continência para ele também são bêbados. Quem bebe mais cachaça vai subindo de posto.

Geraldina ouviu aquilo tudo gelada, mas como já gostasse de Adamastor, não quis mais pensar no assunto. Sabem como é: só o amor constrói para a eternidade. Mas também não ia deixar que ele continuasse a enganá-la nas suas bochechas com aquela besteira de major. E foi batata.

À noite o casal combinou um cinema, e estavam ambos na fila para comprar entrada, quando apareceram dois sujeitos. Pararam em frente de Adamastor, bateram a devida continência e perguntaram se podiam entrar na fila também. Adamastor respondeu que sim, que podiam. E ficou murcho dentro da roupa, sem olhar para Geraldina, numa atitude que ela antes pensava que fosse de modéstia e agora estava achando que era de cinismo.

Pobre Geraldina, não percebia que Adamastor não tinha o menor orgulho do título. Pelo contrário, sentia-se um injustiçado, tanto assim que, ao ouvir a bronca, revoltou-se pela primeira vez.

— Não seja cretino, Adamastor — disse ela. — Não fique com esse fingimento, não. Então não sei por que é que esses vagabundos o chamam de major?

E Adamastor:

— Pois fique sabendo que é uma injustiça, ouviu? Tem nego lá no armazém que bebe muito menos do que eu e já é coronel.

O apanhador de mulher

Foi num dia aí que eu tive que ir ao Recife! Eu sou danado para chegar atrasado no Galeão. Eu e o conforto. Eu ainda chego. Atrasado mas chego. O conforto é que está demorando um bocado. Em matéria de aeroporto internacional, deviam mudar o nome daquele cercado para Galinhão — parece um galinheiro, ficava mais condizente. Mas isto deixa pra lá.

Dizia eu que tive de ir ao Recife e fui mesmo. Fui o último a entrar no avião e sentei ao lado de um cara que tinha uma cor puxada para o esverdeado:

"Esse sujeito deve ter um fígado desses que se deixam subornar pelas hostes inimigas. Ou então é desses que têm mais medo de avião do que beatnik de sabonete."

Mas não. Mal o avião levantou voo, o cara pediu um uísque duplo à aeromoça e puxou conversa. Explicou que estava saindo do Rio por causa de uma mulher. E que mulher, seu moço! Dessas que nem presidente de associação de família bota defeito. Ela soube que ele estava andando com a Julinha.

— Manja a Julinha? — ele me perguntou.

Não. Eu não manjava, e era um trouxa por causa deste detalhe. A Julinha era uma das melhores coisas que podem acontecer a qualquer sujeito apreciador do gênero.

E assim foi o cara, até Vitória. Na hora em que o avião ia descer, ele estava explicando que ali, na capital capixaba, tinha tido grandes momentos. Mas grandes momentos mesmo. Se meteu com uma pequena ótima, sem saber que ela tinha duas irmãs melhores ainda. E ele foi pulando de uma para outra.

— Apanhei as três, tá bem? — batia na minha perna e dizia, balançando a cabeça, com um sorriso vitorioso (talvez em homenagem à já citada capital capixaba). E repetia para mim: — Apanhei as três!

Depois da escala em Vitória, tentei sentar longe do folgazão, mas me dei mal. Ele me viu sozinho na poltrona, isto é, com a poltrona do lado dando sopa, e não conversou. Pediu mais um uísque duplo à aeromoça e retomou o assunto mulher. Descreveu como é que foi com a mulher do quinto andar lá do prédio onde ele mora. No começo, não queria. Sabe como é — a gente não deve se meter com essas desajustadas que moram perto, porque fica fácil de controlar. E parecia que ele estava adivinhando. Todo dia de manhã era uma bronca, porque todo dia de manhã — é lógico — saía uma mulher do seu apartamento, e a dona do quinto andar ficava na paquera.

288

— Mandei andar, viu?

— Qual?

— A do quinto.

— Ah, sim...

Entre Vitória e Salvador o sujeito já tinha apanhado mais mulher do que o falecido Juan Tenório. Mas, nem por isso, deixou de contar mais umas duas ou três aventuras amorosas, enquanto aqui o filho de d. Dulce aproveitou a boca para comer uns dois ou três acarajés. Era eu com acarajé e ele com mulher. Desisti até de me livrar do distinto. No Recife cada um de nós iria para o seu lado e eu não veria mais o garanhão.

Retornamos ao avião. Ele, firme, do meu lado. Pediu outro uísque duplo à aeromoça — a qual, inclusive, elogiou, afirmando que tinha umas ancas notáveis.

— Hem, hem? Notáveis! — e me catucava com o cotovelo.

Foi quando sobrevoávamos Penedo que ele confessou que já tinha casado três vezes. Felizmente não tivera filhos, mas mulher não faltou. Depois do terceiro casamento, com várias senhoras de diversos tamanhos e feitios intercaladas entre cada casamento, resolveu que não era trouxa.

— Comigo não, velhinho. Chega de casar! — nova catucada: — Comigo agora é só no passatempo. Por falar nisso, você tem algum compromisso no Recife?

Fingi que tinha. Uma senhora que não poderia ser suspeitada, caso contrário poderia sair até tiro. Ele compreendeu. Embora tremendo boquirroto, concordou que, às vezes, é preciso manter o sigilo. Mas era uma pena eu não estar disponível no Recife. Ele conhecia umas garotas bem interessantes. Era bem possível que, já no Aeroporto dos Guararapes, algumas estivessem à sua espera.

— Você dá uma espiada — aconselhou-me. Se alguma delas me conviesse e — naturalmente — se a tal senhora inconfes-

289

sável falhasse, eu poderia ficar com duas ou três de suas amiguinhas, para umas farras em Boa Viagem:

— A gente vai para a praia. De noite... aqueles mosquitinhos mordendo a gente.

Disse isso com tal entusiasmo na voz que, por um instante, eu cheguei a pensar que ele gostasse mais do mosquitinho do que de mulher. Mas foi só por um instante. Enquanto o avião manobrava e descia no Recife, o cara ainda falou numa prima lá dele, pela qual tivera uma bruta paixão.

Aí o avião parou, todo mundo desamarrou o cinto e — coisa estranha — o meu companheiro de viagem voltou a ficar esverdeado. Saímos, apanhamos as malas e, quando eu ia pegar um táxi, lá estava o cara sozinho, também atrás de condução. Ele me viu, sorriu e explicou:

— Olha, meu velho, aquilo tudo era bafo. Eu não apanho ninguém. Eu tenho é pavor de avião e só falando de mulher é que eu perco o medo.

Uma carta de doido

Jacarepaguá, set. de 1967. Meu caro:

Sua partida para o manicômio do Juqueri deixou saudades em todos nós, aqui na ala dos recuperáveis onde, nos últimos meses, é notória a melhoria dos internos. O fenômeno, por sinal, foi observado pelo psiquiatra-chefe, na conversa que tivemos os dois, durante a insulina das cinco. Embora eu continue com a minha velha cisma de que a diferença entre psicopatas e psiquiatras é mínima; muito menor, por exemplo, do que a que existe entre patrão e empregado, sogra e genro, padre e sacristão ou general e soldado — durante a five o'clock insuline de ontem, ele me pareceu quase tão lúcido quanto nós, os dementes, e me disse que o fenômeno pode não estar em nós, mas nos de fora, isto é, nessa gente alucinada e dita sadia, que vive isolada lá fora. Falou-me na loucura que é a vida exterior e que — praticamente — nivela a nós todos. Eu tenho a impressão de que ele está é doido, pois referiu-se a certos tipos de dança que ora são cultuados pela sociedade e que me custou acreditar sejam dançadas tal como ele me descreveu e demonstrou, dando alguns passos para eu ver; passos que — fossem dados por qualquer um de nós — seriam motivo para requisição de camisa de força à rouparia.

Depois o psiquiatra-chefe, que devia estar em recaída, passou a me falar de política, jurando-me que uma das coisas que mais aproxima os exteriores de nós, os internados, é a atual conjuntura. Confesso que não sei que diabo é isto porque essas baboseiras da política nunca me interessaram: eu sou doido mas não sou débil mental. Aliás, essas expressões da política mudam muito. Quando eu me hospedei aqui, em 1945, falava-se muito em diretrizes partidárias, como antes se falou em nacionalismo atuante, Estado Novo e outras besteiras. Só vim a saber o que era atual conjuntura mais tarde, conversando com um coleguinha recentemente inaugurado e que está na ala dos napoleões. Ele aproveitou o ensejo para me contar o que fez um grupo de externos com a mania de salvar o Brasil para eles. Pensei que este tipo de manifestação já estivesse inteiramente ultrapassado, pois não temos mais ninguém desse gênero aqui, nem mesmo na ala dos varridos. Mas, pelo jeito, este tipo de manifestação de desequilíbrio está até em moda. Nós — aqui em Jacarepaguá — é que estamos em falta.

Mas deixemos de falar nos externos e passemos a assuntos menos alienados. Você sabia que o Heitor, aquele que diz ser um dos autores da carta-testamento de Vargas, piorou? Coitado, estava indo tão bem! Tinha passado da ala dos getúlios para a ala dos recuperáveis mas, na semana passada, escreveu um manifesto no nosso *jornalzinho* A Verdade, *dizendo que o país devia ser governado pelo pessoal do Itamaraty e tiveram que removê-lo outra vez para o lugar antigo.*

Mas este é um caso isolado: no cômputo geral há melhora em todos ou — como disse o psiquiatra-chefe — estamos todos cada vez mais próximos da vida em sociedade, o que — temo eu — poderá fazer mal à maioria. Enfim, o que fazer? Lá fora está um mundo louco e é preciso enfrentá-lo mais cedo ou mais tarde. Acredito mesmo que, se não fosse a Light, muitos de nós poderiam sair para ajudar os pobres de espírito que estão lá fora. Você compreende, não? A Light continua a mesma, falhando muito, prejudicando sensivelmente o curso de choque elétrico que nós — os excedentes — viemos fazer aqui.

Mas não há de ser nada. Dia virá em que esses matusquelas que administram os serviços públicos estarão também recuperados para a vida em comum com seus semelhantes.

Até breve, meu caro, com um forte abraço deste seu companheiro e amigo — (a) Voitaire de Brás de Pina.

P.S. — Quem está praticamente bom é o Zezinho Canário-Belga, aquele que tinha vício de alpiste. Ontem deixaram que ele fosse visitar a família. E ele foi sozinho, sem enfermeiro nem nada.

O cego de Botafogo

Há conversas que surgem numa mesa de bar que dão perfeitamente para derrubar qualquer Freud num divã de psicanalista. É claro que não estou me referindo a conversa de bêbado, pois conversa de bêbado não tem dono. Refiro-me a essas conversas de bar, de tardinha, onde vão os bebedores de chope ou uísque fraquinho, todos sentados mais pelo prazer do convívio do que pelo vício de bebericar. Talvez o trânsito seja culpado. Eu me refiro ao trânsito de bebedores por uma mesma mesa e não ao tráfego no asfalto, que este é tão complicado que eu — embora não sendo velho nem macaco — jamais meteria a mão nessa cumbuca.

Na mesa de um bar onde se reúnem bebedores vespertinos, vão sentando uns, levantando outros; às vezes a roda é grande, depois diminui, para aumentar meia hora depois. Acontece que essa gente que molha o bico ao cair da noite nunca tem pressa em seus assuntos, nunca mistura conversa: fala pouco, porque são bebedores e não bêbados. A única coisa que pode perturbar um pouquinho é mulher, quando entra ou quando passa em frente ao bar.

Naquele botequim de Botafogo, só porque havia umas mesas na calçada (tão raro agora... mesas na calçada), reunia-se um grupo de senhores das redondezas. Cavalheiros que retornavam do trabalho, de ônibus, desciam na esquina e — antes de recolher a anatomia ao recôndito do lar — sentavam e tomavam um troço. Geralmente um chopinho.

Nessas alturas estavam sentados uns três ou quatro em volta da mesa comum à turminha. Não se falava coisa nenhuma, na ocasião. Um deles até — para que vejam que não estou mentindo — lia o jornal, tranquilamente. Foi quando um deles olhou para a calçada do lado de lá e falou:

— Lá vai a mulher do cego!

— É mesmo — confirmou o que lia o jornal, baixando o dito e botando os olhos na direção da mulher do cego, que caminhava com um passo solene, bacana às pampas, carregando aquele corpo que Deus lhe dera num dia em que, positivamente, estava distribuindo com elogiável prodigalidade.

— Ela é boa que dói — disse um terceiro, chamando o garçom e pagando a despesa, na esperança de seguir pela mesma calçada e paquerar um pouco a mulher do cego.

Foi nesse momento que se sentou à mesa um cara conhecido da roda, mas que não a frequentava sempre. Pelo contrário; era novo na turma. Chegou, sentou e pediu um uísque com bastante soda. Depois explicou pros outros:

— Eu nunca bebo, antes do jantar.

Ninguém disse nada. Em mesa de bebedores vespertinos cada um toma o que quer. Apenas um dos que já estavam sentados perguntou para os outros:

— Vocês não têm pena do cego de Botafogo?

— Com a mulher que ele tem eu vou ter pena dele? — estranhou o que estava à sua direita, brincando com aquela bolacha de papelão que o garçom traz cada vez que serve um chope. Houve um silêncio bastante normal no ambiente.

Mas o que era novo na turma mexeu-se inquieto na sua cadeira e deu seu palpite:

— Não há mulher que valha uma cegueira!

Alguns balançaram a cabeça, concordando. Outros sorriram, mas a opinião não ficou sem comentário. Num canto, o que havia se sentado onde antes estava o que saíra atrás da mulher do cego ponderou:

— No caso dele, talvez até seja melhor ser cego.

— O pior cego é o que não quer ver — falou um simpatizante dos chamados ditos populares.

— Mas não é o caso do cego de Botafogo — lembrou o que antes estava lendo jornal e agora não estava mais.

Todos concordaram. Conheciam muito bem o cego de Botafogo, aquele não era o seu caso; ele não via porque não via mesmo e não por atitude, ou melhor, para não ter que tomar uma atitude.

— Por falar em tomar, me dá mais um aí — gritou para o

garçom o que vira passar a mulher do cego e chamara a atenção dos outros.

— Às vezes é melhor a gente ser casado com um bofe — argumentou um baixotinho, cuja esposa era dessas de carcará deixar pra lá.

Protestos gerais: isso não! isso não! E o que era novo na turma fez a pergunta de alienado:

— Espera aí, mas se o cara é cego, tanto faz que a mulher dele seja boa ou não!

Houve um espanto em cada rosto que, em alguns, se transformou em riso sincero. E alguém quis saber:

— Mas quem te disse que o cego de Botafogo não vê?

— Ué... ele não é cego?

— Que cego, homem! Ele é oculista. Enxerga pra burro. Cego de Botafogo é o apelido dele, porque a mulher passa ele pra trás a toda hora e ele nunca reparou.

A conversa continuou menos animada e foi morrendo. Em pouco tempo foram todos saindo e só ficou o que era novo na turma, que pedira um novo uísque (com menos soda), abalado pela mancada que dera havia pouco. E estava ali sentado, quando viu um casal passando do lado de lá, de braço dado. Os dois sorriam e a mulher era uma gracinha. Num instante começou a invejar aquele sujeito feliz, que ia de braço dado com uma mulher tão boa e, ao mesmo tempo, com um ar tão apaixonado. O casal sorria e lá ia, caminhando sem pressa. E o que era novo na turma invejava os dois porque não sabia.

Coitado, não sabia que ela era a mulher do cego e aquele que ia tão contente com ela era o Cego de Botafogo — seu marido.

Não era fruta

A Guanabara anda tão confusa que começaram a acontecer as coisas mais esquisitas dos últimos tempos. Deve ser o calor, o sofrimento de um cinema sem refrigeração, a falta de elevadores, a falta de água, a dificuldade de transportes, e a falta de dinheiro do povo e de vergonha do governo. Com tudo isso, o cidadão vai tendo tanta coisa para pensar, mas tanta coisa, que um dia quando ele menos espera, dá um estouro e pronto. Mufa queimada. Carteirinha de doido e caco de miolo pra tudo que é lado.

E não é que tinha um amontoado outro dia na avenida Salvador de Sá? Foram conferir e tava lá. Mais um com a mufa queimada. O motorista João Claudino da Silva, durante uma das noites mais quentes da Guanabara, teve um acesso de loucura (ou de calor) e, inteiramente nu, foi dormir tranquilamente entre os galhos de uma das árvores daquela via pública. E deu o maior galho. O sr. João Claudino, depois de tirar a roupa e subir na árvore, deitou nu e de barriga pra cima numa forquilha e ficou roncando até onze horas da manhã. Mais ou menos a essa hora um — com licença da palavra — pedestre olhou e viu lá em cima a parte de baixo do Claudino. A noite era de lua cheia, mas o dia não. E tome de juntar gente. Foi aí que um gaiato gritou, depois de olhar atentamente para o acontecimento:

— É fruta-pão.

Um entendido em botânica logo contestou:

— Que fruta-pão o quê, sô! É jaca.

Teve nego até que disse que era uva. Outro disse que era melancia. Tava uma discussão dos diabos. E aí chegou o Corpo de Bombeiros. Um bombeiro meio desconfiado perguntou ao tenente:

— Oitizeiro dá melancia?

— Eu nunca vi! Mas, na atual conjuntura é bem possível. Acho melhor você subir na árvore e dar uma olhada.

Quando o bombeiro se preparava para subir, ainda teve um cara que pediu:

— Ó meu… se for jaca, minha mulher tá com desejo de comer jaca. Tá com desejo, entende…

O bombeiro subiu na árvore. Deu uma olhadinha e gritou:

— Seja lá que fruta for, tá madura e vai cair.

Dito e feito. Primeiro passou o vento e depois a fruta. Era o Claudino. Devidamente descascado, foi enviado para o hospital psiquiátrico. Agora, leva mais uns três meses para amadurar novamente.

Ninguém tem nada com isto

Chega no sábado, seu Galdino não quer vender sapato. Quer é encher a cara, grande amigo da cachaça é o distinto. Pode chegar freguês à vontade que ele não vende bulhufas, mesmo durante o horário comercial sabatino, isto é, de oito ao meio-dia. Até aí — diga-se em favor da verdade — seu Galdino fica só na sede, aguardando a hora. Mesmo assim não vende. Se chega freguês ele até finge que não vê. Aliás, não chega freguês nenhum, pois todo mundo lá manja a mania do sapateiro. Mas chega garoto chato, pra gozar o velho. Chega e pede:

— Seu Galdino, tem sapato preto tamanho 35?

O velho olha e resmunga:

— Não tem sapato nenhum, seu besta. Essas caixas estão todas cheias de... e larga o palavrão que francês tanto gosta de usar.

Mas é depois de meio-dia que seu Galdino começa. Fecha a loja e chama um garoto que trabalha para ele:

— Meu filho, vá na venda do Fulgêncio e me traz uma garrafa de cachaça. Mas leve esta caixa de sapato vazia e bote a garrafa dentro. Não convém esse povo falador ver a cachaça, senão vai dizer que eu sou bêbedo e não é verdade. Eu não sou bêbedo, eu só bebo um pouquinho, pra distrair.

O menino pega o dinheiro, pega a caixa de sapato vazia e vai no botequim, trazendo, em seguida, a cachaça pedida e escondida. Seu Galdino vai lá pra dentro e brinca fácil pelo gargalo. Quando dá negócio de duas, três horas, ele chama o menino de novo, dá dinheiro e manda buscar mais uma. O garoto pergunta se é pra trazer na caixa, mas seu Galdino diz que não:

— É dar muita importância a essa gente faladeira. Traz embrulhada num pedaço de jornal e basta.

O menino vai, compra, embrulha e manda, ou melhor, traz. Seu Galdino some lá pra dentro. Aí, quando vai baixando a tardinha, seu Galdino vem lá de dentro cambaleando, com um monte de dinheiro amassado na mão e diz:

— Meu filho, vai na venda do Fulgêncio e me compra duas garrafas logo de uma vez. E não embrulha, não. Vem pela rua batendo uma na outra e se alguém perguntar, diz que é pra mim, porque vagabundo nenhum tem nada com isso e eu não devo um vintém a essa cambada.

Um sargento e sua saia

Mora nos últimos acontecimentos policiais: o cidadão José Gouveia Filho entrou numa delegacia com um estranho embrulho debaixo do braço e, depois de avisar que era casado com d. Afrodisina (nome de esposa dos mais afrodisíacos) declarou ao delegado:

— Minha mulher me engana com um sargento.

O comissário ficou meio cabreiro e tentou argumentar, quando o depoente meteu uma segunda:

— Cheguei em casa e a Afrodisina estava com ele. Quando me viram, ele pulou a janela pelado e se mandou.

O comissário, depois desta, ficou mais intrigado ainda e quis saber como é que o José Gouveia sabia que o cara era sargento, se só viu o homem pelado. E veio a explicação insofismável:

— Doutor, eu não sou burro... — abriu o embrulho. — Olha só o que foi que ele esqueceu lá em casa.

Dito o quê, de dentro do embrulho saltou uma farda de sargento em muito bom estado de conservação. O homem que estivera ali dentro pertencia às armas da Cavalaria e talvez por isso mesmo é que saíra galopando pela janela.

O comissário recebeu a bonita farda como prova da prevaricação de Afrodisina e seu Gouveia retornou ao seu entortado lar. Pois não demorou nem meia hora, entrou uma senhora na mesma delegacia para se queixar. Estava a distinta lavando roupa no seu quintal, quando um sujeito mais pelado que filho de rato pulou o muro, roubou uma saia vermelha que estava no varal e se mandou, desaparecendo do outro lado do mesmo muro.

Pouco depois vinha a ordem para os patrulheiros: procurem um homem de estatura mediana, moreno, forte, acusado de furto e de adultério. O homem veste uma saia vermelha e é sargento.

O prontidão leu aquilo, entregou ao patrulheiro, e ambos se confessaram surpresos:

— Um sargento de saia vermelha. Deve ser do Exército escocês.

Antes só do que muito acompanhado

Era pintor, queria sossego e um pouco de sol. Por isso, quando leu o anúncio, informando que o apartamento de cobertura naquele edifício pequeno, quatro andares, dois por andar, oito apartamentos e mais o dele em cima, onde fora o terraço, nem quis saber de conversa. Foi direto e alugou. Bem que lhe avisaram que aquilo era um ninho de fofoqueira. A mulher do 201, por exemplo, já tinha até embolado na rua uma vez, com mocinha das mais aceitáveis, que morava no prédio em frente e que costumava sair rebolando aquilo tudo que Deus lhe deu e ela emprestava. Não se sabe por quê, a dita moradora do 201 cismou que o remelexo era dedicado a seu marido e houve a troca de bolachas regulamentares.

Houve outros casos: a velha do 301 derramou o conteúdo do vaso noturno na varanda do 202, porque apanhou o rapazinho do 202, de binóculo, olhando a mocinha do 102 tomar banho, e a mocinha do 102 era sobrinha da velha do 301. Tinha a eterna pinimba entre o chefe da família do 101 com o chefe da família do 402 — um era Vasco e o outro era Flamengo —, enfim, fofocas mil. Não havia um morador no prédio que não tivesse carteirinha de sócio-atleta da CBP (Confederação Brasileira dos Paqueradores).

Ora, quando o pintor mudou-se, sobrou morador pendurado nas janelas. Pintor moço ainda, endinheirado pelo visto; fez uma mudança de encher os olhos: móveis alinhadíssimos, geladeira tinindo, vitrola com amplificadores, quadros muito bem acondicionados, tapetes caros, ar-refrigerado e o chamado trivial variado, caixas de champanhe francês, caixas de uísque escocês, latas e mais latas de salgadinhos importados (o pai do pintor era do Itamaraty). Os homens da companhia de mudanças ainda estavam fazendo os últimos fretes e já a madama do 201 dizia para a sua vizinha de andar:

— É um precedente muito perigoso, d. Iolanda. Afinal, aqui só moram famílias de respeito e um rapaz solteiro lá na cobertura pode desmoralizar o edifício todo.

A outra apertava os lábios e concordava, com um balançar de cabeça:

— E nós temos filhas. Dizem que ele é pintor e isto é mais grave ainda. Ele deve pintar modelos nus. Minha falecida mãe sempre dizia: "Artista é gente que não presta".

— Modelos nus??? — e a dama do 202 arregalava os olhos, como se os modelos nus, quando convocados para posar no estúdio de um pintor, já viessem pelados pela rua.

Os dias se foram passando e a onda crescendo. Ninguém via nada, mas quem tem o feio vício da paqueragem só acredita no que vê e duvida do que não vê.

Se não estava acontecendo nada era porque a coisa era pior do que pensavam. Vejam vocês que filosofia maldita a dessas senhoras que, por não terem o que fazer, fazem sempre o que não devem. Consta — não sei se é verdade — que d. Iolanda, em companhia de d. Mercês, que não é outra senão a que embolou no asfalto com a boazuda do prédio em frente, fez amizade com a família do último andar do prédio ao lado, na esperança de observar, de plano mais propício, o que acontecia no seu próprio prédio, no apartamento do pintor. Parece incrível, mas o pintor pintava e nem sequer era mulher nua. O pintor era abstrato. E abstrato às pampas, pois, morando assim tão bem instalado e sendo solteiro, não aproveitava o apartamento para as chamadas divagações pecaminosas. Era ser abstrato demais!

No fim de um mês, a grande maioria dos condôminos estava convencida de que o pintor era um artista respeitador; um rapaz que — se era de fazer suas badernas — não as fazia ali. Mas eu disse "a grande maioria", onde — por certo — não estavam incluídas as senhoras do segundo andar. Estas, com louvável persistência, vigiavam udenisticamente.* E vocês sabem como é: em edifício de apartamento, se há uma coisa que restringe a liberdade, é a eterna vigilância.

Não havia movimento de mulher, na cobertura; não havia barulho, não havia sons suspeitos, mas alguma coisa tinha que haver. D. Iolanda e mais d. Mercês tanto fuxicaram que acabaram descobrindo.

Uma noite, houve um jantar no último andar do prédio ao lado. Elas foram convidadas e, à sobremesa, d. Iolanda esticou o pescoço e espiou pela fresta da cortina. Do outro lado, o pintor não tinha tido a devida cautela. No dia seguinte a corda arrebentou para o lado mais fraco e o zelador do prédio foi despedido.

Bom para quem tem dois

Tinha um português que lavava carro na garagem aqui do meu prédio que era um grande filósofo. Uma vez eu tive uma contrariedade qualquer — não me lembro mais qual foi — com

---

* De UDN (União Democrática Nacional), partido político cujo lema não oficial era "o preço da liberdade é a eterna vigilância".

meu carro, e ele, para me consolar, disse: "Doutor, automóvel é como mulher, só é bom para quem tem dois".

Noutro dia, Rosamundo, que sempre esnobou muito o português, só porque o coitado chegou ao Brasil como lavrador e acabou como lavador, teve que se dobrar ao pensamento do lusitano, envolvido que foi em tremenda trapalhada automobilística.

Deu-se que o Rosa foi a um teatro e, ao sair, chovia com aquela prodigalidade tão comum na atual conjuntura, tanto que ele olhou pra cima, na esperança de uma marquise que, por sinal, faltava. Destemido, como todo carioca, arregaçou as calças e correu para o carro que — felizmente — sempre deixou de porta aberta, já para essas dificuldades pluviais.

Entrou, praguejou e ligou o motor. E aí é que começou a chateação. O motor nem parecia. Virou a chave de novo, duas, três vezes e nada. Devia ser a ignição. E agora? Quando olhou em volta, não tinha mais ninguém na rua. Saída de teatro e de cinema, na última sessão, numa cidade onde se assalta até o guarda, parece estouro da boiada: sai todo mundo ao mesmo tempo e, dois minutos depois, não tem mais ninguém na rua, dando sopa para os marginais.

Rosamundo ficou um instante parado, mastigando a sua raiva devagarinho. Aí se lembrou que era sócio do Touring Club. Remexeu os bolsos e achou a sua carteirinha. Pagava o clube havia seis anos e nunca se valera dele para nada. Agora ia ser diferente. Correu dois quarteirões com água no lombo até encontrar um botequim aberto. Entrou esbaforido e perguntou, sem se dirigir a ninguém em particular:

— Aí tem telefone?

O sujeito que estava por trás do balcão, contando a féria, disse que não; o outro sujeito, que estava de tamancos, lavando o chão, disse que sim. Ficou aquele negócio malparado até que o caixa se mancou e falou:

— Bem, se o senhor não vai demorar!

Não. Ia só telefonar para o Touring. Pediu o catálogo imundo e achou o número com certa dificuldade. Estava escuro, entendem? Pois é... aí ligou e — é claro — estava em comunicação. Na terceira tentativa, sempre olhando para o caixa e dando um sorriso mais amarelo que todo o exército de Mao Tsé-tung, conseguiu ser atendido. Explicou sua dificuldade. O cara, no outro lado da linha, perguntou se estava quite, qual o número da inscrição, qual o defeito do carro, qual a chapa, uma porção de coisas sem o menor interesse já que, sendo ele sócio do clube e estando quite, como o cara fez questão de verificar logo de saída, deixando-o plantado no telefone uns quatro ou cinco minutos, tinha direito a reboque. Era — pensou — um sujeito a guincho.

Nova espera e volta da voz do cara, para explicar que o carro de Rosamundo não estava inscrito no clube:

— Mas que diabo. Afinal o sócio sou eu ou o carro?

O cara disse que o sócio era ele mas, como o carro não estava inscrito, teria que ficar esperando o socorro chegar, para mostrar os documentos do veículo. Falou assim mesmo: veículo. E lá ficou o Rosa plantado ao lado do carro. A demora estava prevista para quarenta minutos a uma hora, já eram umas três e meia da matina, quando Rosamundo, furioso, abandonou o local não sem antes dar um tiradentes carimbado de cruzeiro novo para o porteiro de um edifício próximo. Perguntou se ele ia ficar ali a noite toda, o outro respondeu que sim e Rosamundo deu o telefone:

— Eu só quero ver a que horas vem esse reboque. Por favor, se chegar o pessoal do Touring aqui, dê meu telefone e diga para me telefonar.

Foi uma providência idiota, sem dúvida. Já estava dormindo ferrado quando o telefone tocou e uma voz grossa falou:

— Sr. Rosamundo, aqui é do Touring. O carro não pôde ser

rebocado. O senhor deixou-o trancado e deu informações erradas ao posto de socorro.

O palavrão do nem sempre afável Rosamundo saiu sincero e alto, mas ninguém ouviu, porque o telefone foi desligado nas suas fuças. Isto mesmo, nas suas fuças. Andava de um lado para o outro no quarto — perdera o sono —, resmungando contra este país cretino, onde tudo é desorganização. Fosse na Inglaterra — e sorria de satisfação, se fosse na Inglaterra — num instante estava tudo resolvido. Como não podia ir à Inglaterra, foi à geladeira, tirou um copo de leite. Depois foi para a sala, pegou os jornais, leu um artigo do Gustavo Corção e ficou com mais raiva da humanidade ainda.

Afinal, às sete da manhã, tomou um banho, vestiu uma roupa e foi arranjar um reboque particular na garagem de um amigo. Quando chegou em frente ao teatro, seu carro não estava:

— Ladrões! — berrou Rosamundo. — Deve ter sido o porteiro daquele prédio ali que avisou aos puxadores. Sabia que eu não ia voltar.

E não esperou conselho. Partiu para a portaria do prédio, onde outro porteiro respondeu pela probidade do colega. Mas não adiantou bulhufas. Queria ver o membro da quadrilha. Foram acordar o coitado e o porteiro da noite veio estremunhado saber o que havia. E o que havia é que ele era um ladrão.

— É a mãe! — berrou o porteiro, e já ia saindo cacetada entre os dois, se a turma do deixa-disso não separasse. Afinal, depois de muita discussão, Rosamundo foi informado.

— Eram quase seis horas, quando chegou um camarada, abriu o carro e ligou o motor. Eu corri e falei com ele que o carro era seu. Ele me disse que não. Mostrou os documentos. O carro era dele mesmo.

— Hem!!! — exclamou Rosamundo, branco de espanto: — Era dele!!! — e não quis saber mais nada. Correu para a calçada e olhou para o lado de lá da rua. Mais ou menos a uns cinquenta metros de distância, encostado ao meio-fio, estava um carro igualzinho ao seu. Tão igualzinho que era o mesmo.

Rosamundo entrou, praguejou e ligou o motor. Saiu de fininho e nem olhou pra trás. Quando chegou em casa me disse:

— Aquele português tem razão. Carro é como mulher, só é bom para quem tem dois.

Já estava acostumada

Chovia torrencialmente! O largo era um verdadeiro mar. Ônibus parados, carros inundados, casas ilhadas e um monte de gente temendo desabamentos, mortes, desmoronamentos e tantas outras coisas que acontecem quando chove no Rio de Janeiro.

E chamaram os bombeiros. O Corpo de Bombeiros é aquela corporação pobre, sem recursos, onde os soldados ganham pouco e somente têm funções arriscadas: apagar incêndios, salvar vidas, enfrentar desabamentos, catástrofes etc. Pra que risco de vida, não é mesmo? Afinal, essa verba bem que pode ser desviada para o Cerimonial do Palácio Guanabara, para o transporte (em carros oficiais) dos secretários sem pasta, com pasta, empastados e que pela manhã enfrentam bravamente as ondas de Ipanema, Leblon e adjacências em sadios banhos de mar. Mas deixa isso pra lá que o assunto é outro.

Era um mar, o largo suburbano! Chamaram o Corpo de Bombeiros e assim que os rapazes chegaram foi um corre-corre dos diabos. Era pedido de tudo que era jeito. Tinha gente querendo atravessar a rua, passageiro preso em ônibus, garoto brincando de barquinho, cachorro andando em canoa. E tome chuva! Os bombeiros não tinham equipamento moderno para estas situações. Sabem como é? Pra quê, né? Vai mesmo na base da corda e da força bruta. Não é à toa que eles são chamados de "valorosos soldados do fogo", e agora da água. Têm que fazer jus ao apelido. Vai daí que a faixa era impressionante. Puxa cadáver de um lado para outro, levanta parede que tá caindo, segura o crioulo de porre que queria beber água no bueiro, enfim, um trabalhão. Foi aí que um dos soldados deu um grito:

— Você aí! Tenta atravessar o largo pra salvar aquela velhinha.

O outro bombeiro bem que queria, mas era impossível. Estava lutando contra a correnteza, num rio de lama, que descia de uma ladeira em frente. Foi quando todo mundo ficou em suspense. A velhinha tirou a roupa, os sapatos, fez uma mochila, amarrou às costas e deu um mergulho tipo Esther Williams e meteu um crawl de dar inveja aos grandes campeões. Batida compassada, respiração perfeita, batida de pernas impressionantes. Uma verdadeira campeã. Foi a velhinha chegar do outro lado e o povo que estava abrigado prorrompeu em aplausos. Os bombeiros ajudaram a velhinha a subir numa viatura, que servia de ancoradouro, e um dos rapazes disse:

— Meus parabéns, minha senhora. Na sua idade e nadando tão bem.

A velha agradeceu enquanto se enxugava à maneira das grandes campeãs. O bombeiro insistiu:

— A senhora não é aquela que fazia trottoir em Veneza?

A velhinha respondeu rapidamente:

— Nada disso, meu filho. Eu sou de família, mas infelizmente morei quarenta anos na praça da Bandeira.

O homem do telhado

Quando a gente passa em conjunto residencial e olha para o teto dos edifícios, fica pensando que está passando numa estação espacial e que todas aquelas antenas são instrumentos de comunicação com Marte, Vênus, Júpiter e outros planetas. Conjunto residencial é aquele local em que construíram mil e duzentos apartamentos, num só edifício, ao lado de outro edifício com mil e quatrocentos apartamentos e na frente de outro edifício com mais ou menos uns mil e oitocentos apartamentos, que eles chamam de bloco. Todos com televisão e todos com antena no telhado. Vai daí, que olhando para baixo, parece a entrada do prédio das Nações Unidas. Todas as janelas têm bandeiras. Bandeiras em forma de meia, de calcinha, de ceroulas e anáguas. E no telhado, parece aquela estação espacial que a gente falou. Só que em vez de foguete, tem sempre um gato deitado ou uma pipa.

E quando o dono do apartamento 1191 chamou o antenista para colocar sua antena no telhado, o homem se viu mal. Subiu lá e, quando olhou o negócio, pensou até em instalar a antena no teto do vizinho. Vai daí ele conseguiu colocar a antena bem na beirinha, em boa posição e miseravelmente dava pra assistir a meia hora de Chacrinha sem que a televisão virasse de cabeça para baixo. Mas, infelizmente, não demora muito e quando menos a gente espera, a voltagem cai, a corrente modifica e a dona boa que a gente tá vendo no vídeo vira aprendiz de monstro.

E foi por isso que o nossa-amizade, morador no apartamento 1191, mandou chamar o antenista. Era um rapazinho, com pinta de criado na República da Praia do Pinto, magrinho e com mais ginga que pato sozinho em galinheiro de franga. Ele foi chegando e explicando o babado todo:

— O morador deve entender as mumunhas. Quando passa um ônibus elétrico, a corrente cai e adefeculta a mensagem no vídeo. Às vêis é preciso um reajuste, pra que a seletora da canalização das image fica clara outra vez.

O dono da televisão não entendeu nada, aliás nem eu, mas ele queria era a imagem boa e o problema deveria ser antena. O rapazinho subiu para o telhado e meia hora depois voltou:

— O senhor vai desculpar, mas eu não posso fazer o serviço, não, senhor.

— Ué, mas por quê?

— Bem, é por causa de que a antena está muito na beirinha.

— E daí, ó meu??

— Daí, meu distinto, eu tô fora. Se eu chegar muito na beira eu entro no ar e quem tem que entrar no ar é a estação, não sou eu.

Por causa do elevador

A notícia saiu pequenina num desses jornais impressos com plasma sanguíneo. O cara chegou ao hospital com as longarinas empenadas e necessitando serviço de lanternagem na carroçaria. Tinha brigado com a mulher e a distinta deu-lhe uma bonita surra de abajur. Pelo menos foi o que o cara contou: tinha sido vítima de um abajurcídio.

Provavelmente o abajur tinha se transformado em objeto inútil como, de resto, acontece em todos os lares cariocas, desde que a Light resolveu acabar com esse luxo de luz acender de noite. O marido folgou e a ponderada senhora tacou-lhe o dito abajur nas fuças.

O sr. Barros — este o nome da vítima — declarou que foi atacado em metade de cara pela sua cara-metade e, por isto, as autoridades acharam uma boa ideia bater um papinho com a agressora.

Conversa vai, conversa vem, ela disse ao comissário do dia que o marido, depois que a luz apagou, ficou um bocado cínico:

— Imagine, doutor — esclareceu ela ao zeloso protetor da corretagem zoológica —, que o Mário chega todo dia em casa de madrugada e quando eu pergunto por quê, o miserável diz que ficou preso dentro de um elevador qualquer, por falta de energia. Um dia eu acreditei, no outro também, mas no terceiro dia que ele ficou preso por falta de energia, eu achei que quem estava sem energia era eu e esperei que o vagabundo viesse com a desculpa de novo, pra dar o corretivo. Ontem não deu outra coisa. Ele chegou quase com o dia clareando e falou que ia descendo no elevador do prédio de um amigo, onde foi deixar um embrulho e aí faltou energia. Eu aproveitei e disse que energia era o que não ia faltar e... pimba!... agarrei um abajur que estava ao meu lado e fiz o serviço.

Vejam — caros leitores — que drama chato. A desculpa de ficar preso em elevador é excelente, mas a reincidência estragou tudo. Não há mulher que caia nessa mais de duas vezes por ano e, assim mesmo, espaçado; bem espaçado.

De qualquer forma, nunca é demais aproveitar a experiência alheia e fazê-la nossa. Nada de ficar preso em elevador mais de uma vez. Primo Altamirando, é verdade, já ficou preso — desde que começaram a desmontar o Rio de Janeiro — umas dezoito vezes, mas por motivos diferentes. Quando ele percebe que a luz vai faltar, ele entra no elevador com a jovem senhora de seus interesses particulares e fica lá dentro até voltar a energia (do elevador, naturalmente).

Acredito que outros estejam usando o mesmo processo e vou logo avisando: não se surpreendam se, dentro de uns nove meses, mais ou menos, algumas criancinhas sejam levadas à pia batismal com o nome de Otis, Atlas, Schindler etc. Será uma bonita homenagem!

DE *FEBEAPÁ* 3
(1968)

Previdência e previsão

O Instituto Nacional de Previdência Social entra de sola no volume 3 do *Festival de Besteira que Assola o País*. Isto porque baixou uma circular prevendo o seguinte: se o senhor é segurado no INPS, não tem certidão de casamento, mas necessita de maternidade para sua mulher ter filho, terá que fazer o pedido com trezentos dias de antecedência, conforme o regulamento previdenciário. Mas como o período de gestação é de apenas duzentos e setenta dias — o que dá nove meses — o senhor deve dar uma passadinha lá no INPS trinta dias antes de pensar em fazer qualquer coisa.

Foi longe

Está aqui, no jornal *Unitário*, que se edita em Fortaleza (CE), na coluna de Ademar Nunes Batista: "O professor Olívio Martins, docente do Liceu, encontra-se em Berlim, especializando-se em português, com bolsa de estudo".

Educação

Em Minas, realizou-se a Exposição Nacional do Cavalo; falando a O *Globo*, o general Lindolfo Ferraz Filho, que representava o ministro da Guerra, afirmou: "O certame foi o melhor e o mais educativo de quantos já vi".

Explica-se: o general é do Serviço de Remonta do Exército.

O problema

O professor Raul Pitanga, com setenta anos de idade, anuncia algo assombroso: conseguiu descobrir a cura para o homossexualismo. O professor vai comparecer nos próximos dias à Academia Brasileira de Medicina para explicar que o homossexualismo é uma doença curável. Mirinho diz que o professor septuagenário tem toda razão. O problema é a recaída.

Dr. Mirinho

O jornal chileno *La Segunda*, editado em Santiago, publicou um artigo que nos foi enviado por um leitor, assinado pelo sr. Alfredo Marín, defendendo a tese de que "*La virgindad causa cancer*".

Logo que o artigo chegou à Pretapress, Mirinho tomou conhecimento do assunto e ligou para uma carpintaria pedindo a seguinte placa, de madeira, com letras garrafais:

DR. ALTAMIRANDO P. PRETA

MÉDICO DE MOÇAS

TRATAMENTO PREVENTIVO DO CÂNCER

Indigestão

Atendendo a conselhos de amigos, que lhe indicaram ferro como o melhor remédio para seu mal digestivo, José Trindade, de vinte e sete anos, morador em Botafogo, desandou a comer objetos metálicos. Foi atendido no Hospital Miguel Couto, onde retiraram de seu estômago catorze pregos 19 × 36, um pedaço de arame de quinze centímetros e um ferrolho de oito centímetros.

Esse só vai ao banheiro quando está pregado.

Um doente

Um médico de plantão do Hospital Miguel Couto estava às voltas com atendimentos graves, fraturas, atropelamentos, cirurgias de emergência e o diabo, quando entrou um cavalheiro nervoso e muito apressado. Entrou, interrompeu o atendimento do médico a um doente grave, e foi dizendo:

— Eu sou coronel.

O médico tirou o estetoscópio do pescoço e perguntou:

— E qual é o outro mal de que o senhor se queixa?

Minha estreia na TV

A primeira vez que eu entrei num estúdio de televisão, eu não ia trabalhar; mas trabalhei sem querer.

Foi assim: tinham recém-inaugurado a TV Tupi do Rio e eu não sabia. Aliás, alguns meses antes, o dr. Assis Chateaubriand, que era considerado um homem muito empreendedor — por justas razões, inclusive, porque o fundador dos Diários Associados empreendia às pampas — tinha inaugurado a primeira estação de televisão do Brasil: a TV Tupi de São Paulo.

Esta novidade eu também ignorava e só estou contando que é para o leitor sentir o drama e perceber como eu estava por fora nessa coisa de televisão. Naquela época eu não trabalhava nem em rádio, quanto mais em televisão!

Dava-me, no entanto, muito bem com um uisquezinho vespertino que se tomava em bares da Esplanada do Castelo (não o falecido, mas o que foi morto e acabou derrubado sem a menor revolução, para em seu lugar nascer a citada esplanada).

Nesses bares, primeiro o Pardellas, depois o Grande Ponto e mais tarde o Villarino, se reunia à tarde um grupo grande de jornalistas, escritores, poetas, pintores e artistas populares. Eu era jornalista, como Lúcio Rangel, Décio Vieira Ottoni, José Auto; mas havia os escritores Luís Jardim, Eustáquio Duarte, Jaime Adour da Câmara, Fernando Sabino, Romeu de Avelar; os pintores Augusto Rodrigues, Santa Rosa, Antônio Bandeira, Di Cavalcanti; os poetas Paulo Mendes Campos, Vinicius de Moraes, Tomás Seixas (às vezes os arredios Manuel Bandeira ou Onestaldo de Pennafort); produtores de programas de rádio, como Fernando Lobo, Evaldo Rui e seu irmão Haroldo Barbosa; cantores como o Sílvio Caldas, a Elizeth Cardoso ou a Dolores Duran.

Embora este grupo tenha deixado de se reunir há mais de

quinze anos e embora a maioria de seus componentes fossem homens maduros, noto que poucos faleceram, o que vem provar que uísque de tarde não faz mal a ninguém.

Mas isto deixa pra lá! O que me pediram foi um depoimento sobre a máquina de fazer doido. E onde é que eu estava mesmo? Ah, sim... A primeira vez que eu entrei num estúdio de televisão, eu não ia trabalhar; mas trabalhei sem querer. É que o Haroldo Barbosa estava me cantando para fazer programas humorísticos na Rádio Mayrink Veiga, para a qual ele iria se transferir, quando largasse a direção da televisão, que ele não queria ver mais nem pintada, quanto mais televisada!

— Televisão? E aqui no Brasil já tem televisão? — perguntei eu, com aquela sinceridade que é faceta marcante da minha às vezes humilde, às vezes exuberante personalidade.

Para que eu acreditasse na televisão — coisa que até hoje eu estou desconfiado de que não existe — Haroldo Barbosa me levou aos estúdios da TV Tupi, que eram ali na avenida Venezuela, uma avenida onde dá assalto a toda hora. Tanto que eu tenho um amigo venezuelano que não passa nunca nela, por dois motivos principais:

1º) Medo de assalto, 2º) Patriotismo, que aquilo não é lugar para se botar nome de país amigo. A não ser que o nome tenha sido posto em homenagem ao ex-presidente Pérez Jiménez, porque este assaltou tanto que até hoje está proibido de passar sequer pela Venezuela (Venezuela país, naturalmente, que pela avenida Venezuela, Jiménez passaria inteiramente despercebido até mesmo da radiopatrulha).

Mas já estou eu querendo sair da televisão outra vez, o que — diga-se a bem da verdade — sempre desejei, desde que entrei. O fato é que o Haroldo me levou lá e eu estava bem no meio do estúdio, conversando com alguns artistas meus conhecidos, quando um sujeito com cara de cretino berrou a plenos pulmões: "Atenção, no ar!!!".

E estava no ar, sim. Nos primórdios da televisão brasileira ainda se respeitava horário e assim, se estava na hora de botar um programa no ar, o diretor mandava botar e o produtor, o elenco e demais pessoas do programa que se danassem. Por isso, aquele sujeito com cara de cretino berrou que estava no ar e se algum dos leitores, nos idos de 1951 ou 2 (não me lembro bem), já tinha televisor e assistiu a um programa que começou com um cara grandalhão, meio desajeitado, correndo pelo estúdio, procurando se esconder das câmaras, esse cara era eu.

Quanto ao que deu o berro inconsequente, continua com sua cara de cretino e hoje é diretor artístico de uma das mais importantes emissoras de televisão do Brasil, o que não quer dizer que ele tenha melhorado. Pelo contrário: na televisão brasileira é assim; o sujeito que não sabe fazer nada acaba sempre diretor.

Há muitos casos assim, mas este me ficou na memória, justamente por causa do que acabo de lhes contar e também porque o distraído Rosamundo, quando soube desse meu primeiro papelão na TV, me perguntou o que fazia o cara que deu o grito de "no ar!", e quando eu disse que era um contrarregra, o Rosa, na sua proverbial vaguidão, comentou:

— Há gente contra cada coisa, neste país!

O grande compositor

Eu sei lá! Mas a impressão que me dá é a de que estamos vivendo num país de folgados. É verdade que o problema não é nacional; além-fronteiras também tem muita besteira. Ainda noutro dia, lendo um artigo num semanário norte-americano, cheguei a pensar que era coisa traduzida do português, artigo de algum observador brasileiro. Mas não era não. Eu não me lembro agora o nome do sujeito que escreveu o artigo; lembro-me, porém, que ele chamava a atenção do leitor para as figurinhas difíceis que ocupam postos-chave em seu país, comparava essas figurinhas com figurões que ocuparam os mesmos postos noutros tempos e chegava à conclusão de que o nível de valores baixou mais do que o cruzeiro na bolsa de Wall Street (esta última comparação é minha, lógico, que lá eles nem sabem que existe uma moeda chamada cruzeiro).

Ontem, estava eu a ler uma crítica sobre a peça que minha amiga Teresa Raquel está levando no Teatro Glaucio Gill, quando deparei com um trecho em que o crítico conta que a grande revolta da personagem é ver baixar o gabarito artístico das telenovelas em sua terra, porque o patrocinador de seu programa necessitava de mais realismo, de algo mais cretino, porque a realidade é esta: no mundo atual são os imbecis que ocupam os postos-chave. Era o fenômeno do obscurantismo por que passa o mundo.

Ora, embora eu seja mais ou menos viajado, não me atreveria a dizer que o obscurantismo é universal, mas o fato da peça ser inglesa e o autor confessar que há um festival de besteira assolando a ilha de sua majestade britânica me consola um pouquinho, sabem? Palavra de honra que me consola.

Isto, naturalmente, não nos diminui a responsabilidade. Não há de ser porque a besteira é universal que a gente vai passar a plantar besteira na horta do quintal. Pelo contrário, é diminuindo, restringindo, enxugando esse estado de coisas que se acaba com os folgados.

E isto é que me parece mais sério; estamos vivendo num país de folgados.

Se o exemplo vem de cima, não é problema aqui do escriba. Sou um mero observador e acho que se não houvesse tanto cocoroca querendo botar banca, a turma de baixo ficava mais tranquila. O fenômeno é sociológico, claro. E tem nego que adora virar fenômeno.

Passemos a um exemplo singelo, que estes são os que melhor retratam o fenômeno na sua generalidade. Foi há dias. Estava eu aqui a batucar esta intimorata, quando um cavalheiro que eu conheço vagamente me telefonou e foi logo dizendo: "Tu tem que me defender contra essa safadeza".

Não sei por que há gente que acha que eu tenho que defender tudo, que nem goleiro de seleção, mas, em todo caso, perguntei do que se tratava:

— Me cortaro minha música no festival — disse ele.

Realmente, agora está dando mais festival pela aí do que cará no brejo e eu quis saber de qual festival tinha sido ele eliminado:

— Desse aí da prefeitura.

— Mas, velhinho, não tem mais prefeitura.

— Num faz hora comigo — pediu ele: — Eu tô falando desse da Secretaria de Turismo, que eles vai fazer primeiro nacional e depois internacional.

Localizado o festival, perguntei qual tinha sido a safadeza:

— A safadeza é que eliminaro minha música.

— Bem — ponderei —, mas isto não chega a ser uma… uma safadeza, como diz você. A comissão escolhe as que lhe parecem melhores e as outras têm que ser eliminadas. A não ser que a sua fosse muito boa mesmo e a comissão não deu por isso.

— Mas a minha é o fino, tá? Tu quer ouvir? — e antes que eu dissesse que estava sem tempo, ele já estava metendo lá: "Fui bem infeliz na minha vida/ Por deixar a Margarida/ Dona do meu coração (Ela era um pão…).

O que está dentro do parêntese é breque. O resto eu não me lembro. O que eu me lembro é que era um samba chatíssimo de letra e com uma melodia que me pareceu conhecida. Expliquei

320

que nessa coisa de festival, como eu não sou concorrente, prefiro ficar por fora.

— Mas isto não se faz com um compositor — lascou ele.

Concordei em termos e também com bons termos perguntei se já compunha há muito tempo. Como disse acima, conhecia o cara vagamente:

— Componho há três mês, quando fiz esta música pro festival, né?

— Então esta que foi eliminada era a sua estreia?

— Era. Confesso que era. Mas eles não podia fazer isso já num é nem comigo. É com o falecido Ari Barroso.

— Mas o que tem Ari Barroso a ver com isso?

— A melodia, meu chapa. A melodia eu tirei de um samba dele.

Como eu dizia, caros leitores, estamos vivendo num país de folgados.

O estranho caso do isqueiro de ouro

De princípio me declarou que na hora em que tudo aconteceu não estava bêbedo. E insistiu: "Eu estava absolutamente lúcido, embora tivesse bebido o bastante para ficar de quatro na grama". Evidentemente, se não tivesse bebido nada, não teria nem descido do carro, quanto mais ficado de quatro na grama! Mas o fato é que ficou, e agora — diante do acontecido — está a se perguntar se estava realmente lúcido, o que, de resto, não importa, uma vez que a consequência intriga-o mais do que a ocorrência.

Estava muito alegre e ria muito, e isto não era nem sequer por conta da bebida. Era um pouco por causa do uísque que tomara e mais o momento, a mulher, enfim, um estado de espírito que tomou conta dele e que já fazia por merecer. Depois de muitos dias seguidos de pequenos aborrecimentos, muito trabalho, um resfriado.

"Estas coisas", dizia-me, "vão deixando a gente sem reservas de humor. Mas, quando terminou a festa e ela pediu-me que a levasse em casa, veio-me de súbito aquele estado de espírito. A prova de que eu estava raciocinando perfeitamente é me lembrar deste detalhe: tenho certeza de que já vinha alegre lá de dentro e, quando fui tomar o carro, senti o perfume de jasmim dos jardins do vizinho. Eu nasci e morei durante anos numa casa cheia de jasmineiros, você entende?"

Eu entendia. Já vinha alegre da festa, na hora de entrar no carro, com uma bela mulher que o tinha escolhido para levá-la em casa, tudo isso e mais um cheiro da infância deram-lhe aquela alegria interior que conservou até o momento em que viu, sobre a grama, as pernas do guarda, firmes, como que plantadas no gramado — aquelas duas colunas negras, porque era um guarda de perneiras, desses que passam solenes, de motocicleta, altivos e barulhentos.

"Mas eu não ouvi barulho nenhum — explicava ele —, eu estava de quatro, rindo, na grama, quando vi as pernas e, em seguida, o guarda. Aquele bruto guarda, de mãos na cintura, me olhando."

É estranho que uma pessoa, justamente na hora em que se sente eufórico, vivendo um momento raro, meio sonho meio realidade, possa explicar cada minuto desse momento que já está no passado e, no entanto, no presente, absolutamente sóbrio e sério, não consiga encontrar uma explicação que satisfaça a si mesmo, que possa acalmar uma dúvida sem apelar para o sobrenatural.

Recorda-se que entrou no carro e perguntou à mulher onde morava e ela deu-lhe o endereço. A noite era fresca e o ar livre, o carro deslizava pelas ruas tranquilas e desertas. Então pôs-se a cantar a canção que ela também cantarolou junto com ele, e iam tão felizes que começou a guinar o carro de um lado para outro, ao ritmo da música. A mulher morava num recanto do maior bucolismo, em frente a uma praça toda gramada. Ele parou o carro e propôs à mulher que fumassem mais um cigarro, e ficaram ali fumando, num silêncio convidativo; tão convidativo que ele começou a fazer-lhe cócegas na nuca, os dois rindo, ele se chegando e — de repente — deu-lhe uma mordidinha no lóbulo da orelha. A mulher sentiu um arrepio, riu mais: "Ai, Carlos, você é um cachorrinho e está me mordendo", ela disse.

Isto foi o que bastou para que descesse do carro e fosse lá para o meio do gramado, onde ficou de quatro, a latir para ela. A mulher ria e, como estivesse escuro, começou a gritar: "Onde você está, Carlos?" — e como ele calasse os latidos para fazer-lhe uma surpresa, ela manobrou o carro e acendeu os faróis na direção do gramado, mas numa direção em que as luzes não o atingiam. Pôs-se a caminhar de quatro para se esconder atrás de um arbusto, quando viu que ela saíra do carro e já caminhava também sobre a grama — embora sem latir e sem usar os braços à guisa de patas dianteiras.

Foi aí que viu o guarda. Ou antes: as pernas do guarda. Levantou a cabeça e notou o quanto ele estava sério, e assim ficaram um tempo indefinido, que deve ter durado alguns segundos, mas que lhe pareceu uma eternidade. Notou também que a mulher voltara para o carro e ria muito da situação.

Por certo o guarda tinha todo o direito de pensar outra coisa, e quando lhe perguntou "o que é que o senhor está fazendo aí?" — já tinha opinião formada. Contar a verdade lhe pareceu pior, o que prova a sua lucidez na ocasião. E então, porque precisava dar uma resposta qualquer ao guarda, disse que estava procurando o isqueiro. Daí passou a mentir, uma mentira em cima da outra, sobre um isqueiro, que era de ouro e tinha seu nome gravado de um lado.

"Como é seu nome?" — quis saber o guarda. E foi a única verdade que disse: "Carlos Silva. E está escrito do lado do isqueiro. É um isqueiro francês Dupont". Falava e olhava para os lados, fingindo que procurava. O guarda continuava a não aceitar nada do que dizia, mas mantinha-se sério, perturbando-o ainda mais. Quando perguntou como conseguira perder o isqueiro ali na grama se estava com a mulher no carro, fingiu que não ouviu e acrescentou: "É um isqueiro de estimação. Foi minha mãe que me deu. Ela já morreu". Falava e caminhava devagar, tentando se aproximar do carro. O guarda caminhava também, mantendo a distância entre os dois, até o instante em que se abaixou para apanhar algo que brilhou em sua mão, apesar da escuridão.

"Aqui está o seu isqueiro, cavalheiro" — disse o guarda, enquanto ele engolia o próprio espanto, diante do espanto do guarda, que conservava o isqueiro de ouro na palma da mão aberta.

Agora repetia — de certa maneira — a atitude do guarda da véspera. Estava com o isqueiro na palma da mão aberta e me dizia. "E te juro! Eu nunca tive nenhum isqueiro!"

Luís Pierre e o túnel

Tudo começou por causa do procedimento da mulher do Luís Pierre! Ela não era sequer bonitona, mas se achava. Mulher que se acha o fino, quando não é, costuma ser um perigo. Adora dar bolas pros outros num complexo de autoafirmação que deixaria qualquer Freud doido.

Pois a mulher do Luís Pierre era assim e, de bola em bola, acabou saindo por cima do travessão. Aí, vocês sabem como é:

prevaricou a primeira vez, fica freguês. Todo mundo lamentava o procedimento dela, que nas primeiras prevaricações ainda tomou um certo cuidado, mas depois se mandava, pouco ligando para a boca do povo, uma boca que, para essas coisas, não se cala nem pra mastigar.

Foi então que o blá-blá-blá chegou aos ouvidos do Pereirão, que era amigo de Luís Pierre e nunca tinha reparado em nada. Porém, alertado, foi conferir e ficou chateadíssimo:

— Ora, para o que deu essa sirigaita — dizia ele na roda do clube. — O Luís Pierre casou com ela quase que amarrado. Fingia-se de apaixonado e agora está aí que nem chuchu no mercado, subindo pelas paredes.

Mas o Pereirão não podia ir dizer ao amigo. Essas coisas dão sempre em besteira, quando o amigo tenta desentortar o que está torto. No entanto, na qualidade de amigo, tratou de fazer sentir ao Luís Pierre que tinha linguiça por debaixo do angu. Uma insinuaçãozinha aqui, outra ali, na esperança de que o outro se mancasse e tomasse uma atitude.

Estas coisas, todavia, são sempre parecidas. O pobre do marido, se não desconfia por si mesmo, se não pega num flagra ocasional, não adianta insinuar, pois é dos inocentes o direito de não desconfiar. Vendo o seu trabalho ir por água abaixo, o Pereirão começou a se irritar ao contrário, isto é, começou a achar que um marido tão boboca merecia. E mais de uma vez disse na roda do clube:

— O idiota merece.

No fim de um certo tempo, dava razão à sirigaita (conforme ele mesmo classificara a mulher) e começou a implicar com o Luís Pierre. Uma tarde — na roda do clube —, comentou-se qualquer coisa sobre a mais recente aventura de madame Luís Pierre, e o Pereirão foi mordaz, afirmando que Luís Pierre não podia nem passar mais no túnel. Houve uma gargalhada geral e a piada de mau gosto se espalhou, não demorando muito para que um safado qualquer mandasse uma carta anônima ao marido enganado contando tudo.

Luís Pierre ficou estarrecido. Em vez de dar a bronca na mulher, comentou com ela a safadeza do Pereirão, seu amigo do peito, a dizer aquelas maldades. A mulher aproveitou para insuflar, dizendo que "ou você toma uma atitude ou tomo eu", enfim, essas bossas.

À tarde, no clube, Luís Pierre chegou mais cedo, para esperar o Pereirão, mas lá chegando só encontrou o Gustavinho, velhote aposentado, que bebia muito para esperar a morte. Não valia nada, o Gustavinho.

Caneca vai, caneca vem, os dois foram ficando meio caneados e Luís Pierre contou por que viera mais cedo. Contou tudinho: que o Pereirão era um safado, que ele ia tomar satisfações, que aquela história de ele não poder passar mais no túnel era ofensa que não ia ficar assim. E arrematou:

— Hoje eu arrebento a cara daquele safado.

O Gustavinho era contra violências. Aconselhou a quebrar o galho de outra maneira. Afinal, aquilo de não poder passar mais no túnel, francamente. E como Luís Pierre insistisse, perguntou:

— Vem cá, velhinho, seu escritório não é na Esplanada do Castelo?

— É — respondeu Luís Pierre.

— E você não mora em Botafogo?

Nova confirmação de Luís Pierre. E aí Gustavinho aconselhou:

— Então, rapaz, você para ir de casa para o trabalho e do trabalho para casa, não tem a menor necessidade de passar no túnel!

A escandalosa

Foi realmente lamentável o pequeno acidente ocorrido numa daquelas salas superatapetadas do Itamaraty. Não posso precisar em qual delas, mas posso resumir o caso para os caros leitores, se tiverem a paciência de me ler até o fim destas mal traçadas linhas. Vão todos comigo? Então toquemos em frente, mas desde já aviso às senhoras e senhoritas que o caso é dos mais cabreiros.

Deu-se que numa dessas salas do Itamaraty, estavam quatro funcionários dos mais ociosos, talvez não por culpa deles, mas porque deve ser duríssimo o cara ficar plantado naqueles salões sombrios o dia inteiro — full time, como eles gostam de dizer, pois diplomata adora falar na língua dos outros. Ficar ali sem dormir é dose pra mamute, que, conforme vocês não ignoram, era um elefante muito pré-histórico e quatro ou cinco vezes maior do que os elefantes hodiernos.

Vai daí, o funcionário do Itamaraty vive batendo papo, para deixar o tempo passar sem esbarrar em ninguém. Os quatro que se encontravam na sala estavam quase a cochilar por falta de assunto, quando entrou um quinto funcionário, atualmente secretário de embaixada e com todas as deficiências técnicas da atual diplomacia nacional. Jeitinho elegante, paletó lascado atrás, muito equipadinho, lenço combinando com as meias, gravata de Carven, enfim, essas bossas.

Deu um olá geral e, mesmo sem ninguém perguntar, começou a contar por que tinha chegado atrasado:

— Rapazes, não lhes conto nada!

Mas isto era força de expressão, pois notava-se que ele estava doido para contar. Aliás, em o caso sendo verdadeiro, devo informar aos caríssimos que jamais darei o nome dos outros quatro que estavam na sala (entre os quais estava o que me contou o caso), e muito menos o do quinto personagem, já nesta altura personagem principal.

Ele acendeu um cigarro americano daqueles enormes, recentemente contrabandeado, guardou no bolso o isqueiro Dupont, da mesma origem, e sentou na beira de uma das mesas de jacarandá. Terminado o suspense, puxou uma baforada azul e suspirou:

— Rapazes — repetiu, porque diplomata adora tratar os coleguinhas de rapazes —, acabo de ter uma aventura amorosa genial, mas simplesmente genial. Que mulher bárbara, rapazes!

— Casada? — perguntou um dos coleguinhas, já de olhar rútilo, no mais perfeito estilo Nelson Rodrigues.

O aventureiro já ia responder que sim, mas preferiu a bacanidade:

— Infelizmente, isto eu não posso informar.

E prosseguiu explicando que a tal mulher devia ser tarada por ele, que nunca tinha reparado no detalhe mas, noutro dia, durante um coquetel dos Almeida, tiveram um contato maior e marcaram o encontro.

— Estou vindo de lá. Rapazes! Que mulher! No fundo, todo diplomata sonha com aventuras amorosas mais ao estilo belle époque. Vestindo *robe de chambre* grená e cachecol de seda branca; uma garrafa de champanhe dentro de um balde de gelo, sobre uma mesa de canto e, se possível, com uma vitrola em surdina tocando trechos da opereta *O conde de Luxemburgo*. Este derradeiro detalhe é da maior finesse, mas raro é o diplomata que chega a ela antes de chegar a embaixador.

— Mas conta aí, vá! — pediu outro dos quatro coleguinhas.

O diplomata garanhão esqueceu-se da carreira e enveredou para farta bandalheira. Contou detalhes escabrosos, descreveu cenas de ruborizar o próprio Marquês de Sade, para terminar com esta informação:

— Nem as cortinas do apartamento escaparam. Ela era tão espetacular que, no auge da coisa, rasgou as cortinas todas.

— *Mon Dieu!* — falou o que estava mais próximo e que é diplomata há mais tempo que os outros e prefere exclamações em francês do que ditos em inglês.

Aí ficou aquele silêncio imaginativo, sabem como é? Ficaram os quatro imaginando as cenas relatadas e o outro com cara de quem recorda. Não demorou nem um minuto, o distinto resolveu se ausentar da sala, para que os outros curtissem a inveja necessária. Com andar elegante, caminhou até a porta e recomendou:

— Vou ao gabinete do ministro Fulano. Se ligarem para mim, por favor, peçam para deixar recado ou telefonar mais tarde — suspirou mais uma vez e retirou-se.

Aí é que foi chato! Mal ele saiu, o telefone tocou e uma voz feminina perguntou por ele. O colega que atendeu explicou que não estava e emendou, em seguida:

— Quer deixar recado?

— Quero sim! Por favor, avisa a ele que é a senhora dele que está falando e diz para ele não esquecer de mandar alguém para consertar as cortinas.

A solução

João José, de batismo. Nome todo: João José de Sousa. Nascido no estado da Guanabara, no bairro do Encantado. Atualmente conta vinte e dois anos; é um rapaz honesto, de bom caráter e que sempre ajudou a família. O pai morreu quando ele ainda era menino, e, por isso, desde cedo aprendeu a trabalhar para ajudar a mãe e duas irmãs menores. Vendeu pastel na estação do Encantado, foi boy de escritório, contínuo de banco — tudo na época em que fazia o curso ginasial de noite.

Sempre foi um rapazinho esperto e logo percebeu que era preciso estudar para ser alguma coisa na vida. Mas nunca teve ilusões: era preciso trabalhar e estudar ao mesmo tempo. A família era unida e todos se ajudavam mutuamente. A irmã mais velha está noiva de um colega seu, que também é bom rapaz. Em suma: para João José a vida era dura, mas não era intolerável. Era um bom aluno de farmácia, um dos mais aplicados da turma, e ia se virando para pagar as anuidades, os livros, tudo que precisava, enfim, com o soldo da Polícia Militar. Bom soldado, também. Antes tinha sido um bom atleta e não foi difícil passar nos exames para a PM. Lá, ao menos, comia de graça, tinha farda de graça e ainda o soldo.

No dia em que foi mais sangrenta a luta entre estudantes e polícia, estava de folga no quartel. Nem soube de nada. Aproveitara o dia para repassar a matéria de química. A faculdade estava fechada, todos em greve, uma lástima. João José se dividia em seus afazeres com um zelo raro. Estudou até tarde e acordou tarde, também.

Foi a mana mais moça que lhe invadiu o quarto com um café cheiroso e um sorriso fraternal, chamando-o vagabundo, dizendo que aquilo não era hora para pobre estar na cama. Levantou-se fazendo cara de bandidão e avançou para a menina, como se fosse triturá-la por tê-lo despertado. A irmã colocou o café sobre uma mesinha tosca e deu um gritinho. Ele a alcançou e pôs-se a fazer-lhe cócegas, enquanto a chamava de bruxa. Ela conseguiu desvencilhar-se e saiu rindo para o corredor, gritando que "João José está maluco! João José está maluco!".

Ainda não estava.

Depois do banho foi beijar a mãe na cozinha e viu o jornal, num canto. Apanhou e pôs-se a ler. Logo no cabeçalho dos noticiários percebeu que seu plano de ir até a faculdade saber das novidades e depois se apresentar no quartel (ia dar plantão) era inexequível. A mãe disse-lhe qualquer coisa que ele não percebeu o que era, porque mergulhou na leitura e foi quase inconscientemente que voltou ao quarto, sentou-se na beira da cama e ficou lendo.

Leu tudo de um fôlego, às vezes sem acreditar no que lia, mas tendo que continuar a leitura, tal era a sua curiosidade, tal era a sua estupefação. João José — homem honesto e correto —, depois de ler tudo, olhou para as fotografias, reconheceu policiais, reconheceu vários colegas de faculdade. Começou a ler de novo, correndo a lista de presos, a lista de feridos.

Já não sabia mais de si mesmo; não sabia se tinha sido direito dormir o sono que, na noite anterior, seu organismo pedia. Se ao menos soubesse antes! Claro que não iria dormir, mas onde teria se apresentado? Ao grupo de colegas que o havia procurado, na certa, e que só não o encontrara porque não tinha telefone e morava num subúrbio… ou teria ido para o quartel? Lá, certamente, todos sabiam com antecedência que o pau ia comer e aguardavam sua apresentação. Ele não fora e nem dera satisfação. Muitos companheiros deviam ter saído para o centro das hostilidades pensando que talvez o encontrassem do outro lado, atirando pedras, gritando suas reivindicações.

Como estudante, sabia que o protesto era justo. Tinha acompanhado assembleias, visto como seus colegas insistiram para ser ouvidos serenamente. Como policial, seu dever era cumprir ordens. Correu os olhos pela lista de presos: o Alfredo, o Carlos, a Luísa — moça tão bonita, como estariam tratando-a os agentes do Dops? De repente viu a notícia da morte do PM Nélson. Puxa, o Nélson! Leu trêmulo: no alto dos edifícios o povo tentou ajudar os estudantes massacrados e algo caíra sobre o Nélson, seu companheiro Nélson, matando-o.

A mãe passou pelo corredor e viu-o nu da cintura para cima, mas com as calças que costumava usar quando ia à faculdade:

— Vai à faculdade, meu filho? — e nem estranhou de não ouvir resposta. Estava muito ocupada com o almoço para notar que o filho estava completamente transformado.

O que devia ter feito, meu Deus! Ficado do lado dos colegas e enfrentar a fúria policial? Juntar-se aos companheiros do quartel, na repressão às manifestações? Ele teria batido? Ele teria apanhado? A ordem de um lado era não ter medo de apanhar; a ordem do outro era não ter pena de bater.

Por cima das calças vestiu o dólmã de PM. Quando a irmã entrou no quarto para arrumar, foi que viu. Saiu correndo, chorando, gritando: "João José está louco! Está batendo de sabre nele mesmo…".

O sangue jorrava do nariz! Da testa!

Não ter medo de apanhar, não ter pena de bater!

Diálogo de festas

Iam os dois sentados no banco da frente. O ônibus era desses que levam oitocentos em pé e duzentos sentados. Mas ia meio vazio, naquela hora da madrugada. Pelo tempo que eu fiquei parado, junto ao poste, esperando-o, aquele devia ser o último ônibus do ano. Mas isto não importa. O que me interessava — pelo menos naquele momento — era a conversa dos dois, no banco da frente. Um era magrelinha, desses curvadinhos para frente, vergado ao peso da vida. O outro parecia mais velho, mas era espigadinho. O cabelo ralo, mais grisalho do que o do companheiro.

No momento, quem falava era o espigadinho:

— Eu não cheguei a ver castanha, a não ser em vitrina, é lógico.

— Eu vi! — disse o vergado: — Eu tenho um vizinho... o Alcides, você conhece. Aquele que a filha fugiu com um sargento da Aeronáutica!

— Ainda está com ele?

— As castanhas?

— Não. O sargento da Aeronáutica, inda tá com a filha dele?

— Não. Com ela está é o filho que ele fez. Mas eu dizia: o Alcides comprou castanhas com o décimo terceiro. Ele trabalha numa firma que paga certo.

— Estrangeira?

— Deve de ser. O Alcides me mandou seis castanhas.

— Você é que é feliz!

— Feliz nada. Tive que dar pra outro. Tenho sete filhos, seis castanhas ia causar "probrema".

O ônibus recebeu mais uns três ou quatro passageiros, que foram sentar lá na frente. A conversa entre os dois continuou. Ainda desta vez, quem falou primeiro foi o espigadinho:

— A mulher do patrão me deu uma camisa.

— Tava boa?

— Tava larga.

— Eu ganhei um sapato, por causa do serviço que eu fiz pra d. Flora.

— Tava bão?

— Tava apertado.

O curvado jogou o toco de cigarro pela janela e deu um suspiro. O companheiro sorriu:

— A gente devia fazer faxina pra dona que tem marido do nosso tamanho, assim o que a gente ganhasse delas no Natal pelo menos cabia na gente.

— Ganhar coisa larga é melhor que apertada.

— Ah é!!! Largo é melhor que apertado!

Ficaram calados, ruminando esta verdade natalina durante algum tempo. Depois um deles — já não me lembro qual dos dois — ponderou:

— Diz que este ano o comércio levou uma fubecada.

— Conversa. Tinha mais gente nas loja que no ano passado. Eles sempre se queixa.

— Ué! Pra mim tanto faz. Quem não ganha já perdeu. Eu num tenho pra dar, também não posso ganhar.

Era um raciocínio honesto, cheio de experiência. Tanto que o outro balançou a cabeça, concordando. Mas advertiu o companheiro de que não podia se queixar do Natal. Afinal, ganhara uma cesta de festas.

— Todo ano eu consigo uma. Minha mulher gosta muito dessas cestas de Natal, pra guardar a roupa limpa e fazer a entrega pra freguesia. É fácil da gente arrumar essas cestas. Eles ganham elas cheias de garrafas e latas de conserva. Depois de esvaziar até gostam quando a gente leva a cesta vazia pra nós.

O curvado pelo peso da vida ficou olhando pela janela e argumentou:

— Natal é bom por causa dessas novidades. Sempre sobra uma coisinha.

— Eu dei a cesta pra minha mulher. E tu? Que é que deu pra tua?

— Dei o sapato. Tava apertado ni mim, mas ela corta atrás e faz chinela.

Um deles fez sinal para o ônibus parar:

— Eu salto aqui.

Deu um tapinha nas costas do outro e disse com a maior sinceridade, sem o mínimo laivo de ironia:

— Um feliz 1968 para você!

— Obrigado. Para você também!

JK e o crioulo doido

O "Samba do crioulo doido", único samba feito aqui pelo neto do dr. Armindo, colocou Stanislaw nas paradas de sucesso. O samba, como a maioria deve saber, pois o disco está tocando mais do que telefone de bicheiro, conta a história de um crioulo que ficou doido de tanto fazer samba de enredo para sua escola, contando episódios da história do Brasil. O crioulo já estava misturando estação, quando pediram que ele fizesse mais um samba, desta vez usando como tema a atual conjuntura. Aí o crioulo endoidou de vez.

Endoidou e fez um samba que é um amontoado de incongruências sobre episódios históricos. A única verdade está no primeiro verso, que diz: "Foi em Diamantina, onde nasceu JK…". Pois muito bem! Deu-se que o dr. Juscelino, noutro dia, driblou a Frente Ampla, e abriu uma segunda frente, desanuviando um pouco as preocupações. Resolveu ir com um grupo de amigos até o Le Bateau, onde a gravação do "Samba do crioulo doido", pelo Quarteto em Cy, é muito apreciada pela rapaziada sadia que fica lá surupembando de dez da noite a sete da matina, num rebolado que, se fosse emprego, todos já tinham pedido aposentadoria.

E foi o dr. Juscelino chegar e tacaram na vitrola o samba. Ainda bem o ex-presidente não tinha colocado o que era dele no assento da boate e já tava o maior "foi em Diamantina onde nasceu JK", perturbando no salão. Ele gostou do samba e perguntou quem era o autor. Era eu!

No dia seguinte, ele resolveu dar um telefonema para mim, para dizer que o samba era bacaninha às pampas, e isto e mais aquilo: enfim, incentivar o artista. Contou a decisão que tomara ao nosso amigo comum Geraldo Carneiro. O Geraldo achou boa ideia, mas pediu para falar comigo primeiro, talvez por conhecer a doméstica aqui de casa, que — toda vez que atende o telefone — cria um problema para o patrão.

Ainda noutro dia, eu estava aqui batendo na máquina, porque ultimamente o trabalho é tanto que eu só levanto a cabeça para botar colírio, quando o telefone tocou. Ela atendeu e perguntou "quem é que quer falar com ele". Dada a resposta, veio até o escritório e disse:

— Seu Diarreia quer falar com o senhor!

Corri para desligar o telefone, antes que a sala ficasse toda suja, mas felizmente "seu Diarreia" era o John Herbert, cujo nome ela tinha entendido mal.

Não sei se o Geraldo conhece essa prenda que se diz copeira; o que eu sei é que ele telefonou antes e me disse que o dr. Juscelino ia telefonar depois. E explicou:

— Você compreende... Eu tive receio de que ele telefonasse, dissesse quem era, e alguém aí pensasse que era trote.

Foi, realmente, uma sábia providência. Depois que ele desligou, fiquei de sobreaviso e pude atender, quando jk, que nasceu em Diamantina, ligou para incentivar aqui o sambista.

Pelo jeito o Geraldo conhece aquele caso do falecido Osvaldo Aranha, quando era ministro da Fazenda. Um dia ele precisou telefonar para o extinto escritor Álvaro Moreyra e ligou direto, sem auxílio de secretário.

Ora, o Alvinho tinha uma copeira mais ou menos tão eficiente como esta que me serve agora. Não fosse o caso ocorrido já há algum tempo e eu examinaria a hipótese da copeira ser a mesma.

O que eu sei é que o falecido Osvaldo Aranha ligou para o extinto Álvaro Moreyra e, quando atenderam, ocorreu este lamentável diálogo:

— Quem fala?

— É da casa de seu Álvaro.

— Ele está?

— Tá sim sinhô. Quem qui qué falá co'ele?

— É Osvaldo Aranha, ministro da Fazenda.

Houve uma pausa, e logo em seguida:

— É bebé, mamá na vaca você não qué!

A anciã que entrou numa fria

Gosto de ler jornal impresso com plasma sanguíneo. Não sou um leitor-vampiro. O que me diverte não é a notícia, porque não tenho carteirinha de necrófilo; o que me diverte é a redação da notícia, a maneira pela qual ela é abordada nesses jornais que, se a gente apertar, dá hemorragia.

Agora mesmo estava aqui a folhear um deles. Na página 4, lá em cima, à esquerda de quem lê, há uma coluna de ocorrências. E logo a primeira notícia vem sob a manchete: QUIS VER ANCIÃ NUA E APANHOU. Ora, por mais ocupado que eu esteja, uma nota com este título eu não deixo pra lá de jeito nenhum.

E li. A coisa passou-se num desses conjuntos residenciais — autênticas cabeças de porco construídas pelos institutos de previdência para enganar contribuinte — onde o pau come de cinco em cinco minutos, entre vizinhos de parede e meia. Sai tanta briga nesse tipo de residência para coitado que, não faz muito tempo, eu participava de um show no qual o conjunto regional brigava tanto que eu o apelidei de Conjunto Residencial do IAPI.* Mas isto deixa pra lá.

Voltemos à anciã nua que abalou Ramos. Sim, porque foi

---

* Instituto de Aposentadorias e Pensões dos Industriários, também responsável, a partir de 1945, pelo financiamento de projetos de habitação popular.

em Ramos, aprazível subúrbio leopoldinense, onde cabrito pasta deitado para não pegar rebarba de tiroteio. O bandido da história chama-se Matias Afonso — solteiro, vinte e oito anos, morador na rua A, nº 5. Quando o cara mora em rua que não tem nem nome, é porque o apartamento dele é desses em que o morador abre a porta e entra com cuidado para não cair pela janela da frente.

Pois muito bem: Matias Afonso foi parar no Hospital Getúlio Vargas, vítima de um panelicídio. Palavra de honra! Não estou inventando nada. Está aqui no jornal: "No hospital, onde os médicos constataram uma lesão que pode levá-lo à cegueira, Afonso contou que Joana de Jesus, viúva com setenta e um anos, residente na rua A, nº 4", vizinha pois do dito Matias, "agredira-o com uma panela, furiosamente".

Mas é aqui que *the pig twist it's tail* — como diz Lyndon Johnson, quando tenta explicar a batalha campal do Vietnã. Por que teria uma velha de setenta e um anos agredido um rapaz de vinte e oito? Alguma coisa ele fez de muito grave, porque, nessa idade, a pessoa geralmente já não aguenta levantar uma panela, quanto mais fazer dela um porrete de gladiador.

E o rapaz fez mesmo; cometeu uma temeridade que eu vou te contar. Outra vez transcrevo do órgão da imprensa sanguinária: "Porque olhava para o quarto onde a anciã trocava de roupa, Matias Afonso foi agredido, na madrugada de ontem, a golpes de panela, sofrendo contusões e escoriações na cabeça, estando ameaçado de perder a visão".

Convenhamos que perder a visão porque espiava uma velha de setenta e um anos inteiramente pelada é duro, é um bocado duro. Mas — pelo jeito — a vítima do panelicídio gostava. Senão, vejamos: "Matias confessou que via Joana de Jesus despir-se, diariamente, por uma fresta da janela. Ontem, não se contendo, pulou a janela e foi repelido com uma panela".

Esta é a história que o jornal — como tudo que é noticiário

338

policial — termina enfaticamente, com o tradicional: "o comissário do dia tomou conhecimento do fato".

O comissário pode ter tomado conhecimento, mas nós queremos mais, é ou não é? Em não sendo policial, a gente tem uma curiosidade maior pelas ocorrências deste tipo. Basta reler o que foi contado para se ver que um dos dois personagens está mentindo, ou melhor, pode não estar mentindo, mas está omitindo. Se um rapaz de vinte e oito anos apanhou de uma velha de setenta e um, levando tanta panelada na cabeça, é porque — enquanto ela batia — ele tentava segurar outra coisa que não era a panela, do contrário teria se defendido melhor. O que estaria Afonso tentando segurar enquanto a septuagenária baixava-lhe paneladas na cuca? Tirem vocês a conclusão.

Para Primo Altamirando a solução do mistério é outra. O jornal não conta que o cara via a velha pelada todo dia? — pergunta Mirinho. E ele mesmo responde:

— Diz sim. E se era todo dia, dificilmente a velha ignorava o fato. Portanto, para mim, esse tal de Afonso apanhou porque, ao pular dentro do quarto, a velha não quis deixar ele sair.

O inferninho e o Gervásio

O cara que me contou esta história não conhece o Gervásio, nem se lembra quem lhe contou. Eu também não conheço o Gervásio nem quem teria contado a história ao cara que me contou, portanto, conto para vocês, mas vou logo explicando que não estou inventando nada.

Deu-se que o Gervásio tinha uma esposa dessas ditas "amélias", embora gorda e com bastante saúde. Porém, madame Gervásio não era de sair de casa, nem de muitas badalações. Um cineminha de vez em quando e ela ficava satisfeita.

Mas deu-se também que o Gervásio fez vinte e cinco anos de casado e baixou-lhe um remorso meio chato. Afinal, nunca passeava, a coitada, e, diante do remoer de consciência, resolveu dar uma de bonzinho e, ao chegar em casa, naquele fim de tarde, anunciou:

— Mulher, mete um vestido melhorzinho que a gente vai jantar fora!

A mulher nem acreditou, mas pegou a promessa pelo rabo e foi se empetecar. Vestiu aquele do casamento da sobrinha e se mandou com o Gervásio para Copacabana. O jantar — prometia o Gervásio — seria da maior bacanidade.

Em chegando ao bairro que o Conselheiro Acácio chamaria de "floresta de cimento armado", começou o problema da escolha. O táxi rodava pelo asfalto e o Gervásio ia lembrando: vamos ao Nino's? Ao Bife de Ouro? Ao Chateau? Ao Antônio's? Chalet Suisse? Le Bistrô?

A mulher — talvez por timidez — ia recusando um por um. Até que passaram em frente a um inferninho desses onde o diabo não entra para não ficar com complexo de inferioridade. A mulher olhou o letreiro e disse:

— Vamos jantar aqui.

— Aqui??? — estranhou o Gervásio: — Mas isto é inferninho!

— Não importa — disse a mulher: — Eu sempre tive curiosidade de ver como é um negócio desses por dentro.

O Gervásio ainda escabriou um pouquinho, dizendo que aquilo não era digno dela, mas a mulher ponderou que ele a deixara escolher e, por isso, era ali mesmo que queria jantar. Vocês compreendem, né? Mulher-família tem a maior curiosidade para saber como é que as outras se viram.

Saíram do táxi e, já na entrada, o porteiro do inferninho

saiu-se com um "Boa noite, dr. Gervásio" marotíssimo. Felizmente a mulher não ouviu. O pior foi lá dentro. O maître d'hôtel abriu-se no maior sorriso e perguntou:

— Dr. Gervásio, a mesa de sempre? — e foi logo se encaminhando para a mesa de pista.

Gervásio enfiou o macuco no embornal e aguentou as pontas, ainda crédulo na inocência da mulher. Deu uma olhada para ela, assim como quem não quer nada, e não percebeu maiores complicações. Mas a insistência dos serviçais de inferninho é comovedora. Já estava o garçom ali ao pé do casal, perguntando:

— A senhorita deseja o quê? — e, para Gervásio: — Para o senhor o uísque de sempre, não, dr. Gervásio?

A mulher abriu a boca pela primeira vez, para dizer:

— O Gervásio hoje não vai beber. Só vai jantar.

— Perfeito — concordou o garçom: — Neste caso, o seu franguinho desossado, não é mesmo?

O Gervásio nem reagiu. Limitou-se a balançar a cabeça, num aceno afirmativo. E, depois, foi uma dureza engolir aquele frango que parecia feito de palha e matéria plástica. O ambiente foi ficando muito mais para urubu do que para colibri, principalmente depois que o pianista veio à mesa e perguntou se o dr. Gervásio não queria dançar com sua dama "aquele samba reboladinho".

Daí para o fim, a única atitude daquele marido que fazia vinte e cinco anos de casado e comemorava o evento foi pagar a conta e sair de fininho. Na saída, o porteiro meteu outro "Boa noite, dr. Gervásio", e abriu a porta do primeiro táxi estacionado em frente.

Foi a dupla entrar na viatura e o motorista, numa solicitude de quem está acostumado a gorjetas gordas, querer saber:

— Para o hotel da Barra, doutor?

Aí ela engrossou de vez:

— Seu moleque, seu vagabundo! Então é por isso que você se "esforça" tanto, fazendo extras, não é mesmo? Responde, palhaço!

O Gervásio quis tomar uma atitude digna, mas o motorista encostou o carro, que ainda não tinha andado cem metros, e lascou:

— Dr. Gervásio, não faça cerimônia: o senhor querendo eu dou umas bolachas nessa vagabunda, que ela se aquieta logo.

Foi num clube aí

Isto mesmo, foi num clube da Guanabara, desses que cultivam a chamada segregação racial. De repente o conselho deliberativo foi obrigado a se reunir em sessão especial por causa de um bode que deu num dos eventos sociais da agremiação.

Alguns conselheiros já sabiam vagamente do que se tratava, mas a maioria estava por fora, boiando no assunto. É que a grave ocorrência se dera em circunstâncias mais ou menos veladas. Todavia, clube vocês sabem como é: um antro de fofocas que eu vou te contar. Num instante começaram os boatos, os blá-blá-blás regulamentares.

Afinal, reunidos os senhores conselheiros, foi explicado que, durante uma reunião dançante, um sócio tinha bolacheado a namorada, num cantinho discreto do salão. A coisa, no entanto, se esparramara pela sede. Ora, em clube de gente metida a diferente, aquilo era insuportável. Imaginem: um sócio exemplando a namorada numa dependência social.

Discutiu-se a matéria *ad nauseam* — como dizem os latinistas enjoados — mas aí um dos conselheiros garantiu que a coisa não fora bem assim. Um sócio tinha, realmente, baixado a manopla numa mulher, mas não era namorada, era esposa. Ora, isto agravava o caso. Um homem que não sabia respeitar a própria "patroa" (em clube usa-se muito chamar a mulher de "patroa", assim como no Lion's eles chamam de "domadora"), era indigno do quadro social.

Discutiu-se a matéria outra vez e aí outro conselheiro afirmou que tinham visto e lhe contado que o sócio dera uma bolacha, de fato, mas fora numa bicharoca, e não numa mulher. Gravíssimo, pois!

Discutiu-se a matéria e o conselho deliberativo já ia deliberar, quando um dos membros viu-se na obrigação de contar tudo, garantindo aos seus coleguinhas que era pior ainda. Não fora um sócio, mas um diretor que batera na bicharoca.

Espanto geral! Mas que vexame! Sim, era, pior porém: duas bicharocas é que tinham se esbofeteado por causa de um diretor. A discussão — nesta altura — já era velada, tudo falando baixinho. E aí o presidente do egrégio conselho deliberativo foi obrigado a suspender a sessão e aconselhar a todos que não falassem mais nisso, pois acabava de ser informado ao ouvido, por um conselheiro discreto, que não foi o caso de duas bicharocas brigando por causa de um diretor, e sim dois diretores brigando por causa de uma bicharoca.

O vagabundo e a previdência

Chamava-se Domingos e, fosse por influência do nome ou porque fosse um pilantropo típico, o caso é que detestava trabalho. Sempre que alguém lhe oferecia um emprego, recusava com este argumento bíblico: "Sinto muito, mas os domingos foram feitos para descansar. Até Deus respeitou esta teoria".

O pai já fizera tudo: arrumara com amigos influentes algumas sinecuras governamentais, onde o rapaz teria um cargo de ocioso letra "O", mas nada adiantava.

A mãe (lá dele), coitadinha, entre dar-lhe uma mesada e desejar que o filho fosse alguma coisa na vida, acabou suspendendo a primeira e desistindo da segunda. Atrás, ela sempre desconfiou de que um dia seria assim. Coração de mãe, sabem como é. Isto porque, desde pequenino, quando perguntavam ao Domingos o que gostaria de ser quando crescesse, ele respondia, convicto:

— Viúvo!

Explicaram à criança que isto não era uma profissão — embora, na moita, todos soubessem que tem muito nego pela aí que vive da própria viuvez e vive muito bem, graças a um golpe do baú adrede preparado.

Ultimamente, sem o apoio financeiro da família, praticamente não fazia absolutamente nada. Ia à praia, no verão, que por enquanto é de graça, pois o atual governo ainda não descobriu um jeito de cobrar imposto de praia, mas, no resto, era aquela leseira. Deitado no sofá, lendo jornal de ontem (o pai nunca o deixava ler o jornal do dia, como castigo, embora isto — na atual conjuntura — talvez seja até uma fórmula amena da gente se chatear menos); ficava horas na janela, vendo passar mulher; prolongava suas idas ao banheiro, pois quem não tem o que fazer não precisa de pressa em eventualidades tais. A não ser, é lógico, quando pega um camarão de mau jeito, um vatapá ao qual esqueceram de requerer aposentadoria; enfim essas bossas.

Mas estes não seriam jamais casos capazes de afligir o Domingos, que só tomava uma sopinha no almoço e outra no jantar, "para não ter o trabalho de mastigar".

Uma vez, diante de ameaças tremendas do pai, assustou-se. O velho arranjou para ele ser caixa numa loja feminina de um parente e o dono da loja, embora a contragosto — conhecia perfeitamente a peça que tinha como parente — aceitou o sacrifício. Domingos disse que não ia e o pai jurou que ia dar queixa na Delegacia de Vadiagem. Praticamente todas as delegacias de polícia são de vadiagem (pelo menos interna), mas esta era especializada e, ante a perspectiva de ir em cana, aceitou. Relutou o que pôde, mas acabou prometendo que, no dia seguinte, iria à loja de artigos femininos, do parente.

Meia hora depois estava de volta, afirmando que tinha sido despedido. O pai não acreditou e chegou a telefonar para o parente, que, com voz furiosa, berrou pelo telefone.

— Despedi sim. E nunca mais me mande aqui este vagabundo — dito o quê, desligou o telefone com uma violência de PM em serviço.

O pai de Domingos nunca chegou a saber o motivo da demissão tão rápida, mas calculou que fora a morosidade do filho a causadora de tudo. No entanto, não se dera bem assim: Domingos, na esperança de ser logo despedido, chegou à loja de artigos femininos, tomou posse e, imediatamente, ficou nu do umbigo pra baixo, explicando ao patrão que detestava trabalhar de calças.

Acontecimentos parecidos enchiam a biografia do vagabundo. Até que, um dia, Domingos concordou em acompanhar o pai ao INPS, onde iria receber seus vencimentos. O pai do Domingos era ao contrário. Trabalhou desde rapazinho e conseguiu sua aposentadoria ainda relativamente moço.

Os dois foram e, no caminho, Domingos quis saber o que era INPS. Instituto Nacional de Previdência Social. E, como Domingos ficasse na mesma, o pai explicou que era uma autarquia encarregada de pagar àqueles que se tinham aposentado, após trinta anos de serviço, nos quais sempre descontavam uma quantia do próprio ordenado, para o instituto guardar e ir — depois — pagando os vencimentos de cada um.

— Bacana! — disse Domingos.

Mas, também, foi só. Chegaram no banco, o cheque não estava assinado por determinado diretor do INPS; entraram numa fila imensa de outros aposentados com cheques idênticos; voltaram ao banco e este indicou uma outra agência, pois o pagamento já não era mais ali; estiveram na outra agência, mas também não era mais lá: tinham mudado para a sucursal do próprio instituto, na Penha.

— Mas eu não moro na Penha — estranhou o velho.

— Bem — disse o funcionário —, o senhor terá que ir à sede do INPS fazer um requerimento, explicando que não mora na Penha. Vá lá, receba o cheque atual e depois entregue, com protocolo, o seu pedido de mudança para quitação de vencimentos.

Quando chegaram lá o expediente estava encerrado, mas Domingos tinha tomado uma decisão, após indagar:

— Papai, todo mundo que trabalha desconta para esse tal de INPS?

— Todos — respondeu o pai.

E Domingos acompanhou-o durante a semana em que esteve de repartição em repartição, entrando em filas, recebendo respostas malcriadas, aguentando explicações dadas de má vontade, até o momento em que recebeu a quantia de 345,23 cruzeiros novos. Na verdade, o pai costumava receber 541,69 cruzeiros novos, mas, naquele mês, o governo tinha feito uma cobrança em folha de um troço que o pai explicou ao filho ser um tal de imposto compulsório para não sabia lá o quê.

Quando chegaram em casa, Domingos abraçou o pai comovido. As lágrimas brotaram de seus olhos, a ponto de espantar o pai:

— Mas o que é isto, rapaz?

E Domingos:

— Obrigado, papai. Foi bom ter acompanhado o senhor nesse safári pelo INPS. Até aqui eu só tinha desculpas para não trabalhar. Agora que eu conheço o INPS, eu tenho é razão.

DE *BOLA NA REDE: A BATALHA DO BI*
(1993)

Brasil 2 × México 0

Chegada ao estádio de Viña del Mar, 2h. A imprensa aqui está sendo mais bem tratada que prócer petebista no governo do dr. Jango. Me deram um lugar que eu vou te contar. Fica bem em frente ao lugar onde Didi castiga a infiel. Sentado à minha direita, Zezé Moreira; três cadeiras abaixo, Ademir; mais atrás, o poeta Thiago de Mello, hoje grande amigo de Pablo Neruda, em cuja casa mora e toma uísque (do bom); o resto é tudo coleguinha jornalista, divididos em duas alas: Ala dos Otimistas e Ala dos Derrubadores.

Em matéria de vexame, os mexicanos são muito mais legais do que a gente. Lá estão diversos deles nas arquibancadas, vestidos de Pedro Vargas, com sombrero, poncho colorido e tudo. Já pensaram os brasileiros vestidos de baiana? Ia ser chato. Ainda nas arquibancadas, lá em frente, onde um alto-falante despeja *cuecas* sobre *cuecas* (a música chilena é chatíssima), um cartaz diz: o

POVO DE NOVA IGUAÇU SAÚDA OS CAMPEÕES DO MUNDO. O pessoal do lado de cá ainda pensou que fosse gente da cidade de Iguaçu, no Rio Grande. Mas quando ficou provado que era Nova Iguaçu mesmo, aprazível estância fluminense, as palmas abafaram a *cueca*.

São 2h10 e aparece uma faixa com os dizeres A TORCIDA CHEFIADA POR JOSÉ BUSTAMANTE INSENTIVA O BRASIL. Ninguém sabe quem é José Bustamante, mas quando a turma viu o incentiva com "s", achou logo que devia ser pseudônimo do Mendonça Falcão. Agora são 2h30. Um locutor uruguaio começa a irradiar atrás de mim: *"Estamos desde Viña del Mar y el espectaculo és precioso y inolvidable"*. Mais dois minutos e passa um funcionário do IBC distribuindo cafezinho. Outra faixa do lado de lá. Vocês podem pensar que a gente está sacando, mas palavra de honra. Está escrito: O POVO DE BURITI ALEGRE SAÚDA O BRASIL. E logo em seguida os buritiseenses soltam foguetes.

Dez para as três horas. Equipes em campo, com juiz suíço (Godofredo Dientz) e *guardalineas* austríaco e francês (Pedro Steiner e Pierre Swinter, respectivamente — portanto, só dá Pedro com as bandeirinhas).

Às três horas, britanicamente, começa o pega. Há 44 fotógrafos em campo. Dois atrás do gol do Brasil. Quarenta e dois atrás do gol mexicano. O Brasil começa nervosíssimo. Djalma bobeia e Jasso quase bota *leonor* dormindo na rede brasileira. Furada de Zózimo. Que qui há??? Tá parecendo o misto do Campo Grande em dia de treino.

Aos nove minutos de pelada o Brasil já está mandando em campo. Didi já bateu duas faltas perto da área, que passaram assoviando. Anunciam o primeiro gol do Mundial (Facundo, pela Argentina). Aos dezesseis minutos o México desencabula, vai à frente e a defesa fica olhando Hernández mandar uma bomba que Deus me livre. Gilmar agarrou *leonor* pela saia.

Não demorou muito e Garrincha entrou na área, driblou

João I, João II, cobriu João III e, quando ia chutar, João IV fez pênalti. Seu Godofredo disse que não. E este, se o suíço deixasse, o apito apitava sozinho.

Já vai pra meia hora e o time do Brasil parece formado por onze mexicanos. O locutor uruguaio aqui atrás diz: "*El Brasil parece vivir un mal paso*". Vai torcer contra no raio que o parta. Quem responde aos apelos de Ogum é Zózimo. Pega a infiel no meio do campo e sai garrinchando até a pequena área, onde sofre um pênalti legal. Todo mundo olha pro suíço. Ele está comendo queijo e consertando relógio.

Voltam os mexicanos a fazer piquenique na área brasileira. Mauro está nervosíssimo, Zózimo não acerta. O número 4 do México (Cárdenas) marca seu Mané com fé e parece que fez do lema da prefeitura de Viña del Mar, colocado ao lado do placar, um lema seu: PORQUE NADA TENEMOS... LO HAREMOS TODO. Quarenta e cinco minutos e acaba o primeiro tempo.

Até aqui: Gilmar perfeito. Pegou duas bolas que eu vou te contar. — Djalma Santos, o mais calmo dos zagueiros. — Mauro bastante nervoso, até quando fica sozinho com a bola. Já errou passes de juvenil do Jabaquara. — Zózimo saindo muito do lugar, querendo ganhar o jogo sozinho. Cavou um pênalti, mas o suíço Dientz não é supersticioso e não acredita em pênalti. — Nilton Santos cumprindo seu papel, mas sem tempo para as tais arrancadas. — Didi gritando muito com os companheiros, preocupado com as mancadas da defesa. — Zito está fazendo trottoir no meio de campo. Começou uma fera, mas depois foi murchando, murchando e apagou. — Garrincha é o mais perigoso do ataque — Quanto a Pelé, Deus queira que esteja se poupando para o segundo tempo. — Vavá cavando como um doido mas... como um doido. — Zagallo ainda nem molhou a camisa.

E às 3h58 recomeça a coisa. Aos cinco minutos a gente começa a se perguntar: o México é um sucesso ou o Brasil um fracasso? Vai daí Pele dá uma chapuletada com força total e pegou Vavá em local ingrato. O centroavante brasileiro fechou que nem canivete. Ficou descansando na grama um pouquinho e levantou com mais saúde.

Lá vai Pelé. São 4h11. Levou uma cipoada. Caiu, levanta, controla, leva outra cipoada, passou por cima e centrou. Zagallo encosta a testa com toda a tranquilidade: Brasil 1 × 0. A gente já nem se lembrava mais que Zagallo estava jogando.

O México não se entrega, mas o Brasil está jogando muito melhor. Os chutes estão passando desviados pela janela de Carbajal. O locutor aqui atrás diz *"la pelota chilena és muy liviana"*. Leviana pra nós é infiel. Mas Nilton Santos não acredita nisso e quase mete o dele. E estávamos aqui de cabeça baixa, batendo as teclas desta intimorata Remington semiportátil, quando o estádio prorrompeu num berro. Era o segundo gol do Chile lá em Santiago. Vão assustar a vovozinha! Gritar assim justamente quando estou de cabeça baixa e o México atacando.

Chi… lá vai Pelé, com dois batedores abrindo caminho: Garrincha pela direita e o Vavá pelo centro. Mas Pelé não precisa de batedores. Já vai na frente deles. Ficou Najéra, ficou Sepulveda, outra vez ficou Najéra… chi, vai ficar Carbajal. Ficou. Goooooooollll!!!

Vem o cara do IBC e pergunta se quero café. Quer café, pombas! Eu quero é mais um! Aliás, o Brasil melhorou muito. Mauro está mais tranquilo que vaca no pasto e Zózimo começa a brilhar. Era ali que o time estava apodrecendo no primeiro tempo. Agora virou *Globetrotter*. Tá dando tudo certinho.

De vez em quando os mexicanos voltam a mostrar que não vieram aqui à toa. O meia Jasso dá um chute violento que só foguetão e o Brasil dá sorte. Mauro vira as costas e a bola bate nele, num lugar que não podemos revelar. Nos últimos cinco minutos, só quem experimenta é Didi, para entrar em intimidade com a bola chilena. Cada vez ela está passando mais perto da trave. Até a semifinal, *leonor*, em sua versão andina, estará entrando no gol inimigo.

E com o Brasil tentando um *olé* em homenagem às touradas *del México*, termina o jogo. Se querem saber como foram os jogadores neste segundo tempo, é só ler o que escrevemos sobre suas atuações do primeiro tempo, em sentido contrário.

Brasil 0 × Tchecoslováquia 0

Por cima do travessão

Como tem carabineiro no Chile, companheiros. A impressão que a gente tem é que, se levantar o tampo de uma empada, sai carabineiro de dentro. Tem carabineiro em tudo que é lugar. Antes de começar o jogo Brasil × México, entrei no estádio, vi aquela fila imensa de carabineiros e comentei com um coleguinha: "Isso tudo aí é pra marcar o Garrinha".

Aristides — o sapateiro da seleção, um mestre para fazer chuteiras — ficou abismado com o tamanho das travas da chuteira de Zózimo, que fez questão de que elas tivessem tal dimensão. Aristides mostrou-nos as "botinas" que Zózimo usará em campo, explicando: "Uma cipoada do Zózimo vai doer até em canela de faquir".

Como veio grã-fino do Rio e de São Paulo para Viña del Mar, irmãos. E a maioria não entende bulhufas de futebol. Veio muito mais pela fofoca do que por causa do jogo de bola. Mal começou a partida contra o México e um deles perguntou ao jornalista Sandro Moreyra quem era o Garrincha. Sandro apontou Carbajal, o goleiro mexicano, e disse: "É aquele ali".

Se, em vez de futebol, fosse campeonato mundial de glutões, o Brasil continuaria favorito. Para ganhar o "Garfo de Ouro", bastava tirar Pelé de campo e botar, no lugar dele, Assis — o roupeiro. O homem castiga fácil uns seis galetos ao derradeiro canto, antes de almoçar. Noutro dia o garçom começou a demorar em servir o almoço de Assis, e o fotógrafo Jader Neves comentou baixinho comigo: "Se demorarem com o almoço dele, esse cara come o Aconcágua".

Ontem, durante o encontro Itália × Alemanha, inauguraram o "placar do sarrafo", no Estádio Nacional de Santiago. Consiste num camarada que fica na beira do campo com um caixote contendo os números dos jogadores que estão em campo. Quando um deles se machuca, o cara do "placar do sarrafo" sai correndo para o local do crime, vira o jogador sem a menor cerimônia, para ver o número, e volta correndo para informar os jornalistas da tribuna, mostrando a tabuleta correspondente ao acidentado. Cada vez que agia assim, recebia palmas de jornalistas do mundo inteiro. Como "papa-defunto", o nossa amizade é perfeito.

Brasil 3 × Tchecoslováquia 1

Boa tarde, irmãos. São 2h20 de uma tarde de sol em Santiago. A banda de música mais bacana que eu já vi acaba de tocar os dois hinos e tem brasileiro às pampas que ficou lá fora, porque chegou aqui na raça, pensando que entrar no estádio é sopa. Entre o Estádio Nacional e a cordilheira dos Andes, há bem uns quatrocentos patrícios, torcendo na boca dos alto-falantes. Se eles soubessem que ia ser assim, tinham ficado aí mesmo no Andaraí, Boca do Mato, Copacabana, Perdizes, Jardim América, Belo Horizonte.

Brasil em campo de camisinha amarela. Agora os tchecos-lovacos... chi, quando o jogo começar não vai dar tempo de escrever o nome desses caras. É grande demais. Fica combinado o seguinte: daqui por diante, os tchecoslovacos ficam sendo só tchecos, tá? Vai ser uma partida dura, os tchecos não chegaram à final por acaso. Dominam a *leonor* com a mesma facilidade com que o Cartola da Mangueira domina o telecoteco.

Começou. Lá vai Kvasnack e Gilmar tem que se atirar aos seus pés — como um calista — para evitar a abertura da contagem aos trinta segundos. Assim também não! Vamos respeitar os campeões do mundo, seus tchecos!

Já lá se foram cinco minutos e eles estão melhores. Masopust, no meio do campo, é um dragão. Realmente, é o maior jogador do mundo na sua posição — como me garantiu o jornalista suíço que bate furiosamente na sua máquina, aqui atrás da flor dos Ponte Pretas.

Lá vai Manoel — o Venturoso. Tem quatro cercando Garrincha. É muito pouco. Bateu na trave, Nossa Senhora! *Seu Mané* centrou e Vavá encostou a botina. *Leonor* bateu na trave. Agora o Brasil está melhor que eles. Ataques seguidos. Amarildo respira pela primeira vez nos últimos quinze dias. Tá jogando o fino.

Gol deles! Justamente quando o Brasil estava jogando melhor. Palavra de honra! Estão jogando na base da triangulação. Numa dessas, o 17 deles — Pospíchal — entregou um belo passe. Mauro bobeou no meio da área e Masopust botou o camarada do placar pra trabalhar. Não se pode dormir com os nossos adversários de hoje. São excelentes jogadores.

É goooollll…! Amarildo! Eu bem não tinha acabado de escrever a frase de cima e Amarildo… Ah, menino bom! Foi assim: descambou pela esquerda, como se fosse ponta e, quando todo mundo pensou que ele ia centrar, chutou direto e enganou Schrojf. Eu acho que até o próprio Amarildo pensou em centrar. Mas não interessa. É lá… 1 × 1.

Grande juiz, esse russo. Vou aproveitar que a bola saiu e perguntar o nome dele ao suíço aqui atrás. É Nikolai Látichev. Eu falando francês com o suíço pareço até índio de fita em série. Preciso treinar o idioma da Brigitte. Quando voltar pro Rio vou arranjar uma francesa pra fazer um individualzinho.

Meia hora já. Desculpem estar escrevendo menos hoje, mas é a finalíssima e eu não tenho sangue de barata, pombas! Até aqui os tchecos estão recuados e o Brasil armado em 4-3-3, como aconteceu sempre, durante este campeonato. Zagallo trabalha mais que cachorro de cego. E mesmo com três na frente, a gente vai fazendo as nossas misérias. Didi e Zito no meio do campo, fator principal do sucesso do Brasil até aqui. Os dois e Zagallo. Tirante o gênio de Pau Grande, que este então, eu vou te contar! Acabou o primeiro tempo.

Em resumo: adversário duríssimo, mas Brasil tranquilo. Apenas Mauro desafinava. Zózimo joga o fino. Os dois Santos não relaxam nunca. E diziam que Djalma e Nilton estão velhos pro escrete. Velho está o Feitiço, o Friedenreich, o Mimi Sodré. Na frente, deslocando-se sempre e ainda contando com os avanços de Zito que, de vez em quando, diz pra Didi: "guenta aí que eu vou ali e já volto", Vavá e Amarildo abrem boas brechas. O goleiro deles é que é fogo! Também é o melhor na sua posição, folgado. Garrincha, marcadíssimo não apareceu tanto neste primeiro tempo.

Segundo tempo. Sai o Brasil. Os chilenos estão torcendo contra. Eu sabia. Não disse nada a ninguém, mas sabia. Vavá, Didi, Zagallo e agora Zózimo (este lá do quintal) tentam vencer Schrojf. Não conseguem. *Seu Mané* dá o primeiro grito de Carnaval da tarde. Chutou raspando. Mas eles também vão lá. Mauro agora cortou de cabeça, mergulhando no chão. Outra vez Mauro. Jogada idêntica. E quem viu pensava que ele nunca mais fizesse a mesma coisa.

Jogo igual. Tão igual que Schrojf voou para apanhar uma bola de Zagallo e, não passou nem meio minuto, Gilmar voa também e apanha uma do ponteiro esquerdo deles: Jelínek. *Seu Mané* ia sozinho apanhar *leonor*, escorregou e caiu. Lance típico de quem está sem sorte. Nervoso não é, porque Garrincha só fica nervoso nas peladas de Pau Grande, jogando entre seus companheiros do Paugrandense F. C. — Swing e Pincel.

Goooollll do Brasil! Amarildo foi à linha de fundo e, com calma impressionante, esperou que um se colocasse. Veio vindo Zito lá de trás e o *Ama* esperando. Quando Zito chegou foi só alçar a infiel por cima da muralha eslava. Brasil 2 × 1. Deve ter corintiano e rubro-negro à beça aí no Brasil dizendo que *"nós já é bi"*.

Os chilenos querem pênalti de Djalma, numa bola tipicamente de lance casual — como dizem os coleguinhas radialistas. O que vale é que seu Nikolai acompanha de pertinho. Não deu coisa nenhuma. Brasil muito na defesa. Olha que os tchecos não são os búlgaros ou os suíços, companheiros. *Goooollll...! Brasil, Brasil, Bra...*

Assim: Djalma centrou uma bola. Centrou até mal. Muito alta. Saiu Schrojf tranquilo. Tranquilo demais. O sol atrapalhou e o lotação *Vavá-Largo da Abolição* botou a juriti pra cantar. Está desolado o maior arqueiro da Copa. Mas — como diria Tia Zulmira — em bola chilena e vedete não se pode confiar: a primeira é muito leve, a segunda é muito leviana.

Palmas para *seu Mané*! Os chilenos vinham vaiando o melhor craque deste campeonato do mundo. Agora Garrincha apanhou a bola e ficou com ela nos pés bem uns trinta segundos. Palmas de todo o estádio. Já tem chileno pedindo pra dar pra Garrincha. Nem só vedete é leviana.

Acabou. Brasil Bicampeão Mundial de Futebol, em 1962! Tchecoslovacos vice-campeões mais uma vez. Grandes adversários. Grandes no jogo e na educação. Lá estão eles no meio do campo, abraçando os brasileiros.

1ª EDIÇÃO [2021] 1 reimpressão

ESTA OBRA FOI COMPOSTA EM ELECTRA PELO ESTÚDIO O.L.M./ FLAVIO PERALTA E IMPRESSA EM OFSETE PELA GRÁFICA SANTA MARTA SOBRE PAPEL PÓLEN SOFT DA SUZANO S.A. PARA A EDITORA SCHWARCZ EM JANEIRO DE 2022

A marca FSC® é a garantia de que a madeira utilizada na fabricação do papel deste livro provém de florestas que foram gerenciadas de maneira ambientalmente correta, socialmente justa e economicamente viável, além de outras fontes de origem controlada.